裁きの扉

小杉健治

祥伝社文庫

裁きの扉

目次

視線

黒の礼服に黒いネクタイを締めた西城昌一《さいじようしよういち》は松川《まつかわ》駅の改札を出たところで、コートのポケットからメモ用紙を出し平岡《ひらおか》家の道順を確認した。ひといきれで汗ばむ構内でも足下《あしもと》をさらっていく風は冷たい。

平岡社長の突然の飛び下り自殺のために、西城は警察で事情聴取を受けるはめになったのだ。警察に追及される弱みはないが、告別式には顔を出さないわけにはいかなかった。

西口に出て、発車間際《まぎわ》の三番線のバスに乗り込んだ。駅前の商店街を抜けて、遠くにそびえる団地の建物へ窓ガラスに額《ひたい》をつけるように目を向けながら、死んだ平岡の無念さに思いをはせる。所詮《しよせん》、平岡が愚《おろ》かだったということだが、後味《あとあじ》が悪かった。

メモにあるバス停のアナウンスを聞いてあわててバスを降りると、電柱に平岡家の案内板が少し不安定に立て掛けてあり、その横に黒い背広を着た男が立っていた。

案内の表示を頼りに路地をいくつか曲がると、花輪《はなわ》が並んでいる場所に出た。

西城はネクタイの結び目を直し、深呼吸をしてからテント張りの受付に向かう。数人たむろしている喪服《もふく》姿の男女の間からの射《い》るような視線を感じながら記帳を済まし、会場に入った。

読経《どきょう》がはじまっており、焼香《しょうこう》の列が出来ていた。西城もその列に並んだ。親族が祭壇の前に並んでいる。

順番が来て祭壇の前に進み、手を合わせる。目尻が下がりいかにもひとの好《よ》さそうな顔の遺影を見ていると、いきなり激しい声が投げつけられた。

「帰れ。おまえなんかに焼香してもらいたくない。出て行け」

平岡社長の未亡人が立ち上がり、髪を振り乱して突っ掛かってきた。あわてて、娘らしい女性が未亡人の体を押さえながら、西城の顔を見て険《けわ》しい声で言う。

「お願いです。帰ってください」

西城は無視して焼香を済まし、ゆっくり会場を出て行った。参列者の間から罵倒《ばとう》する声が聞こえた。

平岡の父親が亡くなり、その遺産相続のトラブルが発生し、西城は平岡から依頼を受けたのである。平岡は母親やふたりの姉と折り合いが悪かったが、平岡の父親は彼に資産をほとんど相続するという旨《むね》の「死因贈与契約書」を残していた。これに対して、母とふたりの姉が不満を持ち裁判に訴えたのだ。

その結果。裁判中に平岡の相続することになっていた土地や屋敷がすべて他人の手に渡ってしまったのである。つまり、資産乗っ取りに遭《あ》ったのである。これに、最初から西城が関わっていたのだと遺族は信じ込んでいる。

その土地は現在、サンライト商会の持ち物になっている。

サンライト商会はスポーツ用品を販売する会社で、中学校や高校にスポーツ用品を納入している。最近は安売りのゴルフショップを各地に出し、今は市の北西部にある私鉄草木《くさき》野《の》駅裏に店舗を開設するために用地の買収をすすめている。

遺族や親族の非難の声を浴びながら、西城は葬儀会場を後にした。

途中で、黒のネクタイを乱暴にはずし丸めてポケットに突っ込み、煙草《たばこ》を取り出した。風を避けて火を点《つ》け終わったとき、こめかみに何かを押しつけられたような感覚に襲われた。それは遺族からのものとは異なり、粘着力のある陰湿な感じであった。

さりげなくテントの方を見たが、正体はわからない。少し間を置いてから、わざと悠然《ゆうぜん》と歩きはじめた。背中に強い視線を感じたが、振り返ることなく角を曲がる。この感覚ははじめてではない、と西城は思い出した。

バスで駅に着いたが、気分が晴れず、ちょうど目の前に電話ボックスを見つけると飛び込んだ。

割烹《かっぽう》料理屋『鈴《すず》の家《や》』の女将《おかみ》の部屋の番号を押す。

「はい」

少し眠そうな声が受話器の向こうから聞こえた。

「西城です。きょうは？」

「わざわざありがとうございます。あと一時間ほどしたらお電話をいただけますか。お願いいたします」

丁寧《ていねい》な言葉はパトロンが部屋に来ているからだ。

西城は常磐《じょうばん》線に乗って上野《うえの》に着き、そこから地下鉄に乗り換えて築地《つきじ》に向かった。

築地本願寺《ほんがんじ》の敷地を素通りして脇の門から外に出て、しばらく行くと、『鈴の家』の建物が見えてくる。

横手の駐車場を覗《のぞ》くと、ロールス・ロイスが駐車してあった。まだ、パトロンは帰っていないようだった。

西城は少し離れた場所にある喫茶店に入って時間を潰《つぶ》し、三十分後に戻ってみると、ちょうど車が出て行くところであった。西城は柳の木の陰に身を隠すようにして、『鈴の家』を眺めた。

彼女が車を見送っている。目の前を通る車の後部座席に、老人が乗っている。五頭《ごとう》建設の会長である。

車が大通りを左折していってから、西城はゆっくり彼女の前に歩を進めた。

髪を結いあげた葉月《はづき》は西城の顔を見ると素知らぬげに裏口に消えて行く。あとから西城が裏口の木戸を押すと、軽く開いた。案の定、鍵《かぎ》ははずしてあった。

裏庭を通って、私室に通じる階段に向かうと、葉月が手に塩を持って待っていた。

肩に塩をふりかけてもらい、葉月のあとを追って階段を上がる。

部屋に入ると、パトロンの匂いを消すように香《こう》が焚《た》かれている。五頭会長に連れられて『鈴の家』で呑んだとき、若女将の葉月と出会ったのだ。三十八歳の葉月は薄紫の着物を着ており憂《うれ》いを含んだ顔つきとよく似合った。その翌日、すぐに電話をして彼女を呼び出し、強引《ごういん》に交際をはじめた。もちろん、五頭会長には秘密であった。

「遺族に何か言われたのね。うかない顔をして」

水割りを作り、葉月は西城の横にやってきて座った。心を覗かせない西城も、葉月にはすぐに見透《みす》かされてしまうようだ。

「そんなこと気にしていたら、大きな人間になれないのよ」

「わかっている」

西城はグラスをつかむと、少し濃い目の水割りを喉《のど》に流し込んだ。

「わかっていればいいの」

葉月は西城の顔を手でなでまわしながら、

「それにしてもあなたって不思議なひとね。いっぱしの悪ぶっているけど、ときどきとても寂しそうな表情をするのね。でも、それが素敵なんだけど」

そう言うと、彼女は西城の頰《ほお》に唇《くちびる》を当てた。

「そうそう、旦那《だんな》からいい情報を手に入れたわ」

葉月は顔を離して言う。

「千葉県の都野台《みやこのだい》って知っている？」

葉月は五頭建設の会長から聞いた情報を西城に流してくれる。その情報をもとに、西城は二度ほど儲《もう》けたことがあった。

「都野台を大々的に開発して、高級住宅をたくさん造っていく計画があるそうなの。その計画が本決まりになればあの辺の土地の値段はぐっと高くなるだろうと言っていたわ」

「計画の段階だろう。そんな仮定の話に乗っかったってしかたない」

西城は気乗りせずに言う。

「それはそうかもしれないけど」

葉月が体を預けてきた。量感のある葉月の体を抱きながら、西城は冷めていくものを一瞬感じた。だが、それもすぐに彼女の温《ぬく》もりで消えて行った。

「そろそろ仕度《したく》をしなければ」

長い抱擁《ほうよう》のあと、西城の腕から逃れて葉月は立ち上がり、隣の部屋の襖《ふすま》を開いた。壁に着物がかかっている。

葉月はワンピースを脱ぐと下着もとり、全裸になってから肌襦袢《はだじゅばん》を身につけた。彼女の身支度が整うのを見つめながら、西城は先程の冷めた気持ちの正体を考えたが、思いつかなかった。

「ねえ帯揚《おびあ》げをとって」

三面鏡の前で、うしろ向きになって帯を確かめている葉月に、西城は座蒲団《ざぶとん》の上に出ているピンクとブルーが混ざった帯揚げをつかんで手渡した。

化粧を済ませ、すっかり老舗《しにせ》料理屋の若女将の装いになった葉月が西城の前に立った。

「ごめんなさいね、時間がなくて。きょうは早い時間に予約が入っているの。明日の昼間、来て」

「また、連絡する」

西城は葉月の部屋を出た。『鈴の家』の玄関の前を通ると、盛り塩がきれいに置かれ明かりが灯《とも》り、客を迎える準備が整っていた。

昭和《しょうわ》通り沿いにある事務所に歩いて帰ると、事務員がタイプを打っていた。

執務《しつむ》室に入ると、西城は机の上のテレホンインデックスを開き、宝田《たからだ》商事に電話をした。

「西城ですが、宝田さんをお願いします」

電話口に出た男に言う。しばらくして、

「やあ、西城先生ですか。お久しぶりです」

調子のいい宝田の声が聞こえた。

「きょう葬儀に行ってきましたよ。あんたも行ったほうがよかったんじゃないか」

「野暮用《やぼよう》がありましてね」

「後味が悪いと思わないかね。一度、線香でも上げに行ったほうがいい」

「私は何も感じないたちでね。それより、また儲け話があったら一口乗らせてくださいな」

宝田の扁平《へんぺい》な顔が浮かんで不快になり、西城は返事もせずに電話を切った。

対立

会議室の窓から、赤屋根の時計台の上で絶えず首を動かしている風見鶏《かざみどり》が見え、その上空に黒い雲が張り出している。

希望《きぼう》幼稚園の園長である宮下順一郎《みやしたじゆんいちろう》は、教師たちから口々に浴びせられる激しい言葉に我慢が出来なくなって、顔をそむけるように窓の外に目をやっていた。葉の落ちた樹木の小枝が寒そうに震えている。

この団体交渉の席に着く前から宮下は苛立《いらだ》っていて、金縁《きんぶち》眼鏡の奥の切れ長の目も落ち着きなく絶えず動きまわり視線が定まらなかった。

教師たちは、再三に亘《わた》り、「給料の遅配《ちはい》の原因を明らかにし、またすみやかに給料の遅配がなくなるようにしろ」、という内容の申し入れ書を突きつけ、団交を開けと一方的に要求してきたのだ。

「園長先生、ちゃんとこちらの話を聞いてください」

牟礼寿子《むれひさこ》の甲高《かんだか》い声が耳に障《さわ》り、宮下は目のつりあがった彼女の顔を鬱陶《うっとう》しく睨《にら》みつ

け、

「貴重な時間を割《さ》いて話し合いに応じたんだ。これじゃ話し合いじゃなくて吊《つ》るし上げだ」

宮下は腹立たしく言った。来年五十歳を迎えようという宮下だが、カシミアのブレザーを羽織《はお》り、薄いピンクのシャツの下にはネクタイチーフを巻いていて渋味と若さを併《あわ》せてもっている。そのダンディーな宮下が不愉快そうに顔面を歪《ゆが》めていた。

「私たちはただ、先日申し入れたことについて回答してくださいとお願いしているだけです」

牟礼は細い眉《まゆ》をつり上げまくしたてた。彼女は幼稚園の教師歴二十年というベテランであり、希望幼稚園の創立時に、父親の先代園長がスカウトしてきた人間である。宮下とは幼稚園教育に対する考え方が根本的に違うので最初から衝突していたのだ。

「幼稚園の利益をホテル経営の赤字の補塡《ほてん》にまわしているんじゃありませんか。だから、私たちの給料に影響するんです。負債がどのくらいあるのか、これからどうやって返済していくのか説明してくれるのは当然じゃありませんか」

「だから、そのことについては君たちにいちいち説明する義務はないと言っている」

要望書なるものを突きつけたり、団体交渉を開けなど、あきらかに彼女たちの背後で教職員組合が入れ知恵をしていることがわかる。

「義務はあるじゃありませんか」

牟礼たちが県の教職員組合に入り、希望幼稚園分会を結成したのは五年前である。それから主張が一段と激しくなった。しかし、それだけではない。牟礼は先代の園長と男女の関係にあったのではないか。でなければ、これほどまでに宮下に対して高飛車《たかびしゃ》に出られないはずだ。さらに、牟礼の声が続いた。

「保育料と入園料を見れば、私たちだって収益は計算できます。幼稚園の経営は順調じゃありませんか。それなのに給料の遅配が続いているのはなぜなんですか。その原因を説明する義務があるのではないですか」

牟礼が顔を紅潮《こうちょう》させて言い終わると、水野《みずの》めぐみが化粧気のない顔を朱に染めて叫んだ。

「原因が説明できないのなら、今後の再建策を聞かせてください。いつになったら、ちゃんと給料が戴《いただ》けるようになるんですか」

入ったばかりの頃は清純そうでいい娘だと思って目をかけてやったが、一年もすると、すっかり牟礼に感化され、生意気《なまいき》な口をきくようになってしまった。

「給料をちゃんと支払ってください。払ってもらえなければ、家賃も収められないんです。お正月をちゃんと迎えられるように、いままで滞《とどこお》っている給料をまとめて支払ってください。私たちの死活問題です」

他の教諭たちも一斉に給料を支払えと合唱した。

思わず、宮下は大声を出した。声は収まったものの、教諭たちの射るような視線に、うんざりしてきた。

「静かにしたまえ」

ここに全員八名の教諭が集まっているが、よくもこう同じような種類の教諭たちが集まったものだと呆《あき》れ返る。

「君たちの頭にはお金のことしかないのかね。そんなにまとまったお金が欲しいのならここをやめて別な幼稚園に移ったらどうなんだね。いやなところにずっといる必要はないだろう」

給料は月末に支払うことになっているが、ここ数年は給料日にまず八万、その次の日に三万、二、三日後に一万というふうに少しずつ支払っている。宮下のせめてもの彼女たちに対する抵抗であった。なにしろ、彼女たちは教職員組合の力を背景に権利を主張し、やりたい放題なのである。

「労働の対価として賃金をもらうのは正当な権利です。それなのに……」

また小難《こむずか》しいことを言う、と宮下は水野めぐみの言葉を遮《さえぎ》るように、

「いいかね、君たち。ふつう、会社だったら二、三ヵ月も給料の遅配が続けば倒産だ。君たちも嫌気がさしたのならやめていったほうがいい。どうだね、やめたら。私はいっこう

に構わん」

宮下は相手を押さえつけるように言った。

「園長、やめろとはどういうことですか。今の言葉は撤回《てっかい》してください。許せません」

牟礼のヒステリックな声に、宮下はたじろいだ。やはり、この女は親父の威光《いこう》を笠《かさ》に着ているのだと思った。よほど、親父の愛人だったくせに、と言ってやろうとしたが、証拠もないことなので思い止《とど》まった。

「私たちをやめさせたいために、わざと給料の支払いを遅らせているんですか。そういうことなら、私たちにも考えがあります」

「考えがあるって何だ」

宮下は気弱そうにきく。

「教職員組合に訴え、応援を頼みます」

「そんな恥さらしな真似《まね》はやめろ。給料の遅配は負債を抱えているためだ。君たちをやめさせようとしているわけじゃない」

「ホテル経営の赤字は私たちには関係ありません」

ホテル経営に乗り出したのは四年前、幼稚園を担保《たんぽ》に、銀行や信用金庫から資金を借り、蔵王《ざおう》にリゾートホテルを建てた。

ところが、近くに大きなホテルが建ってからというもの、客足が途絶《とだ》えてしまった。幼稚園の利益をホテル経営にまわしたが、赤字は脹《ふく》らむばかりであった。

「それに、どうして北矢切《きたやぎり》幼稚園の先生たちには給料がちゃんと支払われているのに、私たちにはできないんですか」

水野めぐみが横から口を出した。宮下は即座の返答に窮《きゅう》した。宮下は希望幼稚園の他に北矢切幼稚園を経営していた。

「北矢切の教師たちだって遅配はある。だけど、実情に理解を示してくれており、君たちのようにわいわい騒がないだけだ」

宮下はいっきに腹にためていたことを吐《は》き出す。

「君たちは自分たちの権利ばかり主張するが、あまりに勝手だと思わないか。私の教育方針をまったく理解しようとせず、園長を無視して自分たちで勝手にカリキュラムを作って授業を行なっている。それで給料をくれと言うのは虫が良すぎる。自分たちのことばかり考えずに、もっと他人のことも考えたらどうなんだ。自分たちが幼稚園を経営しているつもりなのか」

室内がざわついた。教諭たちが口々に何かを言い出した。その混乱を静めるように牟礼が大声を出した。

「私たちは先代園長の考え方に共鳴してここに来たのです。学校へ行くための手段ではない、子どもたちの情操《じょうそう》教育を主にした遊び主義の幼稚園を作り、子どもたちをのびのび育てたい。そういう先代の情熱を受け継いできょうまでやってきたんです。おかげで、幼稚園の評判もよく、毎年入園希望者が増えているじゃありませんか」

牟礼の容赦《ようしゃ》ない言葉は、宮下のプライドを傷つけた。思わずテーブルを掌《てのひら》で叩《たた》き、

「あんたは何かと言うと先代の話を持ち出す。はっきり言っておくが、今の園長は私なんだ」

思わず、牟礼に向かって、あんた、と言う呼び方をした。それも父親の愛人という意識があるからだ。

希望幼稚園は父親が始めたものである。北矢切の農家の息子であった父には商売の才覚があって、農地を売り、貸しビル業に手を出して成功をしたのである。彼は酒呑みで女好きであったが、どういうわけか教育に関して熱心であった。貸しビル業のほうは後妻の子ども、つまり宮下にとっては腹違いの弟に経営を任せ、自分は幼稚園経営に目を向けたのだ。

そのときの悔しさを忘れることができない。おまえには経営は無理だと烙印《らくいん》を押されて、後継者は義弟であると早々と社員に公言してしまったのである。

なぜか、父親は宮下をうとんじ義弟を大切にした。

宮下は大学を出てからサラリーマンになったが、父親とは絶縁状態が続いた。その父が脳溢血《のういっけつ》で倒れ、宮下が急遽《きゅうきょ》跡を継ぐことになった。

「私には私のやり方がある。現に、北矢切幼稚園だって大きく発展している」

希望幼稚園を自分の思う通りに変えようとしたが、ことごとく教諭たちに邪魔された。父は死んだあとも、牟礼寿子を使って宮下を押さえつけているのだ。

だから、宮下は自分が思い切り力を出せる幼稚園を作った。それが北矢切幼稚園である。

その後にホテル経営に乗り出したのも、経営者として不合格の烙印を押した父への敵愾《てきがい》心《しん》からであった。

「希望幼稚園には希望幼稚園のやり方があります。他の幼稚園にはないユニークさが、私たちの作り上げてきたものなんです」

牟礼は胸を張って言う。とにかく希望幼稚園の教諭たちの権利意識は凄《すさ》まじい。特に教職員の組合に入ってからというもの、ますます強気になって自分たちのやりたい放題の授業をやっている。

「私は君たちのやり方なんか認めない。非現実的だ。父母の間に不安の声があるのを知っているのか。北矢切幼稚園の園児たちに将来後《おく》れをとるのではないかと心配している」

「そんなことありません。私たちの遊び主義の教育は周囲にも認められているはずです」

牟礼がむきになって口答えする。小柄なくせして声は大きい。

「君たちは甘いんだよ」

宮下は厭味《いやみ》をこめて言った。牟礼は教諭の経験年数が二十年ぐらいあるが、逆に言えば他の世界を知らないということである。視野《しや》が狭いのだ。

「幼稚園は慈善《じぜん》事業じゃないんだ。一頃《ひところ》に比べ、入園する子どもの絶対数が減っている。以前は待っていれば入園希望者が集まってきた。だが、今は園児たちのほうが幼稚園を選ぶ時代に変わっているのだ。これからは園児を積極的に獲得しなければならない時代なんだ。それがわからないのか」

「希望幼稚園は私たちの夢なんです。自分たちの手で理想に近い形で作り上げてきたという自負《じふ》があるのです。園児の募集だって私たちがやってきました。遊び主義教育を目指して成果が上がってきています」

「そんなに愛着があるのなら組合なんか解散して、本来の教諭としての務めを果たしたらどうなんだ」

宮下は八つ当たりぎみに言う。

「組合に入っているからと言って、私たちは教師としての務めを疎《おろそ》かにしていません。組合に入ったのは私たちの基本的な権利を守るため……」

「また権利か。自分たちの権利ばかり主張しないで、少しは経営側の事情を察したらどうなんだね。君たちが考えているほど収益は上がっていない。それに、君たちの言う遊び主義教育というのは金がかかるんだ」

「そんなことありません」

「とにかく、幼稚園の設備投資などで資金がいる。それでも、すぐに給料の遅配をなくせと言うなら教師ひとりにやめてもらうしかない。ひとり分の人件費が浮けば、すぐに給料の遅配はなくせる」

「だめです。ひとりでも欠けたら満足な教育はできません。それより、蔵王のホテルは手放すことになったんでしょう」

「そんなこと、君たちに関係ない。時間が来た」

宮下は腕時計を見る振りをしてから立ち上がった。

「園長待ってください。園長がそういう態度なら、ほんとうに教職員組合に訴えて闘いますよ」

追い掛けてくる教諭たちの声を無視して、宮下は乱暴にドアを開けた。

「あとは頼んだ」

途方にくれている副園長に声をかけて足早《あしばや》に外に出る。何か言いたそうだったが、妻の弟である副園長は宮下には何も言うことが出来ない。

駐車場に向かうと、スクールバスの運転手の大内《おおうち》があわてて頭を下げた。

宮下は自分の車を運転して、北矢切幼稚園に向かった。

この希望幼稚園のある辺《あた》りは都野台と言って、ここ十五年ほど前から急速に団地が出来てきたが、まだ自然がだいぶ残っている。JR松川駅までバスで二十分ぐらいかかるのが難点であった。

しかし、周辺にはコンビニエンスストアや歯科医院、ガソリンスタンドなどが出来て、生活する上では不便はまったくない。

国道に出てからしばらく走り、江戸川《えどがわ》の手前を左折する。まだ畑が所々《ところどころ》に残っている。やがて、畑の向こうに鉄筋《てっきん》四階建ての近代的な建物が見えてきた。宮下が園長を勤めるもう一つの幼稚園、北矢切幼稚園である。

北矢切幼稚園は自宅の裏の農地を潰して建てたもので、近代的な建物である。駐車場に車を停《と》めて、宮下は園長室に入っていった。

机に座ると、今年の春に入ったばかりのおでこにきびのある若い教諭がすぐにお茶を運んできた。

「クリスマス会の準備はすすんでいるのかね」

宮下は彼女に声をかける。

「はい。ちゃんとやっています」

緊張して、彼女は答える。その初々《ういうい》しさに、宮下は微笑《ほほえ》んだ。彼女が去っていくうしろ姿を見ていて、ふいに暁美《あけみ》がやってきたときのことを思い出した。

当時、暁美は二十歳であったが、今の彼女のように初々しかった。宮下は目の大きな丸顔の彼女に興味を持ち、やがて関係を持った。

ドアのノックの音がして、妻が入ってきた。暁美のことを考えていたところなので、宮下は少しばかりあわてた。湯飲みに手をのばして、表情の変化をごまかした。

「どうでしたの？」

北矢切幼稚園の副園長である彼女も、希望幼稚園での話し合いが気になっているのだ。

「話にならないね。あの連中と顔を突き合わせているとまったく不愉快になる」

宮下は団交の結果を表情で説明するように顔を大袈裟《おおげさ》にしかめた。

「ほんとうに愚かなひとたちね」

気位《きぐらい》の高い妻は教諭たちを蔑《さげす》んだ。

希望幼稚園の教諭たちと会ったあとは疲れがどっと出る。それに比べて、北矢切のほうは天国である。教諭も皆若くて素直だ。宮下の考え方が教諭たちに浸透《しんとう》しており、組合など作る気配《けはい》はない。

今の子どもたちは受験戦争の中におり、年々受験戦争の年代は下がってきている。かつては大学や高校受験だと騒いだが、今では中学受験からが勝負になってきた。ところが、さらに小学校受験にまで及んできた。そのためには幼稚園教育が重要になってきたのだ。出来る限り、英才教育を早く始めることが受験戦争を勝ち抜くことになるのだ。

また、エスカレーター式に大学まで続いている名門校を目指すためにも早い時期からの教育が大事になっていく。そういう要望を満足させる幼稚園作りを手がけてきたのだ。

「いっそのこと、あそこを廃園にしてしまったら」

そう言い残して妻が出ていった。廃園という言葉の持つ意味が徐々《じょじょ》に自分の意識の中で明確になってきたとき、宮下は顔の筋肉が急に引きつった。

決意

冬ざれの七日原高原《なのかはらこうげん》は強い北風に樹木も震え、すっかり冬の天地の中にあった。宮下は凍《い》てついて死んだように息を止めている風景に自分の心を映しだしていた。

タクシーを停めさせて未練げに今出てきたばかりの蔵王ブルーライトホテルを振り返っているが、山間《やまあい》に望めるクリーム色の建物の一部がよそよそしくそびえている。かつては自分の所有物であったホテルは去って行った女のように冷たい。

宮下はため息をついてから、

「もういい、やってくれ」

と、顔を戻して運転手に言った。

二つの幼稚園の経営者から、事業家としての飛躍を期して手を出したホテル経営であったが、僅《わず》か四年で手放さざるを得なくなってしまった。

父親のビル管理会社を受け継ぎ大きく業績を伸ばしている義弟から援助の申し入れがあったが、宮下は拒否した。腹の中で、宮下のことを無能呼ばわりしている義弟の世話には金輪際《こんりんざい》なりたくなかった。

幼稚園の経営が共に順調なので保育料などを値上げすれば負債は返済出来るという計算が頭にあるのだ。

途中に秋保《あきほ》温泉の案内を見せながら、タクシーは仙台《せんだい》に向かっている。以前に暁美といっしょに泊まった温泉宿を思い浮かべた。軽い気持ちで誘ったのだが、彼女は思いがけずにあっさりついてきたのだ。

前方の山の向こう側に団地が出来ているという運転手の説明に適当に相槌《あいづち》を打ちながら、宮下はもう二度と通ることがないであろう国道の風景を感傷的《かんしょうてき》に眺めた。

タクシーは市内に入った。青葉《あおば》通りを駅に向かう。

駅に着いてタクシーを降りると、宮下はフェルトの帽子をかぶり、カシミアのロングコートを羽織るとバッグを片手に駅ビルに入って行った。暁美へのみやげに笹《ささ》かまぼこを買ってから新幹線に乗り込んだが、しばらくして暁美にむしょうに会いたくなった。通りかかった車掌《しゃしょう》に電話の場所を聞き、座席を立った。

電話は塞《ふさ》がっており、宮下はいらつきながら、通路で待った。電話が空《あ》くと、急いで受話器をつかむ。

記憶している番号を馴《な》れた手付きで押すと、コール信号が聞こえてきた。

「もしもし」

少しけだるそうな声が聞こえると、宮下の表情が無意識のうちにゆるんだ。

「私だ。東北新幹線の中からかけている」

雑音に邪魔されながら、暁美に出掛けないようにやっと伝えると、どうにか気持ちも落ち着いた。

座席に戻り車窓《しやそう》を見る。冬田道をとぼとぼ歩いている老人の姿がいかにも寂しげに見えた。

寒々《さむざむ》とした風景を見ているうちに、再びホテルを失ったことのショックが蘇《よみがえ》った。ホテル経営は父親に対する意地でもあったので、経営に失敗したということよりも父親を見返すことが出来なかったという敗北感のほうが大きい。義弟の勝ち誇ったような笑い声が耳に聞こえてきそうだった。

車内販売がやってきたのでビールを買い、胸に広がった不快感を消すようにビールをいっきに喉に流し込んだ。

うとうととしかけて目を覚まし、それを何度か繰り返しているうちに大宮《おおみや》を過ぎていた。空は薄闇《うすやみ》に包まれていて、遠くの明かりが輝きを増してきた。

上野に着くと、宮下はタクシーで千住《せんじゆ》にある暁美のマンションに向かった。道路は渋滞していて、宮下は気ばかり焦《あせ》る。

やっと、隅田川《すみだがわ》に近いマンションに着くと、エレベーターで十二階に上がった。高層マンションの十二階の廊下に出ると東京の街が一望《いちぼう》出来る。隅田川沿いの高速道路は車で渋滞していた。しかし、風景を楽しむことなく暁美の部屋に急いだ。

一番奥の部屋の前に立ち、合鍵でドアを開く。

靴を脱ぐと、浴室からシャワーを使っている音が聞こえてきた。宮下はコートと上着をハンガーにかけ、ソファーに腰を下ろした。

浴室からバスタオルに裸身を包み髪の毛を濡《ぬ》らした暁美が出てきた。立ち上がると、彼女はすぐに駆け寄り、宮下の体にしがみついてきて、顔を宮下の胸にうずめて、それからさっと離れた。

「シャワーでも浴びたら」

彼女は鏡の前に向かいながら言う。

「いや、あとでいい。ビールをもらおうか」

「冷蔵庫にあるから呑んでて」

彼女は顔に化粧水をつけながら言う。宮下は自分で冷蔵庫から缶ビールをとってきた。

宮下はビールを呑みながら、暁美のうしろ姿をずっと見つめた。

肌の手入れが終わったのを見計《みはか》らい、宮下は彼女の背後に行き、肩を抱いた。

「この部屋も明け渡さなきゃいけないの」

鏡の中の彼女がきく。

「いい。この部屋はこのままだ」

宮下は髪の毛に顔をつけながら答える。宮下は欲望を抑えられなくなって、いきなり彼女の体を抱え上げ寝室のドアを足で開けた。彼女が手足をばたつかせるとバスタオルの結び目が解けて胸がさらけ出された。細い体には似合わない大きな量感のある脹らみが、宮下を興奮させた。

「いやだあ、まだ早い時間じゃない」

宮下は彼女をベッドに運んだ。肌は陶器のようにすべすべしていて、愛撫《あいぶ》する手が弾《はじ》かれそうなほど若さが漲《みなぎ》っており、宮下は我《われ》を忘れた。

彼女は若いわりに腰の使い方が達者であり、そのことで彼女の背後に男の存在を妄想《もうそう》して、宮下はつい声を上げてしまうほど相手の激しい動きに合わせた。

外はすっかり暗くなってきた。宮下は起き上がり、窓辺に寄った。窓を開けると、遠くに新宿《しんじゅく》高層ビルや池袋《いけぶくろ》のサンシャインビルが眺められ、その周囲に金、銀や宝石をちりばめたように明かりがきらめいている。

「ねえ、借金は返せたの」

暁美がベッドの上に体を起こして、不安そうな声を出した。

宮下は火照《ほて》った体を冷たい風に当てた。

「まだ、少し残っている。でも、心配するな」

この女を失いたくないと、宮下は腰にバスタオルを巻いただけの体を夜風に晒《さら》して改めて思った。

暁美に教諭をやめさせたのは、他の教諭たちに勘づかれそうになったからであった。妻に気づかれる前に、さっさとこのマンションを買い与えたのである。

「喉が渇いた」

鼻にかかった暁美の声に、宮下は窓を閉め、彼女にねだられて買い替えたばかりの冷蔵庫に行った。

ウーロン茶をグラスについで持って行くと、ベッドから彼女が両手を伸ばすようにして宮下を誘い込む。サイドテーブルにグラスを置き、ベッドに上がった。暁美の若さが乗り移ったように、宮下は再び元気を取り戻して水を弾くすべすべした肌に体を合わせた。

だんだん高まる暁美のあえぎ声に合わせて、宮下はいっきに果てようと、腰を激しく使った。

静かだった。微《かす》かに、彼女の息が聞こえるが、それも次第に静まっていく。宮下が体を離すと、暁美がうめき声のような声を出した。

腹ばいになって煙草を喫《す》っていると、彼女が顔を近づけてきく。

「借金を返す当てがあるの」

「街の高利の金貸しから借りて一時しのぎをするしかない。幸《さいわ》い、幼稚園のほうは順調だから何とかなるだろう」

彼女の髪の毛が肩をなでる。

「義弟《おとうと》さんから借りればいいじゃない」

「あいつからは死んでも借りん」

言下に、宮下は強い口調で吐き棄《す》てた。

「だって、そんなこと言っている場合じゃないでしょう」

「あいつに頭など下げられるか」

「じゃあ、幼稚園を売るしかないじゃない」

「なに！」

幼稚園を売ってしまえばいい、という暁美の言葉に、宮下ははねおきた。暁美がびっくりしたような顔をした。

長くなった灰に気づいて、あわてて灰皿に落とす。

暁美も妻と同じことを言った。希望幼稚園を自分の思い通りに運営していくということが、父に対する復讐《ふくしゅう》になるのだと思っていた。その希望幼稚園をやめるということは敗《はい》残者《ざんしゃ》になるような気がする。そう感じていたせいか、希望幼稚園をやめるという考えは微《み》塵《じん》もなかった。

しかし、妻に言われたときから、その考えが芽生《めば》えていたのかもしれない。ただ、自分の気持ちの整理がつかなかっただけなのだ。それは、どこか心の隅《すみ》で父に対して未《いま》だに畏《い》怖《ふ》の念を抱いているからではないか。それは牟礼寿子を通して、父が常に姿を現わし宮下を圧迫していたからだ。

そうだ、父が作った物を壊《こわ》すことも十分な報復になるのだ、と宮下は天の啓示《けいじ》を受けたように興奮した。

「どうしたの、そんな恐い顔して」

暁美が下から覗き込む。

「簡単に幼稚園をやめることができるだろうか」

宮下はつぶやいた。

「どうして？　やめると言えば、それで済むんでしょう」

「教諭たちは組合に入っている」

「それは希望幼稚園でしょう。北矢切幼稚園には組合はないじゃない」

「北矢切は手放さない。あれは俺の城だ。潰すのは希望幼稚園だ」

暁美と話すうちに、宮下の内部で希望幼稚園を潰すことに向かって気持ちが高まっていった。

父母たちはどうにでもなる。幼稚園は他にもあるし、もちろん北矢切のほうに転入させることもできる。しかし、即失業ということになる教諭たちはそういうわけにはいかない。組合の力を背景に何をしでかしてくるかわからない。

特に、牟礼寿子は死んでも希望幼稚園を守り抜こうとするのではないか。彼女は父に受けた恩義をそういう形で返そうとしているのだ。当然、教職員組合に救済を申し込み、応援を得て圧力をかけてくるだろう。

「幼稚園はあなたの持ち物でしょう。自分のものをどう始末しようと勝手なんじゃないの」

「理屈ではそうだが……」

「弁護士に相談してみたら」

暁美はそう言ってから、

「ねえ、欲しい洋服があるの。買ってもいい？」

と、首にしがみついて甘えてきた。宮下は上《うわ》の空で返事をしながら、あの男に相談してみようと思った。

宮下は学生時代からの友人の小沢《おざわ》弁護士を大手町《おおてまち》の事務所に訪ねた。特に顧問《こもん》弁護士として契約しているわけではないが、何かと相談に乗ってもらっている。

「それは自分の持ち物をどう処分しようが法的には何の障害もないよ」

頭髪が薄くずんぐりした体格の小沢はそれなりな風格があった。

「組合が騒いでも押し切っていけるんだな」

宮下は念を押す。

「もちろん。ただ」

そこで小沢は唇を曲げたので、

「ただ、なんだ?」

と、宮下は身を乗りだし、小沢の鰓《えら》の張った顔を見つめた。

「ただ、あの牟礼という教諭はなかなかのうるさ方だし、情熱家のようだ。希望幼稚園にはひとかたならぬ思い入れを持っているのじゃないか」

「確かに」

小沢は希望幼稚園の内実をよく知っている。彼は苦い薬を呑んだように顔をしかめ、

「それに、他の教諭たちだってなかなか気が強そうなのが揃《そろ》っている」

「だから何だ?」

「抵抗してくるっていうことだよ。母親たちに呼びかけて廃園反対の運動を起こすことになると思う」

「しかし、君はさっき法的には自分の持ち物をどう処分しようが勝手だと言ったではないか」

「そうだ、法的には問題ない」

「じゃあ、何も考えることはない。もし、教諭たちが騒いだら頼む」

宮下はいつもの調子で言った。が、きょうに限って小沢の態度が煮え切らなかった。

「勘弁してくれないか」

宮下は聞き違えたのかと思って、相手の顔色を窺《うかが》った。彼は組んだ脚を解き、

「今、俺は冤罪《えんざい》事件の弁護をしている。人権派の弁護士という評価を得ているんだ」

と、口ごもりながら言う。宮下は焦《じ》れてきた。

「それがどうしたんだ?」

「廃園反対運動が盛り上がった場合、法的には幼稚園側に理があっても、弱者である教諭や父母たちのほうに同情が集まる」

「君のイメージが悪くなるということか」

宮下は呆れ返ったように言う。

「ありていに言えば、そういうことだ。弁護士だって商売だ。イメージが大切なんだ。わかってくれ」

小沢は不貞腐《ふてくさ》れた宮下を懸命になだめる。

「その代わり、いい弁護士を紹介するよ」

依頼人

贈賄容疑《ぞうわいようぎ》で逮捕された夫の弁護を依頼に来た社長夫人をやっと送り出し、執務室に戻った西城は甘酸《あまず》っぱい香水の香りを消すために部屋の空気を入れ換えようとして窓ガラスを開けた。とたんに冷たい風が冷え冷えとした心の中にも流れ込んだ。

新橋《しんばし》方面に帰っていく社長夫人のうしろ姿が目に入り、西城は彼女の色っぽい目付きを思い出し苦笑する。向かい合っている最中、常に彼女は西城を誘惑するように熱いまなざしを向けていたのだ。本当に夫を助けたいと思っているのかと疑うほど、彼女は相談に身が入っていなかった。

彼女の姿が視界から消え、窓を閉めようとしたとき、このビルの真下《ました》に見覚えのある男を見つけて、咄嗟《とっさ》にカーテンの陰に身を隠した。

あの男は警視庁《けいしちょう》の蛭田《ひるた》刑事だ。どうやら、このビルに用があるらしい。最近、自分の行く先々で感じた粘りつくような視線の正体は、蛭田だったのかもしれない。それにしても、なぜ自分をつけまわしているのか。

あのことではないかと考えると、暗闇の中に誰かが凶器を持って待ち伏せでもしているような不安に襲われた。だが、あのことは、誰にも知られていないはずだ。ましてや、蛭田が嗅《か》ぎつけるはずもないし、またそのような徴候《ちょうこう》もない。

電話が鳴った。いや、さっきから鳴っていたらしい。西城は急いで机に向かい受話器をつかんだ。

「小沢弁護士からです」

事務員の秀子《ひでこ》の落ち着いた声から、小沢の野太《のぶと》い声に変わる。

「他でもない、仕事を引き受けてもらえないかと思って電話をしたんだ」

挨拶《あいさつ》もそこそこに本題に入った。幼稚園の廃園問題だと言う。手の汚れる仕事をこっちに押しつけようとしている彼の魂胆《こんたん》はわかっている。

「友人で宮下という、千葉県で希望幼稚園と北矢切幼稚園の二つを経営しているのだが、彼が幼稚園以外の事業に手を出し、蔵王にリゾートホテルを建設した。ところが、経営難からホテルを手放さざるを得なくなったんだ。それでも、まだ二億以上借金が残る。それを希望幼稚園の土地の売却金で充《あ》てようとしている」

「何ら問題なく廃園できるんじゃないですか」

何か裏があると知りながら、西城はわざと言う。

「きみ、例の平岡社長の自殺事件。あの件で、遺族が弁護士会に君を訴えてきたことを知っているかい。もちろん、私が取り上げないように押さえておいた」

小沢は威《おど》しとも恩着せがましい態度ともとれる言い方をした。この狸《たぬき》め、と西城は顔をしかめた。

「お言葉を返すようですが、平岡社長の自殺と私はまったく関係ありません。遺族が誰かの入れ知恵で騒いでいるだけです」

西城は反発して言う。

「弁護士会に訴えてきたことは事実だ。まあ、そんな話はいい。どうだね、西城くん。私の頼みだ。引き受けてもらえないか」

今度は下手に出てきた。小沢は世間的には人権派弁護士という評価を受けている。それはそのように思わせるような仕事の仕方をしているからだ。単に人権派の小沢弁護士という像を演じているに過ぎない。

「これから友人をそっちまで行かせる」

有無《うむ》を言わさずに一方的に言って、小沢は電話を切った。不愉快さを断ち切るように乱暴に受話器を置いてから、窓の下を覗くと、蛭田の姿は見えなかった。

妙に思って、周囲を探すと、少し離れた公衆電話ボックスの中に蛭田を見つけた。

蛭田はしきりに電話口に向かって口を開いている。ときたま、顔をこっちに向ける。

新橋方面からやって来たタクシーが真下で停まった。ドアが開き、葉月が出てきた。蛭田は受話器の口許を押さえ、葉月のほうを凝視《ぎょうし》している。

葉月がこのビルに入ると、蛭田はすぐに電話を切って、まるで葉月のあとを追うようにボックスから飛び出した。その行動が解《げ》せなかった。

「鈴城《すずしろ》さんがお見えです」

執務室のドアを開け、秀子が葉月の苗字《みょうじ》を口に出して呼んだ。秀子は四十半《なか》ばで、去年離婚し西城の事務所に事務員として働きに来ているのである。地味《じみ》で人当たりはいいが、葉月が事務所にやってくると機嫌がよくないようだ。

秀子と入れ違いに、和服姿の葉月が入ってきた。

「きょうはどうしたんですか」

不意の来訪を訝《いぶか》って、西城はきいた。

「買物に出たの」

葉月は秀子の耳を意識して小声になり、紙袋を差し出した。西城は受け取って、中を開こうとしたとき、ノックの音がしたので急いで紙袋を足元に隠した。

茶を運んで来た秀子が去るのを待って、西城は改めて袋を開いた。花柄のワイシャツである。

「あなたに似合うと思ったの」

葉月は手を伸ばして言う。その手を握り返して、

「蛭田という男をご存じじゃありませんか」

と、きいた。

刺激の強い匂いを嗅いだように、彼女は顔をしかめた。が、それは一瞬だった。あとは元の自然な表情で、西城の顔を見つめて言う。

「蛭田？　さあ、存じ上げないわ。その方、どういうひとなの？」

「刑事ですよ」

彼女は興味なさそうに湯飲みを口に運んだ。

西城はあえてそれ以上追及せずに、もらったワイシャツを眺めるふりをしながら、彼女と蛭田の関係を考えてみた。

老舗の割烹料理の若女将と冴《さ》えない平《ひら》刑事との接点は、個人的には考えられない。捜査一課の刑事と接触を持つような事件にかつて巻き込まれたことがあるのかもしれない。

葉月は『鈴の家』の一人娘ということになっているが実のところはわからない。彼女があの料理屋を乗っ取ったのだという噂《うわさ》も聞こえてくる。この女のために何人の男が人生の階段から足を踏み外《はず》したことか。

西城が腕時計を気にすると、

「あら、何か用が？」

と、彼女が長い睫《まつげ》を向けた。

「来客があるんです」

「残念だわ、食事にでも誘おうと思って寄ったのに」

彼女は未練げに言ったが、意外と明るい表情で西城のそばに寄り、

「今夜、部屋に来て」

と、何人もの男に見せてきた微笑みを作った。

「待っているわ」

葉月が執務室を出ていこうとするのを、

「ちょっと待ってください」

と引き止め、西城は窓辺に寄った。

下の通りを探したが、どこにも蛭田の姿は見えない。安心して、西城は葉月を送るために執務室を出た。秀子が睨みつけるように横目で見ていたが、葉月は無頓着《むとんちゃく》に廊下に出てから彼女に向かって会釈《えしゃく》した。秀子もあわてて頭を下げた。

エレベーターの中で彼女は西城の胸にしなだれかかった。年下の者にも甘えるのが上手な女である。

「ねえ、お正月はどうするの。旅行したいわ」

「わかった。考えておく」

「ほんとうよ」

外に出て、タクシーを呼び止める。

「じゃあ、あとで」

西城は声をかけ、彼女を車に乗せた。

部屋に戻ると、西城は秀子と目を合わせないようにして執務室に逃げ込んだ。

上着の右肩に葉月の残り香のようなうっすらと白っぽいものがついていた。ハンカチで拭《ふ》き取っていると、ドアのチャイムの音に続き、秀子の声がした。どうやら、小沢弁護士の紹介者がやって来たらしい。

やがて、秀子が顔を覗かせ来客を伝えた。

チェックのブレザーを羽織った男が大股《おおまた》で執務室に入ってきた。両足を踏ん張るように立ち止まりロングコートを持った手を腰に当てたまま狭い執務室を見回し、それから値踏みするように出迎えた西城をじろじろ見つめた。その傲岸《ごうがん》とも思える態度に、西城ははじめから反発を感じたが、小沢の紹介なので辛抱《しんぼう》した。

「小沢弁護士から紹介を受けた宮下です」

彼は鷹揚《おうよう》に名刺を出した。

「西城です。どうぞ」

椅子《いす》をすすめると、彼はロングコートをそっと隣の椅子の背もたれにかけて腰をおろした。コートがずり落ちそうになると、あわてて手をやり、心配そうに横目で気にしている。その小心《しょうしん》な態度に、この男の底の浅さを見て、西城は先程感じた怒りが急に萎《しぼ》んでいった。

改めて相手の顔を見た。眉が濃く鼻筋が通って渋い顔立ちだが、厳しさに欠けるようだ。ホテル経営に失敗したそうだが、所詮闘いの世界で勝ち抜いていくだけの器量はない。西城はとっさの観察でそう見抜いていた。

「小沢くんからお話があったと思いますが、私が経営する幼稚園のことで相談に上がったんです」

宮下は切り出したが、話は小沢弁護士といかに親しいかになった。たぶんに西城を圧倒しようという計算に思えたが、西城は適当に相槌《あいづち》を打ちながら聞いた。

「小沢くんに相談を持ち掛けたら、西城先生のほうがふさわしいと言うんですよ。それで、こうしてお願いに上がったというわけです」

宮下は灰皿を引き寄せ、おもむろに煙草を取り出した。

「なぜ、私のほうがふさわしいと？　小沢先生にも電話で申し上げましたが、小沢先生なら片手間でこなせる仕事ですよ」

西城は冷めた声できき返す。煙草に火をつけようとした宮下の手の動きが止まった。予想外の返答だったようだ。

「小沢くんは今忙しいんですよ」

「確かに小沢弁護士は事件をたくさん抱えていらっしゃるのかもしれません。でも、それはどの弁護士も同じようなものですよ。小沢さんは社会派、人権派などと称されて、大きな冤罪事件を多く取り扱っていらっしゃるから忙しいように思えますが、私のように小さな仕事をたくさん抱えているより、案外と時間は作れるんじゃないですか」

突き放したような言葉に、宮下の顔つきが変わった。目がつり上がっている。西城は意地悪く、

「小沢弁護士が引き受けない理由は何なんですか」

と、追い討ちをかけた。

宮下は返答に窮している。

「自分の持ち物をどう処分しようが勝手ですよ。廃園にしたいのなら、そう宣言すればいいでしょう。先程のお話ですと、負債の返済のために幼稚園の土地を売るということでしたね。幼稚園は宮下さんご自身の所有でしょう。所有者が切羽《せっぱ》詰まった事情から幼稚園を廃園にし土地を売ろうとすることは当然にありえます。法的に十分な勝算があるわけですから、私にふさわしい仕事というわけではないようですよ。だったら、小沢弁護士にお願いしたほうがいいのではないでしょうか。親しい間柄のようですから」

皮肉を込めて言う。宮下はむっとしたように、

「希望幼稚園の教諭は組合を作っていて、反対運動が起こりかねないんだ」

「だったら、もう一つの幼稚園、北矢切幼稚園でしたか。その方を売りに出せばいいでしょう」

「いや、希望幼稚園を廃園にしたいんだ」

宮下は強い口調で言った。

「なぜ、希望幼稚園じゃなければだめなんですか」

「あそこの教諭たちは好き勝手な教育をしていて、園児のためにならないんだ。私の教育方針にも従わない。何かあればすぐに団交だと言ってくる。これで、満足な幼児教育が出来ると思いますか」

宮下は興奮して続ける。

「今や、四、五歳児の九割以上の子どもたちが幼稚園か保育園に通っている時代です。もはや、幼稚園は義務教育化していると言っていい。この学歴社会に生き抜く子どもを育てるには幼稚園からはじめなければならない時代なんだ。それを希望幼稚園の教諭は理解していない」

「学歴社会なんかいずれ崩壊《ほうかい》しますよ」

「それはない。人間の能力を判断できる材料と言ったら学歴しかない」

「その弊害《へいがい》が今問題になってきているんじゃ？」

「これは良い悪いの問題じゃないんですよ。現実の社会を直視すると、幼稚園から英才教育をしなければ間に合わないんです。現に、そういう幼稚園を望む父母は多い。ところが、希望幼稚園はまったく逆なんだ。遊び主義教育と称して、教育とは無縁の世界になっている。いろいろな行事があるのはいいが、それに母親たちも集まってきて、まるでカルチャーセンターの雰囲気になっている。これじゃ、幼稚園とは言えない。そもそも幼児教育というのは」

「教育論を聞くつもりはありませんよ。要するに、希望幼稚園の先生たちが組合を作っていることが気にくわないというわけですね」

ずばり核心《かくしん》を突くと、宮下は険しい顔つきで言う。

「希望幼稚園そのものを崩壊させたいんです」

宮下の本心が組合潰しにあることは明白だが、希望幼稚園そのものを潰したいと言ったときの目の奥に怨嗟《えんさ》のような炎が上がるのを見て、西城は宮下の屈折《くっせつ》した心理に思いをはせた。希望幼稚園を潰すこと自体に、彼の怨念《おんねん》がこめられているのはなぜか。

その探りを入れるために、西城は話題を変えた。

「希望幼稚園の創立はいつ？」

「十五年前に、父が創設しました。父が亡くなり、私が跡を継いだんです。父は事業家で幼稚園以外は義弟に……」

宮下の表情がさらに険しくなった。彼の説明を聞き、西城は彼の執念《しゅうねん》の一端を垣間見《かいま》たと思った。希望幼稚園を潰すことは、彼にとっては単に組合潰しだとか負債を解消するためだけのことではないのだ。

「廃園反対運動が起きて大騒ぎになると世間からは悪役に見られる。だから、小沢弁護士は引き受けなかったわけですね」

宮下は気弱そうにうなずいた。最初に浮かべていた傲岸さは消えており、西城にすがりつくような目つきに変わっている。

「どうか引き受けてもらえないですか。この通り」

宮下ははじめて頭を下げた。

「希望幼稚園はどこにあるんですか」

念のために、西城は幼稚園の場所を聞いた。

「都野台です」

「都野台？　千葉県の……」

思わぬ答えが返ってきた。

都野台が近い将来、高級住宅地として開発される予定だという話が頭の中で火花のように散った。西城の体内に炎が燃え上がるような熱い興奮が起こった。西城は急に態度を変えた。ある企《たくら》みが芽生えていた。

信州路《しんしゅうじ》

タクシーは善光寺《ぜんこうじ》の横を通りゆっくり城山《しろやま》公園に上がっていく。カーブを曲がるとき、葉月が西城の肩に倒れ込んできた。正月休みを利用して、信州にやってきたのだ。

やがて道の下に旅館の屋根が見えてきた。

車の音を聞きつけたのだろう、顔馴染《なじ》みの番頭が法被《はっぴ》姿《すがた》で出てきて迎えた。創業九十年という伝統を持つこの旅館は緑に囲まれた丘の斜面にある。

広い玄関に入ると、すぐ左手が帳場で、年配の従業員の案内でフロント横の階段を下る。廊下を曲がった所にある部屋で、窓から長野市内の町並みが望めた。

「まあ、素敵」

葉月が窓を開けて感嘆《かんたん》する。町並みの向こうに山が連《つら》なっている。

「あれが、四阿山《あずまやさん》、あっちが浅間《あさま》になる」

西城は指を差して説明する。

「善光寺さんに行ってみましょうよ」

葉月に手を引っ張られるように旅館を出て、アスファルトの道路を下っていくと、善光寺の大屋根が見えてきた。

仁王《におう》門にまわると、みやげ物屋や仏具店などが並んでいる仲見世《なかみせ》通りは、参拝《さんぱい》客であふれている。

山門の前で、西城は足を止めて振り返った。背後に視線を感じた。周囲を見回したが、おおぜいの参詣《さんけい》客の中から怪《あや》しい人物を探し出すことは不可能だった。気のせいなのかもしれない。西城はなぜか神経過敏《かびん》になっている。

線香の煙がたちこめている香炉《こうろ》から木造の金堂《こんどう》に向かう。白大島《しろおおしま》に臙脂《えんじ》の綴《つづ》れ織りの帯を締めた葉月の姿は参詣客の目を奪うようで、男たちが振り返る。しかし、さっきの視線は西城に向けられたものだ。

善光寺に来るのははじめてと言う彼女は本尊《ほんぞん》をお参りしたあと、『お戒壇《かいだん》めぐり』をしたいと言った。本尊が安置《あんち》されている瑠璃壇《るりだん》の真下の暗闇の板廊下を手探りでまわり『お錠前《じょうまえ》』に触れると極楽往生《ごくらくおうじょう》ができると言う。

「ぼくはいい。あなたひとりで行って来てください」

「ひとりじゃつまらないわ」

すねたように言うが、好奇心には勝てないようで、

「じゃあ、待っててね」

と、彼女は内陣《ないじん》に向かった。

西城は堂の外廊下に出て、暮れ泥《なず》む冬空を見上げた。西城は年に何度か長野を訪れる。今回もある目的があってやってきたのだが、そのことは葉月にも話していないし、話すつもりもなかった。

香水の香りが漂《ただよ》い振り向くと、葉月が立っていた。

「混んでいるんでやめたの」

彼女の顔に脅《おび》えのようなものが浮かんでいた。

西城は蒼《あお》ざめた彼女の顔色を訝って何か言おうとしたが、その前に彼女は西城の腕を引っ張って階段を下りた。

「どうしたと言うんですか」

階段を下りた所で彼女を引き止めてきいた。

「疲れたわ。旅館に帰りましょう」

葉月はわがままで自分勝手なところがあるが、今の行動には何か理由があるような気がした。

旅館の部屋に戻り、宿の浴衣《ゆかた》に着替えると、ようやく彼女は落ち着きを取り戻した。

夜の帳《とばり》が下り、長野市内の明かりが輝きを増している。目の前の夜景を、西城は部屋は違うがこの旅館から藤枝《ふじえだ》みずえといっしょに眺めたことがある。

みずえと同宿した旅館に葉月を連れて来たことに、西城は自分でも驚いている。

「ねえ、お風呂に行きましょうよ」

葉月の声に西城は現実に引き戻された。手拭《てぬぐ》いを持って廊下に出る。

婦人風呂に入る葉月と別れ、西城は殿方大浴場の暖簾《のれん》をくぐった。脱いだスリッパが乱雑に並んでいて、脱衣場にも数人いた。

湯に浸《つ》かりながら、西城は善光寺での葉月のあわてようを考えていた。たぶん、知った人間の顔を見たのに違いない。なにしろ彼女のために財産を失ったり、会社の金を使い込んだりした男がたくさんいる。

さっと湯に浸かっただけで上がり、ロビーに出てソファーで休んだ。

テレビの画面を何気なく見ていると、主人が近づいてきた。

「西城さん、お電話です」

「電話?」

西城は首を傾《かし》げた。すぐにフロントに行き受話器をつかんだ。

「もしもし」

西城は怒鳴るように呼びかけるが応答はない。しかし、電話が切れている様子はない。

西城もそのまま口を閉ざした。根《こん》比べのようになった。

やがて、向こうから電話が切れた。

「どんな相手でしたか」

西城は主人に聞いた。

「えっ、相手が出なかったんですか」

主人が怪訝《けげん》な顔をする。

「ええ、切れてしまいました」

「男の方でした。くぐもった声でした」

「くぐもった声？」

まさか、と西城はある男の顔を思い浮かべた。

西城が長野に来ていることは誰も知らないはずだ。ましてや、この旅館に宿泊していることを知っている人間は誰もいない。

西城が思いつく男は蛭田である。蛭田なら東京からあとをつけて来たことも考えられる。なにしろ、あの男はふつうの常識では計り知れない執念深さがあるのだ。

頭に手拭いを巻いた葉月が風呂から出てきた。肌がつややかに光っている。

「どうしたの？」

「なんでもありません」

ロビーのソファーに戻ってから、

「あなたはここに泊まることを誰かに話しましたか」

と、西城はきいた。

「いいえ、誰にも」

葉月ははっきり否定した。嘘はないようだ。すると東京からあとをつけられたということになる。

西城はよほど善光寺で誰かと会ったのではないかときこうとしたが、彼女が正直に答えるはずがないと思って言葉を飲み込んだ。

食事の支度が出来たと言って、仲居《なかい》が呼びにきた。部屋に戻ると、お膳《ぜん》の上にいろとりどりの料理が趣味のいい器《うつわ》に盛られ飾るように並べられていた。

銚子《ちょうし》でさしつさされつするうちに、葉月の目許《めもと》はほんのりと桜色に変わり足を斜めに崩した。

追加の銚子を女将が運んできた。

「戒壇めぐりはなさいました?」

女将が葉月に酌《しゃく》をしながらきく。

「ひとがたくさん並んでいて入れませんでした」

葉月はあっさり受け止めて答える。

「明日の朝はお数珠頂戴《じゅずちょうだい》にお出かけなさいますか」

「お数珠頂戴?」

「参道にひざまずいて、朝のおつとめに向かう上人《しょうにん》さんや貫主《かんしゅ》さんから頭を数珠でなでてもらうんですよ。そうすると善光寺如来《にょらい》の恵みがあるそうです」

葉月は顔を西城に向けた。

「朝早い時間ですからね。ぼくは寝ていたほうが」

西城が言うと、葉月は改まって、

「そういえば、あなたはお賽銭《さいせん》も上げなかったし、お参りもしなかったわ。宗派の問題？」

「善光寺さんは無宗派ですから」

女将が口をはさむ。

「無信心なんですよ」

西城は野沢菜《のざわな》に箸《はし》をつけて言った。

「そうかしら。まるで、神仏のお加護《かご》がかからないように、意識してお参りしないみたい」

葉月は冗談を言ったつもりだろうが、西城は内面を覗かれたような気がした。

食事が済み、従業員が蒲団《ふとん》を敷きに来た。葉月は椅子に腰を下ろして煙草を喫っている。

葉月はつきあっていた男をだめにすることで、美貌《びぼう》への養分を補《おぎな》ってきたような女だ。

たぶん、彼女は西城も人生の舞台から転落することを望んでいるに違いない。しかし、西城は他の男と少し違った。おそらく、彼女は西城の心を完全に掌握《しょうあく》することが出来ないもどかしさを感じていることだろう。

その夜、葉月は細身《ほそみ》ながら量感のある体をもろに西城にぶつけて来た。彼女から悪の養分を吸い取るように、西城は葉月の白い肌に唇をはわせた。

彼女の肌の中に自分の体が溶けていくような感覚が何度も襲いかかり、このまま地の底に落ちて行くような自虐的《じぎゃくてき》な快楽に身を委《ゆだ》ねた。彼女は絶えず何かを口走りながら嗚咽《おえつ》をもらし、それは長く尾を引いた。

倦怠感《けんたいかん》に身を委ねていると、葉月は西城の腕の中で軽い寝息をたてはじめた。痺《しび》れかけた腕をそっと外し、西城は蒲団から起き上がった。

窓明かりに時計を見ると、午前一時をまわっている。手拭いをとって、そっと部屋を出た。

大浴場には誰もいなかった。大きく伸びをすると、ぽちゃぽちゃと湯音がした。

葉月に、希望幼稚園の宮下園長の依頼は話していない。もし知ったら、都野台にある土地の購入の名乗りを上げてくるに違いないからだ。もちろん、資金は他の人間に出させるのだろう。

だが、西城はあの土地は松川市で幅広く商売をしている門野《かどの》社長に売るように宮下に進言したのである。

誰か脱衣場に入って来る気配がした。曇《くも》りガラスの向こうに人影が揺れた。西城が湯船に浸かりながら何気なく入口に目をやると、湯煙《ゆけむり》の向こうに白い足が入って来るのが見え、驚いて顔を上げると葉月だった。


翌朝、食事をとってから旅館を出た。

「じゃあ、ちょっと友人に会ってくる」

西城は声をかけた。

「ええ。じゃあ、私は東山魁夷館《ひがしやまかいいかん》を見てから小布施《おぶせ》に行くわ。十二時に北斎館《ほくさいかん》で」

葉月と別れて、西城はひとりでタクシーに乗り込んだ。用心深く後ろを振り返る。怪しい人物はいない。

犀川《さいがわ》を越え、川中島《かわなかじま》古戦場に向かう途中を千曲《ちくま》川に向かって折れる。千曲川に沿ってしばらく走ると、白亜《はくあ》の建物が見えてくる。タクシーはその門を入り、ぐるりとまわって正面玄関に着いた。寝間着《ねまき》姿の老人が見ている。

西城はタクシーから降りて建物に入って行った。

四階に行き、一番奥の部屋に向かう。ドアをそっと開き、室内を見回す。うろうろしている男性もいれば、楽しそうに会話をしている老人もいる。テレビの前にも数人いた。西城の視線は、窓際《まどぎわ》のソファーで編物《あみもの》をしている白髪の女性のところで止まった。

周囲のひとたちに頭を下げながら窓際に向かったが、彼女は気づかないのか手を休めることなく編物を続けている。声をかけることがためらわれた。

しばらく傍《そば》に立っていると、ソーシャルワーカーの女性がやって来た。

「お母さまはとてもお元気ですから心配はいりません。最近はとても機嫌がいいんですよ」

彼女が白い歯を見せて話す。

「お母さん、息子さんが来たのよ。わかる?」

しかし、彼女の言葉に母親は顔を上げたが、西城の顔を見ると顔に悲しみの色が浮かんだ。やがて、ぶるぶると体を震わせた。

「心のどこかに自分を棄てたという思いが残っているんでしょうね」

彼女は皮肉っぽく言う。

「また来るから」

西城が手を差し出すと、その手をおそるおそる握り返して来る。が、すぐに手を離し、顔をそむけた。

ほんとうに痴呆《ちほう》が進んでいるのか疑問に思うときがある。十分な認識が出来ているのにもかかわらず痴呆を装《よそお》っているのではないか。医師の説明によると、脳血管性痴呆で見当《けんとう》識《しき》障害、記憶障害は認められるが、痴呆症状としてはそれほど重いものではないという。

「十分な看護をお願いします」

ソーシャルワーカーの女性に頼み、西城は部屋を出て一階にある事務所に向かった。そこで、半年分の入園料に少し上乗せした額を払い、

「おいしいものを食べさせてあげてください」

西城はあとのことを頼んで、民間の高級老人ホーム『清光園《せいこうえん》』の門を出ると、待たせてあったタクシーで長野市内に戻った。

タクシーを降り駅前の商店街にある喫茶店に入っていくと、冬なのに麦藁《むぎわら》帽子のようなものをかぶってスポーツ新聞を読んでいる錦織雅樹《にしきおりまさき》の姿を見つけた。

「待たせたかな」

西城が声をかけると、錦織はあわてて新聞をたたみ、帽子をとった。眉毛の極端に薄い男だ。三十歳だというが老人のような顔に見えるのも薄い眉のせいだろうか。元警察官だったとは誰も信じないに違いない。

「おとなしくやっているようじゃないか」

「なんとか」

錦織は照れたような笑いを見せたが、西城の呼び出しの真意を探ろうとするように目が光った。

錦織は警視庁池袋署の巡査だったが、スナックの女のことで客のひとりと喧嘩《けんか》になり、相手を出刃包丁《でばぼうちょう》で刺し重傷を負わせた。その国選弁護を西城が担当し、強引に情状酌量《じょうじょうしゃくりょう》の弁護を展開し予想以上に軽い刑で済ませたのだ。そのことで、彼は西城に恩義を感じている。もちろん、警察は懲戒免職《ちょうかいめんしょく》になったが、実家に帰って兄の経営するリンゴ園で働いている。

「女はどうしている?」

西城は事件を起こすきっかけを作った女のことを訊《たず》ねた。裁判に一度だけ傍聴《ぼうちょう》に来たことがある青白い顔を思い出そうとしたがはっきり浮かばない。

「あれっきりですよ」

彼は憮然《ぶぜん》として言う。

「会いたくないのか」

西城がきくと、彼は警戒するようにいったん体を引き今度は大きく乗り出して来て、

「先生、俺に何をさせるつもりなんですか」

西城はウエイトレスが運んできたコーヒーを焦らすようにゆっくり飲んだ。

「調べてもらいたいことがあるんだ。もちろん、謝礼は出す。たまには東京に行きたいだろうと思ってね」

錦織の呼吸が荒くなって来たのがわかった。やはり、この男はあの女に未練があるのに

違いない。

「何をするんです?」

彼は顔を突き出してきく。

「捜査一課に蛭田という刑事がいる。知らないか」

「蛭田? さあ、知りません」

「理由がわからないが私のことを調べている。何を調べているのか、逆に探って欲しいんだ」

「警察に一泡《ひとあわ》吹かせられるなら何でもやります」

彼は鼻の穴を膨《ふく》らませて言う。自分をあっさり切り捨てた警察に恨《うら》みを持っているのだ。それにしても、よくこういう男を警察官として採用したものだと、そのことのほうが西城には不思議だった。

喫茶店の外で錦織と別れ、西城は長野駅から長野電鉄で小布施に向かった。

車窓からリンゴ畑を眺めながら、ゆうべ宿にかかった電話の主のことを考えた。錦織の可能性も考えたが、彼にはそのような真似をする理由がない。

あれこれ考えているうちに小布施に着いた。十二時前だった。

北斎館に向かって歩いていると、小雪が舞ってきた。瓦《かわら》屋根の建物が見えて来て、西城はさらに足を早めたとき、向こうから歩いて来る男の姿に目を止め、反射的に栗菓子《くりがし》屋に飛び込んだ。

目の前を薄汚れたコートを着た蛭田が前屈《まえかが》みの格好で通り過ぎて行くのを、西城は鳥肌が立った腕をさすりながら茫然《ぼうぜん》と見送った。

少し時間を置いてから栗菓子屋を出る。蛭田の姿はもう見えない。

北斎館に到着し入館料を払って中に入る。北斎の肉筆《にくひつ》画を眺めている一団の中には葉月の姿は見えなかった。祭屋台が展示されている部屋にまわってみる。ゆっくり周囲をまわると、ぽつねんと天井画に見入っている葉月を見つけた。西城が傍にいくまで彼女は周囲の状況が目に入らないように立ち竦《すく》んでいる。蛭田の前屈みになって歩いて行く姿が過《よぎ》った。

「お待ちどおさま」

西城はふだんの表情に取り繕《つくろ》って言う。一瞬きょとんとしたあと、彼女は夢から覚めたような顔で、

「あっ、ごめんなさい。天井画に見惚《みと》れていたの」

と、言い訳をした。

「行こうか」

「あら、中を見なくて?」

「何度も来ているからね」

西城は葉月の背中を軽く押しながら出口に向かった。外に出たところで、西城は蛭田の行動に思い当たった。蛭田は西城のあとをつけて来たのではなく、葉月のあとをつけて来たのではないか。

長野駅前で彼女と別れたとき、蛭田は葉月のほうを追ったのだ。『清光園』に入っていく姿を目撃されなかったという安堵《あんど》感とは別に、蛭田と葉月の関係を今さら考えないわけにはいかなかった。

葉月の憂鬱《ゆううつ》な表情は蛭田の存在が彼女にとっても決して歓迎すべからざるものであることを物語っている。

小諸《こもろ》にまわり、懐古園《かいこえん》に寄ってから上野に向かった。すっかり彼女は普段の自分に返っている。

「ゆうべ、宿に妙な電話があったんです」

車窓から暮れ泥む山間の風景を眺めている彼女に、探りを入れるために言うと、

「妙な電話？」

と、細い眉を寄せた顔を振り向けた。

「相手は無言でした。たぶん、東京からぼくたちのあとをつけて来たんですよ。途中、見失い一軒ずつ旅館に電話して宿泊しているかどうか調べたんだ」

「誰が私たちのあとをつけるというの」

「警視庁の蛭田という刑事を知りませんか」

西城は何気なくきき、表情の変化を見逃すまいと彼女の顔を見つめた。しかし、彼女の白い顔には何の変化もなかった。

「以前にもきかれたことがあったと思うけど、知らないわ」

彼女は平然と答える。それきりその話題は打ち切られた。釈然《しゃくぜん》としないまま、列車は上野に到着した。

土地の購入者

宮下は北矢切幼稚園の教師が提出した教育要領を満足げに眺めていた。来年度から英語も授業に加えてある。クラスの名前も漢字を使うなど、常に漢字に親しむ環境を作っていたが、父母の要望もあり、これからは日常生活の中で英語を取り入れていこうという方針であった。

鼓笛《こてき》コンクールに出場したいという若い教師の提案を受け入れ、鼓笛の授業を充実させて、入園早々の三歳児からピアニカの特訓を行なうことになっている。

宮下の意向を十分に若い教師たちは汲《く》んでいる。それに引き換え希望幼稚園の教師はまったく生意気だ。遊び主義教育と称して勉強を教えようとしないのだから呆れたものである。

相変わらずに団交の申し込みが届いている。宮下は胸がむかつき出した。希望幼稚園のことを考えると、いつも胸焼けのような不快感に襲われるのだ。

ドアがノックされて、副園長の妻が戻って来た。

「井筒書房《いづつしょぼう》さん、今帰りました」

教材選びは妻に任せてある。来年度から新しく『言葉遊び』というカード形式の教材を使用することになって、井筒書房を呼び寄せたのである。

再び、希望幼稚園の牟礼の厭味な顔が思い出された。牟礼たちは「教材は市販《しはん》のものを使いたくない、自分たちで子どもたちに合ったものを作る」と言って、それを強引に押し通している。

教材を手作りするには時間がかかる。市販のものを使ったほうが教師たちも楽であるし、それに、教材は父母たちの負担なのだ。なまじ手作りの教材を使うより園としては教材費がかからなくて済む。そういう経営側のことをまったく考慮せずに、好き放題にやっている。何を考えているのか、さっぱりわからない。心に広がった鬱屈《うっくつ》が顔に出たのだろう、妻が、

「お茶でも入れさせましょうか」

と、気を遣った。妻はインターフォンに向かってお茶を入れるように命じた。しばらくして、若い教師がコーヒーを二つ持って来た。

早く廃園を告げて、牟礼たちのうろたえた様子を見たいと、宮下は熱いコーヒーを喉に流してからそのときの光景を目の前に浮かべた。

問題は、門野社長が跡地を買い上げてくれるか。それが決まりさえすれば、廃園に向け

事前に西城弁護士の口利《くちき》きでサンライト商会の門野社長を紹介してもらったのである。事前に西城がうまく話を持ち込んだらしく、門野の反応はよかった。

「あなた、門野社長から」

妻が受話器を持って呼んだ。たった今、門野のことを考えていた偶然に驚きながら受話器をとった。

宮下は深呼吸してから、

「はい、宮下でございます」

と、卑屈《ひくつ》なほど丁寧になった。頭まで下げている。

「条件面の最終的な確認のためにお会いしたいが、都合のいい日を選んでくださらんか」

門野はいきなり用件を言う。

「私のほうはいつでも」

「そうですか。では、今夜東京の築地にある『鈴の家』という料亭に来ていただけますか」

今夜、暁美といっしょに食事をする約束になっていたのだが、

「わかりました。お伺《うかが》いします」

と、答えていた。

受話器を置いてから、門野が急に会いたいと言った意味を考えた。どうやら、いい返事が期待できそうに思える。

希望幼稚園の跡地を売る話を何人かにそれとなく持ちかけたが、皆尻込《しりご》みをした。二億五千万円という金額より、希望幼稚園を廃園にするということが引っ掛かったのだ。トラブルを恐れてのことである。

いまいましいが、それだけ希望幼稚園の評価は高く世間に知れ渡っているということである。

「どんな様子ですか」

妻が成り行きを気にして声をかける。

「今夜、会いたいということだ。感触《かんしょく》はいい」

そう答えたが、何か特別な条件をつけられるのではないかという危惧《きぐ》が芽生えた。

すっかり微温《なまぬる》くなったコーヒーを飲み干《ほ》したあと、暁美に連絡をとらねばならないと思った。

すぐ横にある副園長机には妻が居座《いすわ》っている。早く連絡をとらなければ彼女は外出してしまうかもしれない。買物があると言っていたのだ。

ロビーに公衆電話があるが、それを使っているところを見られたらかえって疑われる。

横目で妻の動きを窺うと、井筒書房がサンプルに持ってきた教材を見ていて、いっこうに席を立つ気配はない。時計を見た。容赦なく時間は過ぎていく。

まさか、宮下の溜息《ためいき》が聞こえたわけではあるまいが、妻が突然、

「何か?」

と、顔を向けた。なんでもないと、宮下はあわてて首を振る。再び、教材に目を落とした妻に落胆《らくたん》しながら、何か妻をこの部屋から追い出す口実《こうじつ》がないものか必死に探した。

が、突然、妻が立ち上がった。宮下は思わず、どこへ、と訊ねていた。妻は怪訝そうに、

「おトイレよ」

宮下は妻が部屋を出ると、急いで受話器をとった。

ドアを気にしながら、宮下はいらいらして電話に暁美が出るのを待った。

「はい」

暁美の声が聞こえた。

「私だ。急用が出来たんだ」

「なんでよ。これから出ようとしていたのに」

気取って電話に出た彼女の声は急にくだけ、不貞腐れた声が耳に響いた。

「すまない。用事が済み次第、そっちに行くから部屋で待っていてくれ」

「いやよ。食事に出掛けるわ」

「九時までには行くようにするから」

「友達を誘って行くんだもの。そんな早い時間には帰れないわ」

宮下は思わず声高《こわだか》になりそうなのを抑えて、

「とにかく、部屋で待っていてくれ」

と、なだめた。

「じゃあ、何か買ってくれる？」

「この前、ハンドバッグを買ってやった……」

ドアのノブが動いたのを見て、

「わかった。買ってやる。いいな、部屋にいるんだ」

押し殺した声で一気に言い受話器を置いた。と同時に妻が部屋に入って来た。

彼女は自分の机に向かった。宮下は妻が何事もなく椅子に座ったので胸をなでおろした。

五時に妻の運転で松川駅まで送ってもらい、上野行きに乗った。電車の中からサンライト商会のシンボルである太陽にSの字のマークの入った看板が見えた。

門野社長は松川市を中心に県内の数ヵ所にスポーツ用品店を出し、県では一番大きなスポーツ用品店の社長であり、不動産業にも手を出しているという。

希望幼稚園を買い入れるには格好の相手だと、西城が太鼓判《たいこばん》を押したのだ。一度、西城を交《まじ》えて会ったが、門野は大柄でふくよかな顔をした男で、女のようにやさしく甲高い声に逆に妙な威圧感を受けたことを覚えている。それは世間の評判とは少しかけはなれたような印象であった。

上野に到着した。構内の雑踏《ざっとう》の中を足早に地下鉄乗場に向かった。今の時期に宮下と会うことは慎《つつし》む必要があるので、門野は築地まで呼びつけたのだろう。廃園が正式に決定する前に、土地の購入者として表面に出たくないのである。あくまで、正式に廃園が決定してから土地を買うという形式を守りたいのだ。

築地で地下鉄を降り、宮下は教わった通りの道をたどった。すっかり夕暮れた街中に、仄《ほの》かな明かり。近づくと、『鈴の家』という字が見えた。

敵陣に乗り込むように身構えた気持ちで、宮下は『鈴の家』の門を入った。

きれいに打ち水された敷石《しきいし》伝《づた》いに玄関に向かうと、上がり口にふたりの着物を着た仲居が待っていた。

「宮下と申しますが、門野社長はいらして……」

ふたりのどちらへともなく言う。

「お待ちかねでございます。さあ、どうぞ」

細面《ほそおもて》で品のいい顔立ちの仲居に案内され、宮下はよく磨《みが》きこまれた廊下を伝い門野の待っている部屋に向かった。片側の庭を覗くと、ガラス窓の外に石灯籠《いしどうろう》がまるでひとが立っているように見えた。

「こちらでございます」

腰を折って、仲居が手で指し示した。

「お連れさまが御出《おいで》でございます」

仲居は廊下に膝《ひざ》をつき、障子《しょうじ》を開けて声をかけた。宮下は仲居の後ろから部屋を覗いた。

床の間を背に、門野が悠然と座っていた。部屋に入り、畏《かしこ》まって挨拶する。

「そんな堅苦しい挨拶は抜きだ。さあ」

門野は鷹揚に宮下に席を勧《すす》めた。顔を上げ、用意された席につき、改めて隣で門野に酌をしていた女を見て、宮下は不意をつかれたようにあわてた。息をするのを一瞬忘れるほどだったのだ。単に美人だというだけでなく、毒婦のような危険な可愛《かわい》さと、淑女のような可憐《かれん》さがうまく調和している。

「ここの女将だ」

宮下の反応を楽しむように、門野はにやにや笑いながら言った。

「どうぞよろしくお願いいたします」

女将は名刺を出した。指が細くそして白い。宮下も名刺を出したが、声は喉に引っ掛かり挨拶の言葉がうまく出なかった。

「さ、どうぞ」

女将が銚子をつかんで言った。

「西城弁護士にも声をかけたんだが、あいにく用事があるそうなんだ」

門野は乾杯の酒を口に流し込み、しばらく世間話に興じていたが、

「女将、すまないが席を外してくれないか」

と、真顔《まがお》になって言った。

「じゃあ、御用がお済みになりましたら……」

彼女は優雅に立ち上がり甘い匂いを残して出て行った。門野は女将の足が遠ざかるのを待つかのように手酌でビールを飲んだ。宮下は耐え切れずに、

「門野さん、電話で確認とおっしゃっていましたが、どういうことでしょうか」

と、切り出した。すると、門野は一瞬だがにやりと笑った。背筋に悪寒《おかん》の走るような笑いだった。

「たいしたことじゃない。万が一のときのことです」

門野は睨みつけるように宮下を見つめた。

宮下は強張《こわば》っていくのを意識した。緊張した宮下を焦らすように門野は緩慢《かんまん》な動作《どうさ》でビール瓶《びん》をつかみ差し出す。一瞬戸惑い、そして仕方なくグラスをとり、頂戴しますと言って、宮下は手を伸ばした。酌を受けながら、門野の表情を窺う。目尻が下がっているので

柔和《にゅうわ》そうに映るが、実は眼光は刺すように鋭《するど》い。それは、世間で言われているほどの温厚な人物ではなく、激しい気性《きしょう》を覗かせている。

「私どもは一年後に土地が手に入るものとして事業化計画を立てていきます。万に一つ、幼稚園存続運動が広がって土地を売ることが出来なくなりました、などと言われても困るんです。どんな事態になろうとも、あなたが責任持って土地を私に売るという約束が出来るかどうか、そのことを確かめたい」

門野は目を光らせた。宮下は射すくめられ、

「もちろんです。門野さんにご迷惑をかけるような真似はしません」

「その保証はどうしますか」

「保証？」

門野は眉を寄せ考える仕種《しぐさ》をしてから、

「どうでしょうか。一年後に土地を譲るという念書《ねんしょ》を取り交わしたら。それなら、あなたの希望通りの二億五千万で土地を買うことにいたします」

「念書なんか残しておいてだいじょうぶなんですか」

松川市の商工会の会長であり、市の福祉委員を務める門野は、老人ホームや施設などに寄付を続け篤志家《とくしか》としても有名であり、市の名士に数えられている。幼稚園の土地を強引に手に入れたという評判が立たないように細心《さいしん》の注意を払っているのだ。その門野が証拠

となる念書を書いておくという意味がわからなかったので、宮下は確認したのだ。

「西城弁護士を間に立てます。つまり、あなたは西城さんに土地売却の件で一切《いっさい》を任せる。私のほうも西城さんと誓約書を交わす」

なるほど、最悪の場合にも自分に火の粉がかからないように考えている。門野のずる賢い面を見たようだ。そのせいではないが、宮下は念書を書くことに何となく抵抗を覚えた。それは自分を縛《しば》りつけるような鉄の鎖《くさり》に思えたのだ。

西城弁護士が言うように、自分の土地を自分で処分するのだ。誰からも文句をつけられるはずがない。それなのに、なぜ万一のことを考えて念書を取り交わさなければならないのか。

「申し訳ありません。西城弁護士と相談してから回答させてください。一応、意見を聞いておかないと」

温厚そうな仮面の裏にある獰猛《どうもう》な素顔が飛び出さないか、門野の表情を気にしながら言った。

宮下の不安をよそに、門野はあっさり答えた。

「それが当然でしょう。西城弁護士にも私の真意をよく話しておいてください」

宮下は気づかれないように溜息をついた。手にびっしょり汗をかいている。安心すると同時に喉が渇き、グラスに残っているビールを飲み干した。

喉元を苦みが気持ちよく通過する。飲み終わったあと、門野のグラスが空《から》なのに気づいて、あわててビール瓶をつかんだ。門野は酒にするからと宮下の手を遮り、大きく頭の上で手を二つ叩いた。廊下に足音が聞こえ、仲居が顔を出した。

「用事は終わった。酒を頼みます」

門野は仲居に言う。宮下は時間が気になりそっと腕時計を見た。

「御用がおありですか」

と、門野がきいた。宮下の返事を聞くことなく、

「もう大事な話は済みました。遠慮はいりませんよ」

別に気分を害しているわけではないようだった。

「じゃあ、これで失礼させていただきます」

宮下は腰を深々と折って挨拶した。

「あら、もうお帰りでいらっしゃいますか」

銚子を持ってきた仲居が意外そうに言う。

宮下は廊下に出た。玄関に向かう途中、階段の下にピンク電話を見つけて立ち止まった。暁美の部屋に電話をかけるがコール信号が無意味に鳴り続ける。

玄関の上がり口で女将がコートを手にして待っている姿が目に入り、宮下は諦《あきら》めて電話を切った。暁美に対する憤《いきどお》りが顔に出ないように下腹に力を入れた。

コートを着せてもらうとき、女将の温かい指に触れた。間近にみる顔には深山《しんざん》の紅葉のような秘めた華やかさがあった。仲居の目に気づき、あわてて沓脱《くつぬぎ》に用意されている靴を履《は》いた。

「ありがとうございました」

靴べらを仲居に返してから、宮下は女将の少し鼻にかかったような甘い声に送られて玄関を出た。

気が急《せ》いていたがわざとゆっくり敷石を踏み、門の外に出てから早足になる。左右に目を配って歩いていくと、公衆電話が目に入り、すぐに駆け寄った。

またしてもコール信号が鳴り続けている。体が気だるくなるような苛立ちが胸の辺りから全身に広がった。一旦電話を切ってからもう一度かける。

受話器を乱暴に置いてから、駅に向かって歩きだした。コートの襟《えり》を手で押さえ冷たい風を防ぐ。

駅に辿《たど》り着いて、もう一度電話をしたが、暁美は不在だ。トイレや風呂だったら、とうに電話に出ていいはずなので外出したとしか考えられない。

宮下は地下鉄で北千住《きたせんじゅ》に向かった。電車の轟音《ごうおん》が苛立たせるように頭の中に響いた。

北千住の改札を出てから、これで最後だと言い聞かせて電話をした。祈るような気持ちでコール信号を数えていると、五回目でフックのはずれる音がした。

「私だ。どこに行っていたんだ」

思わず語気を荒げた。心臓が怒りで激しい動悸《どうき》を繰り返している。

「ごめんなさい。近くまで食事に行って来たのよ。だって、お腹がすいちゃったんだもの」

腹立ちも暁美の声を聞いてから急に勢いがなくなり、すぐ来てね、という声に宮下は途中でケーキを買っていくと約束をした。

洋菓子屋でケーキを買い、宮下はマンションに向かって急いだ。暦《こよみ》の上では立春《りっしゅん》を過ぎたが、目に見える風景は冬のままだ。それでも、春が間近に迫っているという明るさが窺える。

気分が落ち着いてくると、料亭の女将の顔を思い出した。あの女将はどういう女性なのだろうか。三十代前半に見えるが、あの色香《いろか》から見るともう少しいっているかもしれない。それにしてもあの若さで大きな料亭を切り盛りしているのだから、かなりしたたかな面を持っているのだろうが、それはあまり外見に出ていない。門野社長と関係があるのか。そんなことを考えながら、宮下は暁美の待つ部屋に向かった。

マンションが見えて来ると、現実的な暁美の笑顔が一度会っただけの女将の姿を追い払った。

エレベーターを降り、部屋にまっしぐらに向かう。鍵は外してあった。

部屋に入ると、いきなり暁美が胸に飛び込んで来た。胸に顔をうずめて甘える。

「ひとりぼっちでつまんなかったわ」

「すまない。これでも早く引き上げて来たんだ」

宮下はなだめるように言った。このように素直に甘えてくる暁美を可愛いと思った。

「シャワーを浴びたら」

宮下の胸から離れ、彼女が言う。

宮下は服を脱ぎ浴室に行った。シャワーを浴びていると、暁美が入って来た。

「体を洗って上げる」

背中を流してもらっていると、彼女の胸が触れる。ふいに、『鈴の家』の女将の姿が目に浮かんだ。あの着物に包まれた肉体を自由にする男はどんな男なのだろうか。女将のことを思い描いていると、知らず知らずのうちに体の一部が反応してきた。

「元気ねえ」

暁美が宮下のその部分に手を当て含み笑いをした。ふいに現実に戻ったが、あの女将から比べると、暁美はいかにも小娘という感じだった。

その夜、宮下は午前零時過ぎに暁美の部屋を出た。

翌朝、宮下は北矢切幼稚園の園長室から西城の事務所に電話を入れた。

「ゆうべ、門野社長とお会いして来ました」

会見の内容を報告し念書のことを訊ねると、

「私は構いませんよ。門野社長にしても口約束だけじゃ心配だったのでしょう。でも、その念書を担保として融資を受けることが出来ますよ。もし、必要なら金を融資してくれるひとを紹介します」

と、西城は言う。

「ほんとうにその念書を担保にして金が借りられるのでしょうか」

「一年後には二億五千万が入るという保証書じゃありませんか。このまま高い金利を支払って一年辛抱するより、新たに借金をしても今までの分は返済してしまったほうがいいんじゃないですか」

「わかりました。そうします」

電話を切ってから、宮下は椅子の背もたれに背中をつけていっぱいに伸びをした。腰が痛い。暁美の激しさに、つい夢中になってしまったせいだろう。

体が少しほぐれると、再び受話器をつかみサンライト商会の社長室に電話をした。秘書の男性が出て、それから門野に代わった。

「ゆうべはごくろうでした」

門野が少し眠そうな声で言う。ゆうべはだいぶ遅かったのだろう。女将のことを思いだし何となく妬《ねた》ましかったが、そのことを頭から追い払って言った。

「ゆうべのお話、西城弁護士とも相談した結果、社長さんのご希望通りにさせていただきたいと思います」

「そうですか。では、早速、うちの弁護士を西城弁護士の所にやって書類を作らせましょう」

これで土地を売る話が成立した。受話器を置くと、宮下は胸の奥に清風が吹き込んだように清々《すがすが》しい気持ちになった。

「やっとまとまった」

宮下は椅子をまわし、隣の副園長机に向かっている妻に伝えた。

「教諭たちに廃園を伝えるのはいつにするんですか」

妻は教諭たちの狼狽《ろうばい》を早く見たいのだ。

「いや、あいつらに直接伝える必要はない。入園説明会の際に、父母たちに説明するだけだ」

宮下は三月初めにある、新入園児の父母に対する入園説明会の席上で廃園を発表するつもりだと答えた。

突然、園庭《えんてい》から園児の泣き声が聞こえた。宮下は急いで立ち上がり、窓を開いた。どうやら園児の一人が転《ころ》んだらしい。教師が宮下の視線に気づいてあわてて子どもを立ち上がらせている。春を思わす陽光が顔に当たった。これで希望幼稚園も廃園に向かっての準備が整ったのだと思うと晴れやかな気分になった。

情報

西城はサンライト商会の門野から電話を受けた。いつも電話の声は甲高い。

「園長は念書を書くことに同意したが、実際に土地の値上がりを知ったら居直らないだろうか」

宮下に臍《へそ》を曲げられて事前協議のことを世間に暴露《ばくろ》されることを警戒しているのだろう。

「そのために、廃園にからむトラブルを大きくするんですよ。トラブル付きの土地だということがわかれば、誰もあの土地を買おうなどと言いません」

念書を書かせるように門野に勧めたのは西城であった。門野も念書を書くことに不安を持っていたようだが、結局は西城を信じた。

「すべて君に任す」

門野は大きな声で言った。西城はこれからのシナリオを考えた。これで門野は数億の利益を得るはずだ。

「報酬《ほうしゅう》は利益の二割。このことも念書に書きます」

「わかっているさ」

電話を切ったあと、西城は腕時計を見た。錦織との待ち合わせ時間にまだ間がある。彼は長野で会ってから間もなく東京に出て来て、蛭田の調査を始めたのだ。その第一回の報告日がきょうであった。

立ち上がり、西城は窓に寄った。サラリーマンや制服姿のOLが歩いているが、蛭田らしい男の姿はなかった。長野から帰って来て一ヵ月ほど経つが、蛭田が姿を見せない。それが却《かえ》って不気味だった。長野まで追って来た男が最近ぷっつり姿を見せなくなった。

それにしても、なぜ彼は途中から西城のあとをつけずに葉月のほうをつけたのだろうか。蛭田にとって、西城を追うより葉月を追うほうが大事であったことは間違いない。それはどういう理由なのだろうか。いずれにしろ、蛭田と葉月の間には何かある。

待ち合わせ時間が近づいて、西城は秀子に一時間ばかり出掛けて来ると言って、事務所を出た。冷たい風だが、気のせいか春が近づいたような暖かみが感じられる。尾行《びこう》者がいないか意識しながら銀座《ぎんざ》方面に向かう。途中、さりげなく振り返るが、怪しい人間は目に入らない。それでも、西城はわざと遠回りした。

途中、フラワーショップの前を通りかかったとき、白いシクラメンの鉢植えが目に飛び込み、一瞬胸を抉《えぐ》るような痛みが走った。みずえの好きな花だ。最近、どういうわけか彼女のことがよく思い出される。現在、彼女が何をしているのか知らない。もう結婚しているだろう。過去から遠ざかるように、西城は足早になった。

銀座松屋《まつや》裏にある小さな喫茶店の扉《とびら》を押すと、汚らしい麦藁帽子を被《かぶ》った錦織が気だるそうに脚を組んで競馬新聞を読んでいた。

西城は錦織の前に黙って腰を下ろす。錦織はおもむろに新聞を丸めて横に置いた。

「ごくろうさん」

西城は労《ねぎら》いの言葉をかけ、やって来たウエイトレスにビールを注文する。錦織はホットミルクを飲んでいた。信じられないことだが彼はアルコールに弱いのだ。

「どうだね、久しぶりの東京は？」

「刺激があって面白いですよ」

彼は目を細めて言う。

「その顔つきじゃ女と会ったたな」

図星《ずぼし》だったらしく、彼は少し照れたように顔をしわくちゃにした。見掛けによらず、女のことに関しては純情な所があるのだ。

ビールが届くと、二つのグラスに注ぎ、錦織にも渡した。彼はいやな顔をした。

「俺は飲めないですから」

「一口つきあえよ」

西城はグラスをいっきに空にした。冷たいビールが凍った棒を突き刺したように喉から胃に流れた。錦織もつられたようにグラスを口に運ぶが、一口飲んだだけで、すぐにテーブルに戻した。

「で、何かわかったかね」

西城は本題に入った。錦織はまだ口の中が苦いらしく顔をしかめている。

「蛭田刑事は警視庁に出ていないようです」

「どういうことなんだね」

「元の同僚に調べてもらったんですが、蛭田刑事は三ヵ月前から謹慎中《きんしんちゅう》だったそうです」

なるほど、謹慎中だから勝手に動きまわる時間があったというわけか。そうなると、ますます個人的に西城を追っているということになる。あの男が事件を追うのは正義感からではない。猟犬《りょうけん》が獲物を追うように本能が彼を動かしているのだ。今は個人的な追及であっても、あとで警察が乗り出して来る。過去にもそのようなケースが度々《たびたび》あったという。

「謹慎が解けて三週間ほど経つんですが、きょうまで警視庁に顔を出していない、別に休暇届も出ていないということです」

西城は顔面にまばゆい照明を当てられたような眩暈《めまい》を感じた。小布施の町を前屈みの格好で歩いていた蛭田の姿が浮かんだ。

「蛭田がどこにいるのかをもっと調べてくれ」

「すみません。軍資金がなくなってしまって……」

上目遣いで錦織が手を出す。西城は五万円を渡した。少し不満そうだったが、黙ってわしづかみにした。

「その帽子じゃおかしい。これを使えよ」

バッグの中から折り畳《たた》んである紺色の中折れ帽子を出すと、錦織はひったくるように手にとった。

錦織はさっそく被り、窓ガラスに映している。

「よく似合う」

西城が言うと、彼はうれしそうに笑った。笑うと、年寄り臭い顔に幼さが浮かぶ。

「もう一つ調べてもらいたいことがある」

しきりに帽子の被り具合を気にしている彼に、西城は葉月のことを切り出した。もちろん、自分との関係は伏せてあるが、彼はなんとなく察したようだ。にやつきながら引き上げて行った。

事務所に戻ると、秀子がすぐに、

「警察のひとが見えています」

と、伝えてきた。とっさに蛭田の顔が過った。衝立《ついたて》の横から背の高い男と中肉中背の年配の男が顔を覗かせた。

「突然、押し掛けて申し訳ありません」

年配の刑事が丁寧に挨拶する。平岡社長の自殺の件で、また千葉県警の刑事がやってきたのかと思ったが、警視庁捜査一課の人間だった。

西城はふたりを執務室に招じた。

秀子がお茶を置いて出て行く。彼らは湯飲みに手をつけようとせずに、

「さっそくなんですが、蛭田刑事をご存じじゃありませんか」

と、年配の刑事が切り出した。

「蛭田？　さあ」

西城はとぼけた。若いほうの刑事が何か言いそうになるのを押さえ、

「蛭田はあることで、西城先生に近づいたのではないかと思いましてね」

「あることでとおっしゃいますと？」

頭の中でふたりの来訪の意味について必死に考えた。蛭田に何かあったというのだろうか。微かな不安が小さなできもののように生まれ不快になる。

「西城先生は津山通夫《つやまみちお》という男をご存じじゃありませんか」

「津山は私がある事件で弁護を担当しました」

西城は動揺を顔に出すことなく普通の声で答えることが出来た。

「その後、彼と会いましたか」

「いえ、無罪を勝ち取ってやったというのに礼にも来ません。彼がどうかしたんですか」

「行方不明になっているんです。その探索を蛭田がひとりで行なっていたんですよ」

この年嵩《としかさ》の刑事は油断ならぬ目をしている。西城の反応を全身で確かめようとしているような鋭さがある。西城は反発するように口を開いた。

「蛭田刑事のことは知りませんし、津山通夫ともつきあいはありません」

西城の答えに刑事は少し不満そうに唇を曲げた。

若いほうの刑事が脇からむきになって切り込む。

「蛭田は西城先生のところに何度かおじゃましているはずなんですが」

西城はわざと間を外し、

「今、思い出しましたが、このビルの前に、変な男がうろついていたことがありました。ひょっとしたら、あれが蛭田刑事でしょうか。いったい、蛭田刑事がどうかしたんですか。まさか、行方不明になっているんじゃないでしょうね」

刑事は顔を見合わせた。かなり緊張している表情だった。西城は気づかれないように身構えた。

刑事が顔を向けた。

「蛭田のことを何かご存じなんですか」

「もし何かの折にでも気づかれたことがありましたらご連絡ください」

刑事が引き上げたあと、西城はなんとなく浮かなかった。蛭田が津山通夫のことを調べていたという事実より、蛭田が行方不明らしいことに暗い深淵《しんえん》に突き落とされたような衝撃があった。

ドアにノックの音がして秀子が入って来た。風呂敷包みを下げている。憂鬱そうな顔を見て、秀子が心配そうに声をかけた。この年上の女は西城の身のまわりの世話をしてくれる。

昼食に秀子の作ってくれた弁当を食べたあと、西城は気が晴れず、葉月の所に電話を入れた。話し中であった。ということは在宅しているということである。受話器を置いたあとも屈託が重しのようにのしかかってくる。秀子がお茶を入れ換えていった。

外出の支度をしていると、秀子が、

「あら、きょうは来客が二件ありますよ」

と、咎《とが》めた。葉月の所に行くと疑っているようだ。

「急用が出来たと言って断ってください」

「そんな勝手な」

「構いませんよ。どうせ、きょうの依頼者は欲の皮の突っ張った人間たちです。来週に延ばしたっていい」

「先生も困ったひとね」

姉のような口振りで、彼女は苦笑した。

「今夜、お食事は？」

夕食を作ることは自分の特権であるという優越感が自信に満ちた口調に表れている。西城は横浜《よこはま》にアパートを借りているが、最近はもっぱら事務所の奥の部屋で寝泊まりしている。葉月と深い関係になってからのことである。事務所に泊まり込むようになってから、秀子が夕飯の支度をしてくれるようになった。

西城は事務所を出ると、葉月のところに向かった。

築地本願寺の脇を通り、料亭『鈴の家』の黒板塀を目にしたときに、西城は意識下に潜んでいた疑惑が浮上して来た。あれほど西城をマークしていた蛭田が最近ぱったり姿を見せなくなったことは、どう考えてもおかしい。西城が蛭田の姿を見たのは、長野の小布施で見掛けたのが最後だった。

なぜだか今、葉月に会うことが億劫《おっくう》になって来た。蛭田の身に何かあったとしたら、葉月が一枚嚙《か》んでいるような気がしてならないのだ。

立ち止まって躊躇《ちゅうちょ》していると、誰かに見つめられているような視線をこめかみに感じ振り返った。道路をはさんだ反対側のビルの中に消えた足が見えた。

西城は素早くその方に駆け出した。白い革靴の色が残像にあった。歩いて来た老人が驚いて身をよけた。男が消えたと思えるビルの前に立った。薄暗いロビーを見ると、真正面の横に裏口の通りが見渡せた。西城はゆっくり中に入り、明るい光に誘われるように裏口に向かう。扉が開け放たれたままなのは、おそらく男が閉めずに逃げて行ったからだろう。西城は裏口に出てみた。遠くに聖路加《せいるか》病院の大きな建物が見える。

どこにも男の影はなかった。西城は落ち着いて来ると、今の尾行者のことを考えた。事務所から出たときにはまったく気がつかなかった。ひょっとして、葉月のマンションを張っていたのではないだろうか。そこにたまたま西城が現われたというわけだ。

西城は男が立っていたと思われる場所に行き、『鈴の家』の方角に目をやった。なるほど、ここから葉月の部屋の窓が見える。その窓に、葉月の姿が映し出された。しばらく佇《たたず》んでいたが、西城はそのまま踵《きびす》を返した。

準備完了

神田《かんだ》にある不動産や金融などを扱う宝田商事の事務所を、宮下は訪ねた。社長の宝田宗《そう》八《はち》は扁平な顔で鼻の下に髭《ひげ》を伸ばし、いかにも胡散《うさん》臭そうな印象だが、西城の紹介のせいか彼は丁重だった。

薄暗いビルの中にある事務所の壁には額に入った感謝状や表彰状などが飾られている。

宮下は宝田と向かい合うと、さっそく融資の話を持ち出した。

「私は西城先生にはずいぶんとお世話になっていますんでね。先生が間に立つならむげには出来ませんよ」

宮下の話を聞くと、宝田はそう言って歯茎《はぐき》を剝《む》き出しにして笑った。

宮下は西城と交わした誓約書の写しを出した。

「これが一年後に二億五千万円が私の手元に入って来るという証明書です」

「五千万ご入りようということでしたね」

文面にはさっと目を通しただけで、宝田はあっさり了承した。

宝田との対談中も電話が鳴って、宝田は中座したり、あるいは来客があったりして、案外と時間がかかった。出入りしている客の中には柄《がら》の悪い男もいた。埼玉県にある解体屋だと、彼は教えた。

宮下は宝田商事を引き上げると、北矢切幼稚園と同じ敷地にある家に帰った。ひとり息子は海外留学中であり、家は妻とふたりきりである。

書斎に入ると、机の上に郵便物が置いてある。相変わらず、団交の申し入れ書が郵送されていた。宮下は中身を見ようともせず破り棄てた。

電話が鳴った。妻が強張った表情で、功二《こうじ》さんからと言った。義弟である。

「義兄《にい》さん、ご無沙汰《ぶさた》しております」

「やあ、しばらく」

不愉快さを隠して、宮下は電話口に言う。父親の法事のとき、軽く頭を下げる程度のつきあいである。

「幼稚園も順調のようでなによりです」

「ありがとう。君の所も変わりはないかね」

「お陰さまで」

「商売繁盛でたいしたものだ」

妬みが声にでないように気を遣った。いったい、何の用で電話を寄越《よこ》したのか思いをめぐらすが思いつかなかった。

「そうそう、希望幼稚園の牟礼先生から相談を受けたんですよ。もし、再建のために金銭的な援助が出来たら父も喜ぶと思いましてね」

不意に胸ぐらをつかまれたような衝撃を覚えたがぐっと抑え、

「気持ちは有り難《あがた》いが、そんな心配は無用にしてもらいたい」

と、強い口調で言った。

電話の向こうで功二が笑ったような気がした。ホテル経営の失敗を腹の中でせせら笑っているのだ。

「無理しなくてもいいんですよ」

落ち着き払った声で、功二は言う。その余裕が宮下には癪《しやく》にさわる。

「無理なんかしていないさ」

宮下は吐き棄てた。もともと、功二には援助しようなどという気持ちはさらさらないのだ。それより、宮下は牟礼に対する怒りが込み上げてきた。あの女はどういう神経をしているのだと、怒りが膨らんだ。

「忙しいので、これで失礼する」

電話を乱暴に切ったが、腹の中はなかなか収まらず、机の上の書類を壁に向かって投げつけた。

翌日、入園説明会の件で、希望幼稚園の牟礼寿子に宮下は電話を入れた。

「当日は予定通りに行なう。父母はホールに、子どもたちは君たちが教室で面倒を見る。例年の通りだ」

「私はホールのほうにいなくていいのでしょうか」

「必要はない。園児たちの面倒を見ていればいい」

必要なことだけを告げて、宮下は電話を切った。

午後になって、宮下は西城法律事務所に出向いた。執務室で西城に、

「いよいよ来週、入園説明会が開かれます。その場で廃園を通告します」

「堂々としてやって構いませんよ。何でも強気に出たほうがいい」

「職員たちは黙っていないでしょう。また団交を開けとしつこく言って来るでしょう」

「一切無視しなさい」

西城は乱暴と思えるほど相手を無視しろと言った。

その夜、宮下は暁美の部屋に行った。ベッドから下りた彼女は裸身を隠そうとせずにトイレから帰って来て、ベッドの脇に立ったまま、

「四月から学校に行きたいの」

「学校？　今度は何の学校なんだ？」

去年は美容師になりたいと言って美容学校に行ったが途中でいやになって退学してい

る。あきっぽい性格を知っているので、宮下は聞き流した。

「英会話よ。いいでしょう」

「また途中でいやになるさ」

「だって、何かやっていなかったら退屈で死んじゃうわ。友達だって出来ないしつまんないもの」

「わかったよ」

「ほんとう。うれしいわ」

彼女は再びベッドに飛び込んで来た。

「ねえ、どうしたの。腰をもっと動かして」

暁美の若い体に引きずられたように、最近の宮下は若さに自信を持ってきた。

廃園宣言

春光が明るく照り風も暖かいので、バスを待っている間、笹森美保子《ささもりみほこ》は大きくいっぱいに空気を吸った。紺の帽子と制服に身を包んだ涼子《りょうこ》も傍で真似た。美保子はにっこりと笑い、

「さあバスが来たわよ」

と、乗車賃の用意をしながら言った。松川駅行きのバスに先に乗り込んだ涼子はいそいで一番うしろの座席にかけて行く。涼子ははしゃいでいた。幼稚園に通うことをずっと楽しみにしていたのだから無理もない。

野菊台《のぎくだい》団地や緑《みどり》ハイタウンなどの住宅街が広がり、学校や病院などの大きな建物が春霞《はるがすみ》のなかに遠く揺らいで見える。道沿いには中古車センターや歯科医院、ガソリンスタンドなどがいつの間にか出来ていた。

三つ目の都野台一丁目の停留場でバスを降り、しばらく歩いていくと緑の多い静かな風景が広がり、希望幼稚園の三角形の赤屋根の時計台が見えてくる。屋根の上では大きな風《かざ》

見鶏《みどり》が風にたえず首を振っている。

　希望幼稚園の建物は明治の建物のような荘厳《そうごん》さと、おとぎの国のようなロマンをあわせ持っていて、白を基調とした木造の二階建ての園舎は園児たちをやさしく包み込むように朝日に輝き、四百坪近くある敷地は新しい仲間たちを迎えようと嬉々としているようだった。

　涼子がこれからの三年間を過ごす場所かと思うと、幼稚園の設備ひとつひとつが可愛くいじらしく、そしていとおしく思えて来る。

　きょうの一日入園と保護者会への出席のため、続々と綺麗《きれい》に着飾ったお母さん方が希望幼稚園の門に入っていく。いきなり涼子が美保子の手を離れ玄関に向かってかけて行った。涼子は新しい友達が出来ることがうれしいのだろう。

「あぶないわよ」

　かける声も穏やかだと、美保子は自分でも思う。

　子どもたちは先生たちに連れられて二階の教室に向かっている。涼子と別れて、美保子は若い母親たちで華やかな雰囲気が充満している一階のホールに入り、前のほうの中央付近に空いていた椅子に腰をおろした。

　同じ世代の母親たちが圧倒的に多く、ちらほらと父親らしい男性の姿が見える。やがて、園長の宮下と園長夫人がホールに入って来るとそれまでのざわめきがさっと引いた。

ちである。

美保子も居住《いずま》いを正し、紺地にストライプの入った三つ揃いのスーツ姿でおもむろに登場した宮下園長を見た。五十前後らしいが若く見え、眉は濃く鼻も高くて見栄《みば》えのする顔だちである。

彼は一礼してから、やや甲高い声で挨拶をはじめた。

「希望幼稚園にご入園誠《まこと》におめでとうございます」

いやに気負っていると、美保子は妙に思った。

「我が幼稚園は、昭和四十三年の開園以来、一貫して遊び主義教育をモットーにしてやってまいりました。園児は、朝幼稚園にやって来ると、制服から遊び着に着替え裸足《はだし》になって園庭を飛びまわり、全員泥《どろ》んこになって過ごしたりもします」

当初、この幼稚園を選ぶのに迷いがなかったといえば嘘になる。園児が百五十名近くいるのに、送迎バスが一台しかないということで不安だったが、歩くことを教育の一環《いっかん》にしていると聞いて安心した。教育方針として、基本的には幼稚園まで歩くことも教育という先生たちの考えに立ち、よほど遠いひと以外は徒歩で通うことを指導している。歩くことは運動になるだけでなく、道端《みちばた》の花や犬や猫に出会い、いろいろなものが見えてくる。もちろん、お母さんがついてこられなければ先生が迎えに行き集団で通園する。

美保子はじっと園長の話を聞いていたが、ふいに話が変わったのに気づいた。

「しかし、遊び主義というのは一歩間違えると勉強の出来ない子どもにする危険性があるのです。私どもの同系列幼稚園として、もうひとつ北矢切幼稚園があります。北矢切幼稚園は希望幼稚園の開園から遅れてスタートしましたが、お子さんたちをすくすく育てようという熱心な先生方に恵まれまして……」

話が北矢切幼稚園に変わってしまい、訝しく思った。後ろのほうから囁《ささや》き声が聞こえた。

「いやねえ。北矢切幼稚園のことなんか関係ないじゃないのね」

そして話はとんでもないところに向かっていった。

「じつは、この希望幼稚園はあと一年で廃園とさせていただき、園児の皆さまには北矢切幼稚園に移っていただくことになります」

美保子は聞き違えたのかと思って周囲を見回した。誰も声を出す者はなかった。隣にいた母親が顔を向けたが、彼女はきょとんとしていて何も言わない。園長の声は続いている。やはり、自分の聞き違いだったのだと思い直し園長の声に耳を傾けた。

「突然のことで驚かれたと思いますが、現在、私どもに二億ほどの負債があり、このままでは健全な幼稚園の運営をしていくことに支障をきたしはじめました。先生方へのお給料も遅配しがちであり、今後の再建の目処《めど》も立っていません。そういうわけで、誠に残念でありますが、この際希望幼稚園を閉鎖し、園児は全員、もう一つの北矢切幼稚園に移っていただくということになりました。なお、この際やめるという方には購入した制服及び入園金は返還します。また、他の幼稚園に行く方は近くの園を紹介します」

宮下が言葉を切ると、七十名以上はいるはずのホールは全員の息さえ消えたような静《せい》寂《じゃく》に包まれた。

あまりの静けさに耳が痛くなって、美保子はあわてて耳に手をやった。前列の母親の膝からバッグが落ちた。その音を消すように、宮下がつけくわえた。

「先生方についてはあと一年でやめてもらいます」

夢でも見ているのか、それとも園長先生はほんとうはいたずら好きで冗談を言っているのかもしれないと思うほど、まったくきょうの行事に相応《ふさわ》しくない言葉が園長の口から飛び出したのである。

周囲を見回したが、教師たちはこのホールには誰もいなかった。つかつかという感じで、眼鏡をかけた神経質そうな女性が園長からマイクを奪った。

「皆さま、宮下の家内でございます。いきなりのことで驚いたことと存じますが、負債を抱えて幼稚園をこのまま続けていくことは無理な状態になったのでございます。どうか私どもの苦衷《くちゆう》をお察しくださり……」

園長夫人は、ときに涙ぐみながら訴えた。美保子はようやく事態を認識して逆上《ぎやくじよう》した。立ち上がりかけたとき、美保子より一足早く大声を出した者がいた。

「園長、何を言っているんですか！」

振り返ると三十歳ぐらいのピンクのスーツ姿の女性が血相を変えた顔で立っている。

「きょうは一日入園と保護者会ということでやって来たんですよ。廃園にするというのはどういうわけですか。今のお話だけじゃさっぱりわかりません」

その剣幕《けんまく》に気圧《けお》されたのか、園長は一瞬体を引いたが、すぐに虚勢《きょせい》を張ったように、

「事情はさっきお話ししたとおりです」

と、表情険しく言った。美保子は我慢ならずに立ち上がり、

「そんな一方的な事情で納得出来ると思っているんですか。私たちをばかにしているんですか」

と、園長夫妻に向かって怒りをぶつけた。美保子の声がきっかけとなって会場が騒然となった。すると、宮下園長は夫人ともども逃げるように退席してしまった。その無責任な態度に、美保子は呆気《あっけ》にとられた。

あちらこちらで椅子から立つ音がした。園長につっかかっていった女性が、先生に確かめましょう、と美保子に声をかける。他の母親たちも同調した。

二階の教室の前に行くと、騒ぎ声が聞こえたのか、扉が開き小柄な先生が出てきた。胸の名札に牟礼と書いてある。母親たちがおおぜい押し掛けてきたのを見て、びっくりしたようだった。

「いま園長からあと一年で幼稚園をやめるという話を聞きましたが、いったいどうなって

いるんですか」

　園長につっかかった女性が先生を問い詰める。牟礼先生は茫然とした顔で、母親たちの顔を見ている。いまの言葉がよく理解出来ないのではないかと、美保子は思った。部屋から他の先生も飛び出して来た。

　廊下は先生や父母たちで混乱している。美保子は、

「なぜ、十一月の募集のときにちゃんと言ってくれなかったんですか。まるで詐欺《さぎ》じゃないですか」

　と、牟礼に詰め寄る。

「落ち着いてください。一体何ごとなんですか」

　美保子の声に負けず劣らず牟礼も甲高い声を出した。眼鏡がずり落ちそうになり、彼女はあわてて手をやる。いつの間にか、他の先生方も集まって来た。美保子は夢中でホールで起こった事を説明した。牟礼は眼鏡の位置を直してから、

「幼稚園をやめるなんて私たちも聞いていません。何かの間違いじゃありませんか」

「間違いじゃないわ。園長がはっきり言いました」

「そうよ。インチキだわ」

「待ってください」

　母親たちがてんでに声を出すのを押さえ、

「私たちだってほんとうに何も知らされていないんです。園長から詳しい事情を聞き、その結果をお話ししますから、きょうのところはこれでお帰りください」

と、牟礼は大きな声を出した。

「子どもたちには何て説明するんですか。きょうの一日入園はどうなるんですか」

父母の間から次々に声が上がった。

「別な日に改めて行ないます。皆さんにご迷惑をおかけしたことはお詫《わ》びいたします」

牟礼は深々と頭を下げたが、他の先生たちは青ざめた顔で茫然としていた。


美保子はその夜、帰宅した夫に事の顚末《てんまつ》を話した。彼は着替えながら聞いていたが、あまり反応がない。

「風呂は沸《わ》いているのか」

「あなた、私の言うことを聞いているの。涼子の行くことになっていた幼稚園があと一年で廃園になってしまうのよ」

「聞いているよ」

「じゃあ、もっと真剣になってくれたっていいでしょう。涼子が可愛くないの」

美保子は逆上ぎみに言う。夫の啓一《けいいち》は苦笑しながら、

「ずいぶんひどい経営者だが、経営者の一存でそんなに簡単にやめられるものなのか。い

くら私立幼稚園だからと言ったって公共性があるはずだ」

「そういうことはよくわからないけど、園長ははっきり皆の前でやめるって言ったのよ」

啓一の疑問も頷《うなず》けないことはないが、あまりにも冷静な夫に美保子は色をなした。

「幼稚園の先生が詳しい事情を聞いて説明してくれると言うんだろう。それからでいいじゃないか」

啓一は軽く言ってから浴室に向かった。美保子はそのあとを追い掛けて啓一の腕をつかむ。

「待ってよ。まだ話は終わっていないわ」

美保子は啓一の無責任さを責め、

「もし、園長の言うように廃園になったらどうすると言うの。涼子が可哀相《かわいそう》でしょう」

「しかし、園長は別な幼稚園を紹介してくれると言うんだろう。幼稚園に行けなくなってしまうというわけではないし、それほど大騒ぎすることはないじゃないか。とにかく、風呂に入ってから飯にしてくれないか。腹が減っているんだ」

「腹が減るなんて言葉はやめてと言っているでしょう。涼子が悪い言葉遣いを覚えたら困るわ」

美保子はむしゃくしゃしていた。涼子は自分の部屋に閉じ籠もりきりであった。

翌日、美保子は涼子を隣の家に預けて、幼稚園に行った。バスの中で、廃園宣言に対して一番最初に抗議をした若い母親と顔を合わせた。ホールで抗議していた彼女はもっと大柄だったと思ったが、こうして改めて間近に見ると、美保子より一回りも小さかった。

バスを降り、幼稚園に向かう途中も、口から出る言葉は園長に対する憤りばかりであった。彼女は西野慶子《にしのけいこ》という名前であることを知った。

きのうの再現のようにホールに母親たちが集まった。牟礼という先生が疲れた顔つきで現われ、

「申し訳ありません。園長は私たちにも詳しい事情を説明しようとはせずに、ただ負債を抱えているから一年後に廃園にするとの一点張りなんです」

最初に発言をしたのは西野慶子だった。

「園長は先生や母親たちを女だと思って甘く見ているんじゃないですか。なんとか父親たちに事情を説明するように取り計らってください」

「そうかもしれません。その件で、園長にもう一度掛け合ってみます」

「幼稚園というのは経営者の一存で簡単に廃園に出来るものなのでしょうか。県が許すんですか」

啓一が感じた疑問を、美保子は口に出した。そこに光明《こうみよう》を見つけたように、母親たちの視線が一斉に牟礼に集まった。

「知り合いの弁護士さんに相談してみたところ、経営の悪化を理由に廃園の手続きをされたら、県のほうもそれを受けざるを得ないだろうと」

「弁護士さんがそう言われたのですか」

美保子は納得出来ずにきき返す。

「はい。希望幼稚園の監督官庁である県の私学総務課は幼稚園の赤字救済のために補助金を出すはずはないでしょうし」

絶望的な答えに美保子は息が詰まりそうになった。

絶句した美保子に代わって西野慶子が訴える。

「そんなばかなことありますか。誰が見たって幼稚園側が悪いことは一目瞭然《いちもくりようぜん》じゃありませんか」

牟礼はいったん目を伏せ、それから力なく答える。

「県の人間から見れば、園長のほうを信用してしまうかもしれません。まがりなりにも園長は園児を北矢切幼稚園、あるいはその他の幼稚園に紹介すると言っているのです。それに、県から見れば希望幼稚園は数ある幼稚園の中のただの一つに過ぎないのです」

「県というのはそんなにいい加減なものなのですか。それじゃあ、廃園になることはもう決まったようなものじゃないですか」

美保子がやり場のない怒りをぶつけるように叫ぶ。

「いえ、県を動かせばいい。こちらから働きかけて希望幼稚園の存在意義を県に認めてもらうんです」

「存在意義？」

「私たちにとって希望幼稚園は必要な幼稚園であることを県にわかってもらうことです。そのためには」

小柄な牟礼が一段と大きく見えた。

「存続する会を結成し、たくさんの方の署名を戴き、それを県に提出し存続を訴えるのです。もちろん、園長に翻意《ほんい》をうながすことは当然ですが」

「存続運動……」

美保子は体の血が沸き立つのを意識した。


翌日の夜、会社から帰宅した啓一を待ち兼ねたように玄関で迎えて、

「父親に対する説明会が今度の日曜日に開かれることになったわ。園長は先生方や母親たちを女だと思って甘く見ていたのよ。父母の会の会長さんが園長と掛け合い、とにかく父親に対して事情を説明するように要求したの」

啓一は寝室に行きパジャマに着替え終わると、黙って洗面所に向かう。美保子は追い掛けた。

「日曜日だから会社休まなくてもすむでしょう」

手を洗い口をゆすいでから、啓一は振り返り、

「幼稚園の経営者がやる気をなくしているんだ。そんな幼稚園に行くより、別な所に行ったほうが涼子のためだ。他の幼稚園に移ればいい」

美保子は耳を疑った。

「そういうもんじゃないでしょう。第一、北矢切幼稚園は遠いのよ」

「何も北矢切幼稚園に限らない。それに少しぐらい遠くたって、スクールバスが迎えに来るならいいじゃないか」

美保子は体がぶるぶる震えた。このひとは自分の子どもが可愛くないのだろうか。自分のことばかり考えて、私たちのことは問題外なのかと唖然《あぜん》とした。

美保子はヒステリックに啓一に向かった。

「希望幼稚園は子どもをのびのび育てるということで決めたのよ。涼子を今から受験戦争に参加させてせせこましい人間に育てたくないわ。やっと希望幼稚園に入れると思って喜んでいたのに、今さら他の幼稚園に変えろなんて」

美保子は感情が昂《たかぶ》っておさまりがつかなくなっていた。啓一がこんな男とは思わなかった。

「それに、全員が北矢切幼稚園に移れるわけないでしょう。たとえ移ったって、教室がい

っぱいよ」

「経営者がやる気をなくしている幼稚園に通わせるほうがよっぽど可哀相だ」

「あなたって、涼子のことを真剣に考えているの！」

苛立っていたので、つい興奮してしまった。彼も虫の居所が悪かったのか、

「幼稚園に行けなくなるっていうわけじゃないだろう。そんなことでがたがた騒ぐな」

と言い放ち、浴室に飛び込んでしまった。

「あなただって、はっきりした理由がないのに廃園にするのはおかしいと言っていたじゃないの。いいから、明後日《あさって》幼稚園に行ってよ」

浴室のドアの外で叫ぶ。

「日曜日はゴルフだ。部長に誘われているというのは前から言ってあるだろう」

「そんなこと聞いてないわ」

「言ってある。とにかく日曜日はだめだ」

「あなたってひとは」

翌朝、夫は起きてから一言も口もきかずに会社に出掛けて行った。美保子は見送りもしなかった。

朝食の後片づけをしたあと、美保子は居間でぽつんとしていた。何だか悔しくなって涙が込み上げて来る。課長になっていろいろつきあいがあるのはわかる。しかし、涼子の幼

稚園の問題をよそにゴルフに行こうとする神経がわからない。

電話が鳴っていた。いったん止まったベルが再び鳴りだして立ち上がった。

「もしもし」

声が掠《かす》れた。

「俺だ。なんだ、その声は。どうかしたのか」

啓一からだった。美保子は無性《むしょう》に悲しくなって嗚咽がもれそうになった。

「なんでもないわ」

間があってから、啓一が言った。

「さっき部長に断った。日曜日は幼稚園に行ってみる。おい、聞いているのか。もしもし」

啓一が懸命に呼び掛けている。

「聞こえているわよ。睨まれても知らないから」

美保子は涙声になって言った。

存続運動

朝から曇り空で、宮下はちょっとばかり憂鬱であった。きょうは園児の父親たちに対して廃園の説明をしなければならないのだ。

ホールにはだいぶ父親たちが集まっていた。宮下は緊張していることを悟《さと》られないように胸を張って彼らの前に出た。椅子に座ると、すぐに最前列に座っている男性から質問が飛び出した。

「幼稚園が苦しい原因は何ですか」

宮下は強張った顔を向けて、

「このようなことになりたいへん申し訳ないと思っています。これも私の不徳の致すところと反省し……」

「そんな話を聞きに来たのじゃない。質問に答えろ」

別の男性が声を荒らげた。宮下はむっとしたような表情をすぐに消して、

「じつは二月の初めに二百万の不渡りを出してしまったんです。それからずっと債権者に

追われて逃げていた状態でして……」

と弱々しく答えた。

「たった二百万の金が都合つかなかったというんですか」

「そういうことです」

「なぜ、不渡りなんか出すようになったんだ」

うしろから怒声のような質問が飛ぶ。

「高利のお金を五千万借りていまして」

ざわめきが起きた。

「そのお金は何で借りる必要があったんですか」

「職員のボーナスです」

「職員のボーナス？　そんなに先生たちはボーナスをもらっているのか」

「いや、全部がボーナスというわけではなくて」

「じゃあ、何ですか」

「備品を買ったりしまして」

「具体的に何を？」

「それは今ここでは……」

「五千万ものお金をどこから借りたんですか」

宮下は間をおいてから、

「木村《きむら》工業の木村社長からです」

頬のあたりがぴくぴくしていたが、気づかれないように宮下は言葉遣いは穏やかに言った。

「希望幼稚園は赤字なんですか」

「いや、赤字というわけじゃありません」

「じゃあ、なぜ廃園にしなければならないんですか」

「私の不徳の致すところであります。何と言われようと返す言葉がございません」

「さっきからお話を聞いていますが、負債の原因が今一つはっきりしないんですよ」

若い男が口を出した。美保子の夫の笹森啓一であることはもちろん宮下は知る由《よし》もない。

「負債が五千万円あるということですか」

宮下は質問者の顔を見つめて、

「いえ。全部で二億二千万の借金が……」

「どうして、二億以上もの借金があるのですか」

宮下は額にうっすらとかいた汗をそっと拭いた。

「じつは蔵王にリゾートホテルを買収したのですが、それが裏目に出て」

「どうしてそんなホテルに手を出したんですか」

「利益を幼稚園経営にまわそうとしたんです。なにしろ、希望幼稚園は遊び主義教育というものを謳《うた》い文句にしていますが、この遊び主義教育というものはたいそう金のかかるものでして」

「他の事業に手を出したための負債が嵩《かさ》み希望幼稚園が抵当《ていとう》に入っている。このままでは希望幼稚園の満足な経営が出来ない。だから、希望幼稚園は経営面でも黒字なのだが、ホテルなどの赤字の穴埋めにここを売り払わなければならない。こういうことですか」

男は詰め寄った。

「まあ、そういうことです」

「無責任じゃありませんか」

「自分の持ち物を自分がどう処分しようと、とやかく言われる筋合《すじあい》はないのではないでしょうか」

宮下は居直ったように言う。

「それにお子さんたちを北矢切幼稚園や、あるいはもっと別な幼稚園に紹介しようとしているんです。この一年を希望幼稚園で過ごし、残りの一年を別な幼稚園で過ごすことがどうして大問題になるんですか」

宮下は逆襲に転じた。

「それに他の幼稚園に行くのがいやだと言うのは、そちらの園に失礼な話じゃないですか」

宮下が言うと、相手の男は落ち着きを失わずに、

「幼稚園にはいろいろな特色を持つ園があるでしょう。我々がこの幼稚園を選んだのは遊び主義教育という点にひかれて選んだんですよ。幼稚園ならどこでもいいというのは間違いです」

「とにかくホテルが破産したので幼稚園の運営が出来ないんです。具体的な財産状況については弁護士から発言を止められていますので……」

のらりくらりと質問をかわし予定していた一時間が過ぎると、宮下は逃げるように出て行った。

「待て。話はまだ終わっていない」

父親のひとりが追い掛けて来たが、宮下は無視しさっさと園舎を出た。

すぐに自分の車で自宅に向かった。疲れたが、解放感があった。これで、廃園に向かって一気に進むことだろう。廃園宣言した日に牟礼たちが泡を食ったように飛んで来たが、彼女たちのあわてぶりが面白かった。ハンドルを操りながら、宮下は鼻歌が出てきた。

自宅の駐車場に車を入れてから、玄関に入る。出迎えた妻に水を頼み、台所に向かう。

「どうでした？」

妻が差し出したグラスをつかみ一気に飲み干して、ようやく人心地《ひとごこち》がついて、

「適当に切り抜けて来た。父親たちはどうせ自分たちの仕事のほうが大事な連中だから」

宮下は唾《つば》を吐くように言った。きょうの父親の会の結果を聞いて、牟礼たちは一層態度を硬化させるだろう。さて、どう出てくるか楽しみだと、宮下は薄ら笑いをした。が、すぐに、義弟の顔が浮かび、さらに父親の顔が現われ、顔がひきつって来た。亡霊のように精神や行動を縛りつけている父親からの解放の闘いなのだと、宮下は憎しみを牟礼たちに向けた。

翌日、さっそく牟礼が団交を開けと言って来た。廃園宣言を撤回しろとわめく彼女たちに、宮下は余裕を持って団交の日を伝えた。

春休みに入った最初の日、希望幼稚園の会議室に出向いた。桜前線がついそこまでやって来ている。希望幼稚園の園庭にある桜の樹が薄紅色のはなびらでいっぱいになるのを見るのも今年限りかもしれない。感傷的になって、宮下はしばらく門の横に佇んでいた。

団交会場である部屋に入ると、敵意に満ちた視線が全身に突き刺さる。宮下は意識して胸を張り席に着くなり、機先《きせん》を制するように、

「何度も言うようだが、不渡り手形を出して宮下家の財産運用が苦しくなった。詳しい内容は弁護士からとめられているから言えないがね」

と、父親たちに言ったことと同じ言葉を吐いた。だが、教師たちは騒ぎもしない。牟

礼が気持ちを落ち着かせるためか、眼鏡の縁に軽く手を当ててから、

「私たちから見て、希望幼稚園は決して赤字だとは考えられないのです。ぜひ、廃園を撤回してください」

「覆《くつがえ》すつもりはない。廃園は一年後だ」

「希望幼稚園は先代の園長先生が市役所に日参し、『学校へいくための手段ではない。子どもたちの情操教育を主にした遊び主義の幼稚園を作り、子どもたちをのびのび育てたい』という趣旨を以《もっ》て訴え続け、その情熱が実を結び県から認可が下りたと聞いています。そういう幼稚園を潰しても構わないんですか」

またしても先代の話を持ち出され逆上した宮下は、

「何度言ったらわかるんだ。先代は関係ない。今の園長は私だ」

と、怒る。

この女は心の底で父親と比べて俺をばかにしているのだ。ますます牟礼に対する憎悪が膨らんだ。

「どうしても考え直していただけないのですか」

「くどい。考え直すつもりはまったくない！」

宮下は強い口調で最終宣告のように言い放った。

打ち合わせが出来ているのだろうか。他の教師たちはおとなしく聞いている。

組合をやめるというなら廃園を考え直してあげたら、と妻は言うが、宮下は牟礼たちを許す気にはなれない。確かに、妻の言うとおり、教師たち一人ひとりは素直な良い人間なのだが、一度組合員として集まるとたんに別人格になる。特に牟礼がいけないのだ。もう、顔を見るのもいやなのだ。

「園長がそういう腹づもりなら私たちにも覚悟があります。廃園を取り下げるよう園長の横暴を県に訴えます」

顔面蒼白《そうはく》になった牟礼が頰を引きつらせて言う。

「なんと訴えるんだね。経営不振で健全な園の存続が不可能だからやむ無く手を引くのだ。君たちがあることないことを訴えたって、県は相手にしないさ。私のほうが信用されるに決まっている」

「在園児の父母は園の存続を願っています。また、ＯＢの方々だって、園の存続に好意的です」

「君たちはまさか」

宮下は息を吞んだ。何かとんでもないことを始めたのではないか、という恐れを感じたのだ。

「父母の会が中心となって希望幼稚園を存続させる会を発足させました。会員はこの一週間で五百名を越えました。併せて存続に向けての署名運動も始め、ＯＢや地元周辺の人々の理解を仰《あお》ぐつもりです。存続に賛同してくださる方々の声を集めて県に訴えます」

「何と恥知らずな！　いったい、署名運動なんて誰の差し金なんだ」

宮下は腰を浮かし、大声を出した。誰かの入れ知恵があったのに違いない。

「そうか、弁護士をつけたのだな。そっちがそういう態度に出るならこっちだって遠慮はしない。もう君たちとの話し合いはこれきりだ」

宮下は席を蹴《け》って立ち上がった。教師たちの怒声は耳には入らなかった。

その夜、無性に暁美の顔が見たくなり何度も電話をかけたが留守だった。こういう肝心なときに留守にしやがって、と八つ当たりぎみに暁美を罵《ののし》る。寝つかれずに、夜中にトイレに立つふりをして電話をしたが、やはり留守番電話の声が流れてくるだけだった。もう一度、三時に電話をかけたがやはり帰宅していない。

昼間の団交の席での興奮と、暁美が不在だという苛立ちから寝つかれなかった。妄想が束になって襲いかかってきて、何度も寝返りを打った。

妻に体をゆすぶられて目を覚ました。窓の外が明るくなっていた。時計を見ると七時をまわっている。あわてて起き、顔を洗ってから暁美の部屋に電話をした。彼女は帰っていなかった。

依頼人が帰った直後、宮下から電話があった。在園する園児の父母を中心に存続する会が結成された、と興奮ぎみに彼は訴えた。

「向こうにも弁護士がついて入れ知恵をしているんですよ。署名運動まではじめると言ってました」

「そんなもの、好きにやらせておきなさい。ところで、向こう側の弁護士の名前はわかりますか」

西城は手元のボールペンを玩《もてあそ》びながらきいた。

「千葉弁護士会の高石《たかいし》弁護士だそうです。教職員組合の関係で、教諭の牟礼とは顔見知りだったようです。ほんとうにだいじょうぶでしょうか」

宮下の弱気がまた出た。彼の本音が組合潰《つぶ》しにあるので負目《おいめ》で弱気になっているのだろう。

「存続運動が盛り上がったって県を動かすことは出来ませんよ。あなたが経営を投げたんですからね」

西城は皮肉をこめて言う。

「先生、こうなったら、一年も待つ必要はない。早く、幼稚園を廃園に持っていってしまいたい。その方法を考えてくださいよ」

宮下の過激な発言に西城は戸惑った。彼は相当苛立《いらだ》っているようだ。その苛立ちの原因の半分が暁美との衝突にあることを西城が知る由《よし》もない。

宮下をなだめてから電話を切ると、希望幼稚園のことはすぐ頭から離れ、西城は錦織のことに思いをはせた。ここ三週間以上彼からの連絡が途絶《とだ》えているのだ。こちらから電話をしてもいつも留守であった。

最近、彼は勝手に動きまわっているようだ。報告をしていないことがだいぶある。そのことを追及しようとしたのだ。

その錦織から電話が入ったのは昼過ぎであった。

「いったい、連絡も寄越《よこ》さず何をしていたんだ」

強く言うと、彼は言い訳をしながら詫びた。

その夜、西城は錦織と待ち合わせをした。京橋《きようばし》にあるカウンターバーに約束の九時より前に着いた。沖縄出身の三十前後のママと白髪のバーテンがいるだけの小ぢんまりした店である。

「お連れさん、遅いわねえ」

ママがグラスにウイスキーを注ぎ足しながら言う。

「女に引き止められてでもいるんだろう」

西城はグラスをつかんで笑った。腕時計をそっと見ると、約束の九時を大きく過ぎていた。扉《とびら》が開くたびに入口に目を向けるが、そのたびに落胆《らくたん》した。ママが新しい客に媚《こ》びを売りに行ったあと、西城は気になってカウンターの上に置いてある電話を引き寄せた。錦織のアパートに電話をかけたが、やはり部屋にはいなかった。

じわじわと不安が、体全体に伝わり息苦しくなって、西城はウイスキーを一気に喉《のど》に流し込んだ。

西城が珍しく落ち着きをなくしたのは蛭田の一件があるからだ。蛭田が失踪《しっそう》して二ヵ月が過ぎた。このまま、錦織までが消えてしまうような予感がしたのだ。

十一時をまわって、西城は諦《あきら》めた。ママに見送られて外に出ると雨が降っていた。肌寒さに、ママが体を震わせる。ドアの横で鼠《ねずみ》が死んでいた。西城はさらに不安を高めていった。

ママから借りた傘をさして通りに出た西城は、なかなかつかまらないタクシーに愛想《あいそ》が尽き歩き出した。

銀座通りをしばらく歩き、松屋の横から昭和通りに向かった。頭の中は錦織のことでいっぱいである。なぜ、彼がやって来なかったのか。

考え事をしながら歩いていて、気がつくと昭和通りを横断し築地に向かっていた。無意識のうちに葉月のマンションに向かっていたのは、錦織が葉月の所に行ったような気がしたからだ。

雨に煙《けぶ》った夜空に本願寺の大屋根が浮かんでいる。一段と雨は激しさを増してきた。料亭『鈴の家』の明かりが消えていた。

水飛沫《みずしぶき》を上げて、二トン積みの貨物トラックが走って来た。行き過ぎるとき、何気なく助手席を覗《のぞ》くと、中折れ帽子を被った男が乗っていた。一瞬、錦織ではないかと思い、目を凝《こ》らしたが、確かめる前に車は走り去った。しかし、ワンカップのようなグラスを口に運んでいたので別人だったのだろう。錦織は下戸《げこ》である。西城は葉月の部屋を見上げた。明かりがカーテンの隙間《すきま》からもれている。街灯の明かりが強い雨脚《あまあし》を照らし出している。

西城は迷った末に引き上げた。


翌朝も雨は降り続いていた。起きた気配《けはい》を察したのか、秀子がお早うございますと声をかけた。顔を洗って事務所に行くと、テーブルにコーヒーとパン、それに目玉焼きが用意されていた。

「せっかくの春休みなのに、朝早く来てもらってすみませんねえ」

「春休みだといっても子どもは塾があるから、普段と同じに朝早く起きているんですよ」

「お子さんはこんど高校……？」

「三年生ですわ。受験勉強でたいへん」

西城は一度会ったことのある背の高い男の子の顔を思い出した。

食事を食べ終わり、西城は錦織のアパートに電話を入れてみた。しかし、鳴り続けるベルは止《や》みそうにもなかった。ゆうべ帰らなかったのか、それともまだ寝ているのだろうか。時計を見ると、十時近い。

女の所かと思い、古い資料を引っ張り出し、竹井篤子《たけいあつこ》という女の電話番号を探してかけた。こちらは留守番電話のメッセージが流れて来た。錦織の身に何かが起こったのではないかという危惧《きぐ》が生まれた。

西城は念のために、葉月の所に電話を入れた。すぐに高く響きのいい声が聞こえた。

「まあ、ずいぶん久しぶりね。何度も電話を差し上げたのよ。あの事務員、やっぱり言《こと》づけてくれなかったのね。いやな女だわ」

台所で秀子が洗い物をしている音がする。留守中に葉月から電話が入っても、秀子は西城にそのことを言ったことはない。

「何か変わったことはありませんでしたか」

西城はさり気なくきいた。

「変わったこと？　いいえ、相変わらずな毎日よ。ねえ、今夜来て。会いたいわ。だって、この前会ってから一週間以上も経っているんじゃない」

こういう台詞《せりふ》を何人もの男に投げかけているのだろう。錦織の名前を出してもとぼけられるだけなので喉元で抑え、今夜行くと言って電話を切った。

十時になって事務所を開いた。きょうは午前中に依頼人との打ち合わせが一つ入り、午後はある暴力団組員がらみの民事法廷がある。

昼近くなって、希望幼稚園の宮下から電話があった。泣き声に近い。

「牟礼たちが団交を開けと言ってうるさいんですよ。それに、街頭に出て署名を集めている。どうしたらいいんでしょうか」

「何も恐れることはありませんよ。いいですか。廃園にする理由は経営難からなのです。本心は希望幼稚園を続けたいが負債を抱えて思うようにいかない。これが理由なんですよ。そのことをはっきり認識していれば恐いものはありません。弱気になる必要はない」

相手が弱いと高姿勢になるが、少しでも強く出られるとすぐ弱気の虫が泣き出す。西城は宮下を何とかなだめて尻を叩《たた》いた。

午前中まで降り続いた雨は止み、太陽が顔を出した。午後、地裁で民事事件の法廷をこなしてから事務所に戻ったのは五時近かった。机の上に夕刊が載っている。椅子《いす》に座ると、秀子がコーヒーを作って持って来た。芳《かぐわ》しい香りを嗅《か》いでから、

「錦織という男性から電話はなかったですか」

「さっき渡したメモに書いてなければなかったんです。留守中にあった電話はすべてメモに書くのが私の主義ですから」

葉月からの電話の一件は棚に上げて、彼女はぬけぬけと言う。

コーヒーを口に含んでから夕刊を広げた。真っ先に社会面を開いたのも、心の底で錦織が何かの事故か事件に巻き込まれた可能性を考えていたからかもしれない。相変わらず殺《さつ》伐《ばつ》とした事件が多い。都内で起きたものを探しているうちある一点で視線が止まった。

今朝、タクシーの運転手が中野《なかの》区弥生《やよい》町一丁目の山手《やまて》通り路上でひき逃げされたと思われる男性の死体を発見し警察に届けたというものであった。

被害者の身元は不明だが、ポケットに近くの『鳳仙花《ほうせんか》』というスナックのライターが入っていた。被害者はどうやらスナックを出てからふらふら歩いていてひかれたらしい。相当飲んでいたという。

昨夜の雨を思い出した。錦織がやって来なかったのは事故にでも遭ったのではないかという危惧を抱いていたのだ。しかし、弥生町は方角が違うし、彼は下戸だからひとりでスナックに入ったりしない。少しばかり不安が退いた。

それにしても錦織はどうして連絡を寄越さないのか。もう一度、彼の所に電話を入れてみた。が、大きく息を吐いてから受話器を乱暴に置いた。

その夜、十一時まで待っていたが、錦織からの連絡はなかった。西城は諦めて外出の支《し》度《たく》をした。

外に出ると、生暖かい風が吹いている。葉月のマンションに向かう途中の小さな公園に桜の木がある。五分咲きぐらいだろうか。少し花を眺めて時間を潰してから葉月の部屋に向かった。

合鍵《あいかぎ》で部屋に入って待っていると、十二時近くになって彼女が引き上げて来た。酔っているようだ。

「会いたかったわ」

彼女は帯留《おび》めをとりながら西城目掛けてもたれかかってきた。あわてて立ち上がり両手で受け止め体を支える。酒の匂いが襲いかかる。

「珍しいな。こんなになるまで」

「私には恐いものなんかないのよ」

腕の中で呟《つぶや》くように言う。ひっつめた髪が口に当たる。

「ご機嫌のようじゃないか」

「ねえ、帯を解《と》いて。苦しいわ」

帯揚げをとり、西城は彼女のうしろにまわって帯を解きにかかる。黒地に金糸の刺繍《ししゅう》の入った帯が、引くたびにシュッシュッという音をたて、彼女の体が大きく揺れた。伊達締《だてじ》めをとると着物が肩から落ちる。

襦袢《じゅばん》をとると、彼女は白い足袋《たび》を残しただけの姿になった。簪《かんざし》をとり、髪をとくと、長い髪が白い肩に垂れた。

西城は彼女の裸身を眺めているうちに激しい震えが起きた。この女は近づいた男を皆不幸にしている。蛭田もその犠牲者である可能性が強い。そして、錦織もこの女に接触し災《わざわ》いに見舞われたのではないか。それは、やがて自分の身にも襲いかかるのであろうと、西城は考えたのだ。

葉月がじっと西城の顔を見つめていた。この寂しげな表情の裏にはどういう顔があるのか、すべてわかっていると言うつもりはない。だが錦織が彼女に接触したとしたら西城のことは先刻承知のはずだ。それなのにまったく平然とした態度でいられる女に西城は尊敬の念さえ抱くほどであった。いきなり彼女が胸に顔を押し付けて来た。羽音のように微《かす》かな胸騒ぎが心の奥で起こった。それはいつも彼女を抱くときに起こるのだった。

二時間ほど葉月の部屋で過ごし、西城は引き上げた。裏口からそっと出て、途中、振り返ると、窓から彼女が顔を出し軽く手を振った。

体が火照《ほて》っているのか暖かい。街の灯もおぼろげに霞《かす》んでいる。空車が西城の脇をゆっくり追い抜いていき、客にならないと察したのか、急にスピードを上げて走り去った。

事務所に辿《たど》り着いたのは三時近かった。迷ったが、もう一度錦織のアパートに電話をかけた。鳴り続ける呼び出し音に嫌気がさしたとき、やっとフックの外れる音がした。勢い込んで口を開こうとするより前に飛び込んできたのは錦織とは違う野太い声であった。西城は一瞬戸惑い、声が喉元で止まった。

「失礼ですが錦織さんのお宅ですか」

西城は確認する。

「そうです。失礼ですがお宅は？」

不機嫌そうな声がきき返す。

「弁護士の西城と申します」

「西城先生ですか。その節はありがとうございました。兄です」

声の調子が改まった。

「お兄さん？　彼に何かあったんですか」

悲痛なまでに暗い声で兄は何事かを呟くように言ったが、西城はうまく聞き取れなかった。

「何ですか。彼がどうかしたんですか」

不安は熱湯のように沸騰《ふっとう》し、西城は、大きな声を出した。錦織のアパートに長野にいる兄がやって来ていること自体がおかしいのだ。

「弟が死んだんです」

兄の言葉を理解するまで時間がかかった。頭の中が真っ白になったような状態からようやく事の重大さが意識の隅から膨《ふく》らんで来た。

「死んだ？　いったいどうしたというんですか」

「ひき逃げされたんです」

夕刊の記事が閃光《せんこう》を浴びたように目の前に現われた。

「場所はどこで？」

「中野の弥生町という所だそうです。だいぶ飲んでいたようで……」

西城は納得出来ずに聞き返す。

「本当に弟さんに間違いないんですか」

「間違いありません。この目で確かめました」

「もしご迷惑でなければこれからお邪魔してもよろしいでしょうか。詳しいお話をお聞きしたいんです」

遺体はまだ解剖《かいぼう》した大学病院の霊安室にあり、明日長野に連れて帰るということであった。遺体がなくてもよければかまわないという兄の言葉に甘えて、西城は一時間後に行くと伝えた。

すぐに事務所を飛び出し、空車をつかまえて池袋と告げた。高速に入り、タクシーはスピードを上げた。

殺されたのだ、と西城は呟いた。えっと、運転手がびっくりして声を出した。闇に消えたビルの間を縫《ぬ》い、大型ダンプを追い抜いて、車は池袋に向かう。西城はまだ頭の中が混乱していた。

高速を出てから、池袋駅を抜けて立教大学《りつきょう》の前を通った。いくつか路地を曲がり、人気《ひとけ》のない通りに出る。ライトに一瞬照らされる住居表示に目を配っていると目印の小さな公園に出た。タクシーから降り、西城はアパートを探す。公園の反対側のアパートの二階の部屋の窓に明かりが灯《とも》っていた。

外階段を上がり、錦織の部屋の前に立った。長野から出て来て三ヵ月足らずを過ごした錦織の城なのだという感慨《かんがい》に浸《ひた》る余裕もなく、ブザーを押すと、すぐに室内からひとの気配がした。

「夜分に失礼します」

出てきた錦織の兄に挨拶《あいさつ》した。大柄な兄が一回り小さくなったように思える。部屋に入ると、ふとんが敷いてあり、テーブルの上に缶ビールが乱雑に転がっていた。西城の視線に気づき、

「眠れないもんですからね」

と、彼は暗い表情で言った。西城は兄と狭い部屋でテーブルをはさんで向かい合った。

「いつも弟がお世話になってありがとうございます」

律義《りちぎ》な挨拶をはじめたので、それを押さえて、

「詳しい事情を教えていただけますか」

と、催促《さいそく》した。兄は頷《うなず》き、

「きょう、いいえ、昨日ですか。夕方に竹井という女性から実家に電話がありました」

「竹井篤子さんですね」

西城は確認する。

「はい。弟が交通事故に遭ったのですぐに来てくれということでした。びっくりしてすぐに東京にやって来たのです。病院の霊安室で本人だと確認しました」

「酒を飲んでいたそうですね」

「ええ、近くのスナックでウイスキーを呷《あお》るように飲んでいたようです。その店を出てからあの事故に」

「彼は酒はまったくだめだった。どうして、酒を飲んだのでしょうか」

「わかりません。解剖したところ、足のふともと胸が完全骨折しているので、たぶん酔って道路に寝込んでしまい、そこを車にひかれたのだろうと」

泥酔《でいすい》していたとはいえ、あの雨の中で道路に寝ていたということも解《げ》せない。何から何まで不可解だ。

「で、ひき逃げした車は？」

「雨が現場の証拠品を流してしまったらしくて手掛かりがあまりないようなんです。ただ、警察は体の損傷具合《そんしょうぐあい》から乗用車ではなく小型トラックではないか……」

「小型トラック？」

目の前に稲妻《いなづま》が走った。その光の中に小型トラックが浮かんだのだ。あれは錦織と待ち合わせた夜、『鈴の家』の近くで見たのだ。そう言えば、助手席に中折れの帽子を被った男が乗っていた。錦織ではないかと一瞬思ったものだ。

西城が考え込んでいると、錦織の兄は指先で目をこすりながら何かをぶつけるように、

「あいつが東京で何をやっていたのかわからないんです。竹井という女性も知りませんでした」

錦織は西城の言いつけを守り、東京に出てきた理由を誰にも言っていないようだった。

錦織のことを語り合っているうちに空が白々《しらじら》として来た。彼の目が潰れて来たので、西城は辞去《じきょ》した。

通りに出てタクシーを拾う。

「山手通りを中野坂上《さかうえ》に向かってください」

西城は複雑な心境であった。途中で錦織が勝手に動きはじめたという言い訳はつくにせよ、彼の死の責任の大部分は西城にあるだろう。しかし、西城は自分でも意外なのだが錦

織の死に衝撃を受けるより、彼の死に葉月が深く関わっているのではないかということのほうが気掛かりなのだった。かつての西城では考えられない心の動きであった。

中野坂上の交差点を過ぎて、西城は前に乗り出し、フロントガラスから前方を見た。地下鉄の駅に向かって通勤客が流れて行く。

「あのガソリンスタンドの前で停《と》めてください」

タクシーを降り、ガソリンスタンドで事故現場を尋《たず》ねた。若い従業員は通りに出て歩道橋を指差して、このずっと先だと答えた。現場に花が飾られているからすぐわかると彼は言った。

歩道橋を渡り道路の反対側に移った。大きなマンションの前にやって来た。少し坂になっている。歩道からわずか二メートルほどの路上にチョークで人の形が書いてあり、さらに花束が消火栓《せん》の傍《そば》に手向《たむ》けてある。電柱にはひき逃げ事件の目撃者の名乗りを求める看板が立てかけてあった。

西城は事故当夜の出来事を想像した。一台の貨物トラックが走って来て荷台から泥酔状態になった錦織が下ろされる。その車はUターンし、しばらく戻ってから再びスピードを上げて横たわった錦織目掛けて突進する。そのまま車は走り去った……。

その車はどこから走って来たのか。『鈴の家』の看板が頭を過《よぎ》る。

西城はスナックを探した。五分ほど歩いたところに、『鳳仙花』という店があった。

ここで飲んだ男は錦織の役を果たしたに過ぎない。

九時になるのを待って竹井篤子のマンションに電話をした。彼女は眠そうな声で電話口に出た。弁護士の西城だと言うと、彼女は声を変えた。

「錦織くんのことについて話を聞きたい。時間をとってもらえないか」

錦織の弁護人だったことを覚えていただけでなく、錦織から何か聞いていているような気がした。

「高田馬場《たかだのばば》の駅前の喫茶店に来てください」

彼女の言う喫茶店の名前を復唱《ふくしょう》してから電話を切った。太陽の光が徹夜した目を直撃した。

指定の喫茶店に着いたのは十時近かった。まだ、竹井篤子は来ていない。レジの横の電話で、事務所の秀子に連絡をとった。午前中のスケジュールをキャンセルしてもらうように頼んだ。彼女の不満の声を無視して電話を切ったのと、竹井篤子が自動ドアから入ってくるのはほぼ同時だった。

「朝早くからすまなかったね」

「いえ、もう起きている時間ですから」

彼女は寝不足の腫《は》れぼったい目を向けた。以前に会ったときから比べずいぶん大人《おとな》びた感じになっている。二十七、八歳ぐらいになるのだろう。

「さっそくだけど、彼のことを聞かせて欲しい」

久しぶりに会ったとはいえ、挨拶などそこそこに西城はすぐに質問に入った。

「きのうの朝、警察からの電話で起こされたんです。交通事故の被害者が持っていたテレフォンカード入れに私の名前と電話番号を書いたメモがあったというんです。それで、すぐに身元の確認をして欲しいと」

彼女は夢中で話す。

「警察に行き、所持品を見せられました。間違いなく、彼のものでした」

「遺体を見たんですか」

「はい。解剖が終わってから」

西城は彼女が落ち着くのを待ってから、

「最近、彼が何をしていたか、あなたはご存じじゃないですか」

錦織の日頃の行動を見ているのは彼女である。期待をこめて相手の目を見たが反応は鈍《にぶ》かった。

彼女はバッグから煙草《たばこ》を取り出した。

「毎日のように会っているわけじゃないですし」

そう言ってから煙草をくわえ火を点《つ》ける。西城は不思議に思っていることを訊《たず》ねた。

「あなたは彼と一緒に暮らしていたんじゃないんですか」

　彼女はためらいの様子を見せた。やはり、彼女にはもうひとり男がいたのだと気づいた。

「そうか。君は二股《ふたまた》をかけていたのか」

「だって向こうは金を出してくれるし……」

「わかった。それより何でもいい。気づいたことはないですか」

「西城先生のお手伝いをしていると聞いたことがあります。でも、秘密だからって口止めされました」

　彼女は上目遣いで言う。

「警察にも？」

「何も喋《しゃべ》っていないわよ」

　少し恩着せがましく彼女は言う。

「そのことで、彼から何か聞いていませんか」

「いえ、何も。ただ……」

「ただ？　ただ何ですか」

　西城はたたみかける。

「そのうち店をもたしてやれるかもしれないと言っていたんです。だから、何か危ないことをしているんじゃないかってきいたことがあります」

「そしたら?」

「ばか言うなと。俺は西城先生のお手伝いをしているんだ。危ないことなんかしていないと……」

やはり、錦織は単独で葉月に接触したのだ。

「おとといの夜、彼は九時に私と待ち合わせしていたんです。そのことを聞いていませんか」

「いいえ」

西城は具体的なことはなにもわからなかった。


その夜、中野弥生町にある『鳳仙花』というスナックに顔を出した。ひき逃げされた被害者の友人だと偽《いつわ》り、男の様子をきいた。警察にも話したことだけど、と断ってママは口を開いた。

「そのひとが入って来たのは一時近かったかしら。もう看板ですと言うと、三十分でいいから飲ませてくれって。だいぶ酔っているようだったわ」

西城は頭の中で計算する。『鈴の家』の近くで貨物トラックを見たのは十一時半頃。助手席の男とこの店に現われた男は同一人物のような気がしてならない。

「隅に座って、ウイスキーをロックで呷って。三十分で出て行ったわ。帽子を被ったままで、ほとんど喋らないの。店の外まで見送りましたけど、ふらふらで」

西城は最後まで聞いていなかった。彼は殺されたのではないかという疑惑は確信に変わっていた。

あわただしい一週間が過ぎた。その間、長野に行き、錦織の葬儀に出席。それから、所《しょ》轄《かつ》署に何度か足を運び、ひき逃げ事件の捜査状況を訊ねた。捜査はまったく進展していない。

四月に入って花曇《はなぐも》りの日が続いた。土曜日の午後、葉月を誘い出して浜離宮《はまりきゅう》までやって来た。

「散りかけた桜には興味ないの」

彼女は花の散った桜には見向きもしなかった。江戸時代は葦《あし》が茂り、将軍の鷹場《たかば》だったというこの場所は海に面している。

池を巡り水際《みずぎわ》に出た。汽笛《きてき》を鳴らし水上バスがゆっくり隅田川から築地川に入って行く。船着き場に向かうのだ。潮風《しおかぜ》を受けながら、葉月は深呼吸をする。東京湾に出る水面は広々とし波が微かに騒いでいる。胸元に真珠を見せた白いブラウスが清潔そうな感じを与える葉月から、彼女の周辺で起きた不可解な出来事を想像することは出来ない。

「先日、長野まで行ってきました」

西城はさりげなさを装《よそお》い彼女の顔色を窺《うかが》う。

「お仕事？」

彼女の顔に陽《ひ》が射《さ》した。

「知り合いが亡くなったんです。ひき逃げされて」

「まあ。とんだ災難ね」

眉根《まゆね》を寄せた彼女の驚きは決して不自然ではない。ひき逃げされた知人のことをほんとうに悼《いた》んでいるような表情であった。

錦織は彼女と接触しており、彼女は何もかも承知しているはずなのだ。仮面の下を覗くように、

「今年の一月頃から警視庁の蛭田という刑事が失踪しているんです。彼はその蛭田刑事のことを調べていたんです」

「ねえ、ここは隅田川の河口なの、それとも東京湾になるのかしら」

西城の言葉など耳に入らなかったかのように彼女は話をそらし、すぐ真顔《まがお》になって、

「私、いつまでもあなたとおつきあいしたいのよ」

と、呟くように言った。西城にはそれが威《おど》しのように聞こえた。西城が返事を迷っていると、

「水上バスに乗ってみましょうよ」

と、誘った。その表情にはたった今一瞬に見せた険《けわ》しさはなかった。

「浅草《あさくさ》まで行ったら、お店のはじまる時間までに帰れなくなりますよ」

浜離宮からの客を乗せて、水上バスがゆっくり出航して行く。デッキに大勢の観光客が乗っている。乗客に向かって葉月は子どものように手を振った。向こうでも手を振りかえしていた。そんな子どもじみた彼女は血なまぐさい話とは無縁の女になっていた。

希望っ子祭

いく春を惜《お》しむように蝶が花壇の上を舞っている。江戸川堤《づつみ》の野の若草も丈《たけ》が伸びて来た。宮下は毎年のようにこの自宅の書斎の窓から移り行く季節を眺めて来たが、今年ほど屈託《くったく》を持って初夏を迎えたことは初めてであった。

新入園児が希望幼稚園に通い始めた。それはいい。だが、あと一年で廃園にすると宣言したにもかかわらず、教師や母親たちが存続運動を続けているのだ。署名の用紙が束になって何度も送られて来た。

宮下の憂鬱《ゆううつ》の原因はもう一つあった。暁美の件である。昨日から彼女は土日を利用して、英会話学校の仲間と一泊で伊豆《いず》に出掛けた。女の友達だと言うが、本当は男と二人で出掛けたのではないか、と妄想《もうそう》が勝手に働く。最近、夜中に電話をしても留守のことが多く、先日も朝帰りをしたのだ。

チャイムの音に、宮下は身構えるように反応した。また牟礼たちが押し掛けて来たのかと警戒したのだ。

書斎のドアを開け玄関の様子を窺ったが、妻の応対ぶりから教師たちとは違うようだった。部屋に戻ってすぐに、ドアがノックされ、妻が飛び込んで来た。

「これを見て、今、大内さんが持って来てくれたの」

彼女はビラを差し出した。希望幼稚園のスクールバスの運転手の大内は宮下が引っ張って来た男であった。宮下はビラを広げ目を剝《む》いた。

「なんだ、これは」

それは『希望っ子祭』開催の知らせであった。この『希望っ子祭』というのは翌年度の募集の事前の行事として、幼稚園入園前の子どもたちを集め、父母たちに希望幼稚園を知ってもらおうというものである。

「大内は帰ったのか」

「玄関で待っているわ」

宮下はすぐに玄関に飛んで行き、畏《かしこ》まって待っている大内に訊ねた。

「もうこれは配っているのか」

宮下の剣幕《けんまく》に、大内は身を縮めて、

「きのう配っていました。これは幼稚園の正面の横に貼ってあったものを引き剝《は》がして来たんです」

大内は尖《とが》った顎《あご》をしゃくって話す。恐らくきょうも近所の家庭に配っているに違いない。宮下は頰《ほお》が引きつって来るのを意識した。

午後になって、宮下は車で都野台団地の近くまで出掛けた。みずみずしい若葉に誘われたように、団地の前の公園には親子連れが繰り出している。車を徐行させながら団地を抜けようとしたとき、思わずブレーキに足をかけた。団地から出て来る二人連れの女に見覚えがあったのだ。宮下は首を横に向けながらゆっくり車を動かした。教師の水野と園児の母親であった。


翌朝、宮下は電話をかけ、牟礼を呼んだ。

「はい。牟礼でございます」

落ち着き払った声が返って来た。それがよけいに癇《かん》に障った。

「いったいどういうことなんだ。希望幼稚園は今年度限りで廃園になる。したがって、募集のための行事を行なう必要はない。やれば希望幼稚園は来年以降も存続するという錯覚《さっかく》を与えてしまう」

「お言葉を返すようですが、私たちは希望幼稚園の廃園を認めておりません」

牟礼は口答えして来る。

「何を言うか。幼稚園は廃園にするんだ。いいか、『希望っ子祭』をやることは絶対にゆるさん」

「地域の大勢の人達が希望幼稚園の存続に賛成してくださっているんです。その人達の署名を差し上げたはずです。皆が幼稚園の存続を望んでいるんです」

「君たちが強引に集めた署名じゃないか。そんなもの何の力にもならん。いいか、園は今年度限りで廃園になるんだ。とにかく祭をやることは認めない」

一方的に言って、受話器を乱暴に置いた。

宮下は苛立っていた。昨日も旅行帰りだというのに、暁美の帰りは午前三時過ぎだったのだ。

その夜、宮下は暁美の部屋に行った。暁美はビールを用意して待っていた。宮下は顔を見るなり詰《なじ》った。

「あんな時間まで何をしていたんだ」

「東京に夕方着いたけど、友達の家に行ってカラオケをやっていたら遅くなっちゃったのよ」

暁美は下着一枚の格好であぐらをかき開き直ったように煙草を吸っている。

「その友達は何て言う名前なんだ」

「何を怒っているのよ。いやねえ」

電話が鳴った。あわてて彼女は受話器をつかみ、小声で応対して、すぐに電話を切った。

「男だろう。かけ直してもらうように言ったのか」

宮下は頰をひきつらせた。

「間違い電話よ。焼き餅《もち》焼いているの」

暁美がおかしそうに笑った。

「何がおかしい」

宮下は逆上《ぎやくじよう》した。彼女はうつむいていたが、いきなり宮下の首に抱きついて来た。

「ねえ。怒らないで。私にはあなただけよ」

宮下は泣き声で言う彼女がいじらしくなった。

五月の連休明け、宮下は朝食のときに新聞の県内版を見て目を疑った。

希望幼稚園で恒例《こうれい》の『希望っ子祭』が開かれ、ゲームや福引《ふくびき》をしたり近所のちびっ子や父母たちが五月晴れの一日を楽しんだというものであった。宮下は体が悪寒《おかん》のように震え、声を発することが出来なかった。

報《ほう》復《ふく》

雲の色や木々の緑などに夏の匂いを感じる。希望っ子祭が無事に済んで、牟礼は胸を撫《な》で下ろした。大勢のお母さんたちが参加してくれ、子どもたちのはしゃいでいた顔が目に焼きついている。

存続運動に加えて、希望っ子祭の準備のために毎晩残業が続いたが、祭の成功は疲れなど吹きとばした。先生方の表情も久しぶりに晴れやかだ。

園長の中止命令を振り切って希望っ子祭を開いたのは県の対応の冷たさを知り、幼稚園は自分たちで守らなければならないと思い知らされたからである。

四月の半《なか》ばに、牟礼は『希望幼稚園を存続させる会』の代表の母親といっしょに一万名近い署名を集めて県の総務課に存続の要請に行った。

応対に出た課長とやせた係員に実情を訴えると、彼らは困惑したような顔をした。不審を抱きながら、牟礼はさらに付け加えた。

「給料だって満足に戴《いただ》いていません。私たち教師は厳しい環境下で園児たちと接しているんです。それも組合に入った私たちに対するいやがらせなんです。現に、組合を辞めたらちゃんと給料を支払うと言ったこともあるんです」

「給与のことや組合問題は我々が口出しすることではありません。当事者間で解決してもらわないと」

係員の突き放すような言葉に、牟礼はすぐには声が出せなかった。

「希望幼稚園は経営者の宮下氏が園長になっているわけですね。一応宮下氏からも事情を聞いてみますが、経営者が幼稚園をやめたいというのを、県からだめだとは言えないんですよ」

「なぜですか」

牟礼は眼鏡の位置を直してから詰め寄った。

「存続するように指導することは県の行政指導の範囲を越えています。あくまでも当事者間の問題です」

脇から課長が口をはさむ。

「何年か幼稚園を続けて、今の園児がいなくなったら廃園にするという解決は出来ないのですか」

自分の土地建物で幼稚園を経営する場合、県から幼稚園として認可されれば、毎年かなりの額の助成金が払われるのだ。希望幼稚園の場合でも年間一千三百万円ほどが支払われている。私立とはいえ、幼稚園の公共性を県が認めているからではないか。

「どうしても経営出来ないのなら、県のほうで誰か幼稚園を引き継ぐ気のあるひとに売却するように指導していただけないのですか」

牟礼はそう訴えたが、課長は行政指導の範囲を越えているの一点張りであった。自分たちの幼稚園は自分たちで守る。それが県の冷たい対応にあった牟礼や父母たちの決心であった。

初夏を思わすような陽射しが園庭《えんてい》に出ている園児たちの健康そうな顔を照らしている。牟礼は希望っ子祭を自分たちの手で行ない成功させたことで自信を持った。県に失望したことで、存続させる会の結束がかえって固くなったような気がするのだ。

窓際《まどぎわ》から机に戻ろうとしたとき、スクールバス運転手の大内が牟礼のところにやって来て、宮下からの手紙を手渡した。大内は宮下の私設秘書のような存在でもある。彼は宮下が会社に勤めていた当時、その会社の配送課で働いていた人間である。宮下に誘われてスクールバスを運転するようになったのだ。

牟礼は訝《いぶか》しげに封筒から便箋《びんせん》を取り出した。要件のみが書いてあった。

(今般、五月末を以《もっ》て希望幼稚園は幼稚園協会を脱会することになった。了承されたし)

牟礼は憮然《ぶぜん》として文面を睨《にら》みつけた。大内が逃げるように去っていく。

「牟礼先生、どうかなさったのですか」

血の気の引いた牟礼の表情に驚いて、水野が近寄り声をかけた。牟礼は黙って手紙を差し出す。

「えっ、じゃあ勉強会に行けなくなって……」

手紙を読んで水野も悲鳴のような声を上げた。毎週水曜日の夜は幼稚園協会の研修会が開かれ、松川市内の幼稚園の先生方が集まって来る。幼稚園の教育環境の問題や教育上の悩みなどを話し合い、教師としての質を高める場である。幼稚園協会を脱会するということはその研修会にも参加出来ないということである。

これは宮下のいやがらせに違いないと、牟礼は怒りが込み上げ、すぐに抗議の電話を入れた。

「幼稚園協会を脱会するというのは本当ですか」

落ち着くように自分に言い聞かせながら言うと、すぐに宮下は面倒臭そうな声を出した。

「手紙に書いた通りだ。もう手続きは済ませた」

「研修会に参加出来なくなるじゃありませんか」

「廃園になるんだ。研修会に出る必要などない」

そう言って、強引に宮下は電話を切った。

仕返しだわ、と先生のひとりが叫んだ。牟礼は皆を励《はげ》ますように、

「仕方ないわ。園の存続を認めさせるまではどんな苦難にも耐えなければ。勉強会は我々だけで出来ます。そうでしょう」

牟礼は水野に同意を求め、他の先生方の顔を見た。

「そうよ、こんなことでくじけちゃいられないわ」

水野が牟礼の気持ちに応えて皆を励ますように言った。他の先生の表情にも生気が蘇《よみがえ》った。しかし、先生たちの強い団結心に勇気づけられながらも、この姑息《こそく》な仕打ちはほんの序曲で、今後いろいろないやがらせを仕掛けて来るのではないか、と宮下の品性の卑《いや》しさに、牟礼は恐れを抱いていた。

梅雨《つゆ》に入り、庭のあじさいが雨に打たれ、くっきりした紫色を浮かび上がらせている。

牟礼寿子は宮下園長宛に要求書を書いていた。廃園宣言以来、何度も団交の申し入れをしているが、最初の二回だけ団交が開かれただけで、その後は団交の申し入れに対しても回答さえない。

要求書には、

①給料の遅配《ちはい》をなくす事。

②園児募集停止と希望幼稚園に関する発言を撤回せよ。

という二点を記している。

県に何度か出向いて存続の指導をするように頼んでみたが、まったく県は聞く耳を持っていなかった。県が頼りにならないとわかった今となっては、自分たちだけで宮下と闘わなければならないのだ。

書き終えてから、牟礼はコピー機に向かった。

原稿を機械にセットしてボタンを押したが、コピー機は作動しなかった。牟礼は腰を屈《かが》め、扉を開いてみたが、用紙はちゃんとセットされている。もう一度試みたが、やはり動かなかった。近くにいた水野先生に助けを求めた。

「変なのよ。ちょっと見てくれない」

「きのうまでちゃんと動いてましたよ」

そう言いながら水野もためしてみたが、やはり機械は動かず、彼女も首を傾《かし》げた。

「メーカーに電話をしてみます」

水野は電話をかけに行った。牟礼は机に戻った。

三十分後に、修理の技術者がやって来た。水野が立ち会っている。が、そのうち、水野が顔色を変えて飛んで来た。

「牟礼先生、ちょっと来てください」

牟礼は訝しげに水野といっしょにコピー機の所に向かった。技術者は下の蓋《ふた》を開けて、

「ここにセットされている部品がなくなっているんですよ」

と、怒ったように言った。

「どういうこと？」

牟礼はわけがわからず聞く。

「わざと部品を抜き取ってあるんじゃないですか。これじゃ動きっこないですよ」

技術者は呆《あき》れ返ったように言う。首を傾げながら、牟礼は他の先生たちに尋ねたが、皆不思議な顔をした。

「きのうはちゃんと使えましたよ」

ある先生の声に、牟礼はまさかと思いながら、スクールバスの運転手兼雑用係の大内を探した。彼は庭の花壇の手入れをしていた。牟礼が職員室の窓から声をかけると、彼は不安そうな表情をした。その顔を見て、牟礼は自分の想像が正しいと思った。

大内が庭からやって来た。顔が強張《こわば》っている。

「大内さん、コピー機の部品が抜き取られているの。どうしたか知りませんか」

牟礼は語気が強くならないようにきいた。

「それは……」

大内は口ごもった。

「園長先生の仕業《しわざ》ね」

大内はうなだれた。やはり、そうだった。きのうの夜にやって来て大内に手伝わせ部品を抜き取っていったのに違いない。これは希望っ子祭を開いたことに対する第二の報復《ほうふく》だと思った。宮下の反対を押し切って開いたことで、仕返しのつもりで幼稚園協会を脱会し、さらに今度はコピー機の部品を隠し業務妨害をしようとしたのだ。

園児たちが帰ってから、牟礼は単身で北矢切幼稚園に向かった。

北矢切幼稚園の園舎は近代的で大きな建物のせいか、どこか無機的な感じがする。積極的にチラシやダイレクトメールで宣伝をし、たくさんの園児を集めマンモス化している。

裏口から職員室に入り、ちょうどやって来た若い先生に取り次ぎを頼んだ。廃園宣言以来、宮下はこっちに居続けている。北矢切幼稚園のほうは最初から宮下に反発するようなベテランの先生を採用しないし、また、盾《たて》つく先生をやめさせているので、宮下にとっては居心地はいいはずだった。

園長室の隣にある応接室に案内された。お茶を運んで来たのは初めて見る先生であった。とにかく先生の入れ代わりが激しい。

室内も希望幼稚園に比べて金をかけている。牟礼は建物の立派さにも目を見張ったが設備も整っている。しかし、これでは人間味あふれた教育は出来ないのではないかと、思った。

ずいぶん待たされてから、宮下が顔を出した。ソファーに向かい合って座ったが、宮下は最初から喧嘩《けんか》腰であった。

「コピー機のことなんか知らない」

「そんなはずありません。返してください。コピー機がないと困るんです。月末にカリキュラムを県へ出さなければならないのです」

「知らないと言っている」

「返してくださらなければ県に訴えます」

牟礼が言うと、宮下は顔を紅潮《こうちょう》させて、

「こんな下らないことで県に訴えたら笑われる。恐らく、君たちの誰かが部品を隠し、それを私のせいにしようとしているのではないのかね」

牟礼は宮下の険のある顔を見て思わず鳥肌を立てた。廃園騒動以来、彼の表情はだんだん変わって来た。

「私に盾ついてばかりで。希望っ子祭は来年度の園児募集のためにやる行事だ。もう募集はしないんだから、希望っ子祭はやるべきではなかったのだ」

拳《こぶし》を震わせて叫ぶ宮下に牟礼は反論する。

「希望幼稚園の廃園は納得いきません。園児だって百五十名もいますし、決して赤字じゃないはずです」

宮下はいきなり立ち上がり、

「帰れ！」

と、怒鳴った。牟礼も負けずに、

「団体交渉をお願いしているはずです」

「私は忙しいんだ。そんなことにつきあっている暇はない。勝手に、存続させる会などというふざけたものをこしらえ、署名など集めて、私に対する背信《はいしん》行為じゃないか」

宮下は感情的になっていた。

「署名はじきに一万名を越えます。それだけのひとが幼稚園の存続を……」

「黙れ。ＯＢの家まで押し掛けて署名を集めて来るなんて非常識だ。希望幼稚園の歴史は浅いが、その評価は市内に知れ渡っている。それだけのプライドのある幼稚園の名前を汚す気なのか」

「私たちは希望幼稚園を守っていきたいんです」

「団体交渉に応じて欲しければ、そんな背信行為からまずやめるんだな。これ以上、存続運動なんか続けるなら、君たちの給料は支払わん」

「給料を払わないなんて横暴です」

「しかたないだろう、園長の言うことをきかない奴に給料なんて支払う必要はない」

そう言うと、宮下は扉を開けて、

「さっさと帰れ」

と、怒鳴った。目がつり上がり逆上した宮下に牟礼は恐怖心を覚えた。

翌日、牟礼は県の総務課に出向き、前回応対に出た係員にコピー機の件を訴えた。

「園長が本当にそこまで行なうでしょうかね」

相手は半信半疑の体《てい》できく。

「一応、こちらで園長にきいてみます」

と言ってから係員は思い出したように、

「先日、宮下氏に会って給料遅配の件を訊ねました。宮下氏は経営難から先生方には申し訳ないが分割払いをさせていただいているとおっしゃってました」

と、なんでもないことのように言った。

「経営難なんてとんでもありません。幼稚園の利益や助成金などを自分の他の事業にまわして失敗したんです。希望幼稚園とは関係ないんです」

「もう一度、宮下氏に話をきいてみますよ」

係員は言ったが、どうしてもっと親身《しんみ》になってくれないのか、と牟礼には不満ばかりが残った。


三日経っても県から何も言って来ないので、牟礼は電話をした。すると、担当の男性は、

「宮下園長が忙しくてなかなかつかまらないんです。もうしばらく待ってください」

と、何事もなかったかのように答えた。

「コピーはある父母の方の好意で、その方の会社の機械を使わせて戴いているんです。早く、コピー機が使えないと困るんです。お願いします」

県の対応の悪さに、牟礼はがっかりした。たかが一私立幼稚園の問題を優先出来ないとでも言っているような冷たさが感じられた。

牟礼は常盤平《ときわだいら》にある自宅に帰った。中学の教諭である夫はまだ帰っていなかった。最近肩がこり、ときたま目が霞む。眼鏡をはずし瞼《まぶた》をもんだ。人数が少なく事務員がいないものだから先生たちが事務までしなければならない。希望っ子祭の準備のために毎日残業が続いた。そういった疲れが出て来るのだろう。毎日の雨が気持ちまで塞《ふさ》ぎ込ませているのだ。

子育てのために幼稚園の教師は辞めたのだが、宮下の父親勝一郎《かついちろう》に熱心に誘われて復帰したのである。彼は幼稚園開設に当たりベテランの先生を集めた。教師としての腕を見込んで、彼は牟礼を誘ったのだ。教育について素人《しろうと》の彼は、すべてを任せ口出しは一切《いっさい》しなかった。牟礼にはこの幼稚園を作ったのは自分たちだという自負《じふ》がある。夫も幼稚園の教諭としての生き方に理解を示してくれている。亡き勝一郎の夢をかなえるためにも絶対に希望幼稚園を守っていかなければならないのだと、牟礼は自分を奮《ふる》い立たせた。

数日後に、牟礼は再び県の総務課に出向いた。係員は牟礼を見て顔を歪《ゆが》めた。

「宮下氏にきいてみましたがコピー機のことはまったく知らないと言っています。いろいろ言いぶんもあると思いますが、いがみ合うばかりでなく園側とよく話し合うことが必要です」

最初はわざと宮下のほうに肩を持っているのかと思ったが、そうではなく、どうやら紛争があるということが県にとっては問題なのであって、なるたけ事を穏便《おんびん》に収めようとしているのだと気づいた。

幼稚園に戻ると、水野が待ち兼ねたように出迎え、

「牟礼先生、コピー機が使えます。さっきなにげなくコピー機をいじったら動いたんです」

と、報告した。

「たぶん、ゆうべのうちに部品を返しておいたのね」

牟礼は庭に目をやった。花壇に水をやっている大内の姿が見える。ふいに彼がこちらに顔を向けた。目が合うと彼は頭を軽く下げた。問うても何も言わないだろうが、大内が宮下に内緒《ないしょ》でこっそり返してくれたに違いないと思った。

土砂崩《どしゃくず》れ

連日の雨は各地で水の災害を引き起こしている。地盤が雨で緩《ゆる》み、土砂崩《どしゃくず》れが発生し家が潰されたという事故も起こっている。

西城は事務所の窓ガラスを激しく打ちつける雨音に、気持ちを苛立たせていた。錦織がひき逃げされたのもこんな雨の日であった。あれから四ヵ月近く経つが、とうとうひき逃げした車は発見されなかった。

警察はひき逃げ事故と見ているが、西城は殺されたのだと思っている。錦織は蛭田と葉月の関係をつきとめたか、あるいは蛭田が現在どうなっているか探り出したのに違いない。それで殺されたのだ。では、なぜ錦織はそれを探り出すことが出来たのか。それは彼が元警察官だったということから推測出来る。

「先生、宮下さんがいらっしゃいました」

執務《しつむ》室の扉を開けて、秀子が声をかけた。西城は我に返り、宮下を迎えるために立ち上がった。

「ひどい雨です。傘をさしていてもこの有様です」

と、宮下は濡《ぬ》れた背広をハンカチで拭《ふ》きながら執務室に入って来た。宮下は最初会ったころに比べると少しやせたようだ。頰がこけたぶんだけ目が大きくなったように思える。

腰を下ろすと、その大きな目を西城に向けて、

「先生、もう限界です。存続運動がかなり広がっているようなんです。これ以上、彼女たちに好き勝手なことをさせておくわけにはいかない。彼女たちは希望っ子祭を勝手に開いたんですよ」

希望っ子祭がどういうものであるか、西城は以前に宮下から聞いていた。

「そこで給料の支払いを止めようと思うんです。どうでしょうか」

「それはしないほうがいいでしょう」

西城が言うと、宮下はむきになって、

「なぜですか。給料を払わなければ教師たちの中には幼稚園を辞める人間も出てくるかもしれないじゃないですか。一人でも辞めれば園の運営は難しく……」

西城は宮下の言葉を制して、

「いや、給料の支払いを止めたら向こうも法的な対抗手段をとって来ますよ。もし、私が向こうの立場の弁護士だったら、すぐに『給料の仮払い仮処分申請』を裁判所に出しますよ。あなたに給料の支払いをさせるための手続きです。もし、この決定が裁判所から出た

ら、あなたが自主的に支払おうとしない場合、あなたの財産を差し押さえることが出来るんです」

「じゃあ、どうすればいいんですか。何か他にいい手立てでもあるんですか」

「ないことはない」

「それは何ですか」

宮下が顔色を変えて身を乗り出して来た。

短慮《たんりょ》でヒステリックな性格をたしなめるように、

「着手金《ちゃくしゅ》と報酬《ほうしゅう》金を別途戴くことになりますがよろしいのですか。それに泥沼化するかもしれない」

と、西城は冷ややかに言った。少し表情を動かしたが、宮下は声を昂《たかぶ》らせ、

「構いません。先生に任せます。ぜひ」

「それほど仰《おっ》しゃるなら……」

西城の説明に宮下は満足して立ち上がった。

彼をドアの外まで見送って執務室に戻ると、宝田商事に電話をした。社長の宝田を呼び出すと、

「頼みがある。例の希望幼稚園の件です」

「いよいよ私の出番というわけですか。これから事務所に行きましょうか」

「いや、私がそっちへ行きますよ」

西城は宝田の鼻の下に髭《ひげ》をはやし目尻を下げた好色そうな顔を思い出し不快になりながら三時過ぎに会社まで行くと言った。

別な裁判の訴訟資料に目を通していると、テレビのニュースの声が聞こえて来た。秀子がスイッチを入れたらしい。もうそんな時間になるのか、と西城は腕時計を見た。十二時になっていた。衝立《ついたて》で仕切られた部屋で秀子が昼食の支度をしているのだ。湯の沸《わ》く音がテレビのアナウンサーの声に重なった。

聞き耳を立てた。白骨死体という言葉が聞こえたのだ。西城はすぐにテレビの所に飛んで行った。秀子がお茶を入れる手を止めて何か言いたそうだった。

画面は山の中を映している。急斜面の崖《がけ》が大きく抉《えぐ》れていて、雨合羽《あまがっぱ》の捜査員が樹木の間を動きまわっている。画面に湖が映った。

「この場所は？」

西城は秀子にきいた。

「野尻《のじり》湖です」

西城は画面を凝視《ぎようし》した。この長雨《ながあめ》で地盤が緩み土砂崩れが起きた。地元の消防団員が様子を見に行って土に埋められていた白骨死体を発見したというのである。ニュースは次に移った。

「どうしたんですか」

訝しげにきく秀子の声を無視して、西城は執務室に戻った。地図を取り出し野尻湖を調べる。妙高《みょうこう》高原、黒姫《くろひめ》高原の東側に位置する野尻湖へは信越《しんえつ》本線黒姫駅からバスが出ている。国道18号線を南下すると長野だ。その手前に小布施がある。

今年の正月、葉月と旅行した折、蛭田が尾行《びこう》して来たのだ。しかし、今考えると、彼は西城ではなく葉月を追っていたのではないかと思う。蛭田を最後に見たのは小布施の町中である。彼は葉月と別れた直後のようだった。肩をすぼめるようにして目の前を通って行った姿を覚えている。西城はあることに考えが行った。


ちょうど三時に、神田にある宝田商事に着いた。社長室に通されると、宝田がふんぞり返って電話で相手を怒鳴りつけていた。西城は勝手に応接テーブルの椅子に腰を下ろす。

「すみません。見苦しいところをお見せして」

電話を切ってから宝田が愛想笑いを浮かべながら近づいて来た。鼻の下に髭がないと締まりのない顔に違いない。テーブルの上を見てから、あわてて扉を開け大声を出した。

「誰かお茶を入れろ。紅茶だ。ケーキがあっただろう。それを持って来い」

西城の真向かいに座ると、

「すみませんね。気のきかない奴ばかりでして」

「気など遣わなくて結構だ。すぐ帰る」

「まあ、ゆっくりして行ってくださいな。で、今度は何をやればいいんですか」

宝田は薄い唇《くちびる》を少し歪めてきいた。

「幼稚園の備品を差し押さえてもらいたい」

「差し押さえ？」

「あんたは宮下園長に五千万円を貸してある。希望幼稚園の債権者のひとりだ」

「いいでしょう。すぐにやりましょう」

深い理由をきかずに宝田は了承した。ドアがノックされて、事務員が紅茶とケーキを持って来た。宝田は紅茶にブランデーを滴《したた》らすように落としてから、

「先生も？」

と、瓶《びん》の口を西城のティーカップに持って行った。返事もきかずに琥珀《こはく》色の液体を注いだ。

「少しでいい」

西城は彼を制した。雨に濡れ冷えた体に温かい紅茶が心地よい。カップを置いてから、

「じゃあ、頼みましたよ」

と言って立ち上がった。

雨は夜になって小降りになり、夜半には上がった。西城がベッドに入ったときに電話が

鳴った。時計を見ると、午前一時を過ぎている。葉月からだった。

「もう寝たの。ちょっと声を聞きたくて」

彼女は鼻にかかった声を出した。

「酔っているんですね」

「私の勝手でしょう。そっちへ行こうかな」

旦那《だんな》がやって来たのだろう。彼女は旦那が帰ると、決まってこんな調子で電話を寄越すのだ。

西城は葉月の声を聞いてもいつものように気持ちが昂らなかった。やはり、野尻湖の近くで発見された白骨死体の件が頭にこびりついているからだろう。

「もう遅い。明日、行きますよ」

「つれないのね」

葉月が拗《す》ねたように言ってから、

「あたしがあの狸《たぬき》親父に抱かれたから会うのがいやなの。好きで抱かれているんじゃないわ。義務よ。いやらしいったらありゃしない。足の先までなめまわして来るんだから」

喉を鳴らす音がした。ブランデーを飲んでいるのだろう。

「シャワーで流したからきれいよ」

「もう切りますよ」

「ばか。薄情者《はくじょうもの》。明日は絶対来てよ」

翌日、西城は予定をすべてキャンセルするように秀子に頼み、上野から金沢《かなざわ》行き特急の白山《はくさん》一号に乗り込んだ。車窓《しゃそう》から眺める空はどんよりとしているが雨の心配はなさそうだった。朝刊を広げたが、身元判明の記事は載っていない。瞼が重くなり、朝刊を膝《ひざ》に置いて目を閉じた。昨夜はあまり眠っていないのだ。何度もうとうとしては目を開けた。何か夢を見たようだったが覚えていない。高崎《たかさき》、軽井沢《かるいざわ》と過ぎて長野に着いたのは定刻通り十二時十五分。さらに黒姫まで三十分かかる。

黒姫の駅前からタクシーに乗り込み野尻湖に向かった。十年前に東京から移り住み、スキーロッジを経営しながらオフシーズンはタクシーに乗っているという運転手に白骨死体が見つかった場所までの案内を頼んだ。彼は不思議そうな顔をして振り返ったが、何も言わずに車を発進させた。

「白骨が発見されたのは竜宮《りゅうぐう》岬の近くです。警察の車が何台も停まっていました」

林間道路を抜けると湖が見えて来た。視界が開けると山が現われた。黒姫山と妙高山である。ゆるやかな下り坂になり、その途中でタクシーは路肩に寄せて停まった。車が先に停まっている。

「この下ですよ」

「ちょっと待っていてくれないか」

西城は外に出た。冷たい風が顔に当たる。ゆっくり樹木の間の道を下りて行った。けもの道のような所を下っていくと、樹が倒れ土が露出している場所に出た。ロープが張ってある。恐らく白骨死体の主は数人の手でこの道を担《かつ》がれて来たのに違いない。しばらく佇《たたず》んでから上に戻った。

タクシーは黒姫山や妙高山を見ながら湖をまわり、立ケ鼻《たてがはな》に着いた。西城はそこで車を降りた。遊覧船の乗り場がある。湖畔のレストランに入り、ビールを頼んだ。湖に遊覧船が出て行った。足漕《こ》ぎボート、手漕ぎボートが湖に出ているものの観光客は疎《まば》らで鉛《なまり》色の空のせいか寂しい光景だ。運ばれてきたビールをグラスに注ぐと泡が溢《あふ》れテーブルを汚した。溢れた泡を見ながら、冬の時期を考えた。現場は雪で埋まるだろう。死体を運び土に埋めることが出来るのだろうか。

バスの出発時間が近づいて、西城は伝票をつかんで立ち上がった。

バス停で待っていると、いきなり肩を叩かれた。振り返ると、ふたりの男が立っていた。西城は思わず声を上げそうになったが動揺を表面に出さずに、

「おや、刑事さん。どうしてこんな所に？　まさか観光ではないでしょう」

西城はとぼけた。以前に蛭田のことで事情を聞きに来たことのある警視庁の刑事であった。若い刑事の名前は記憶にないが、年嵩《としかさ》の紳士然とした刑事はたしか加西《かさい》……。その加

西がにやにや笑いながら言う。

「妙な所でお会いしましたな」

敵意を剝き出しにしている若い刑事を挑発するように西城は口を開いた。

「ひとりでぶらっとやって来たんですよ。近くで白骨死体が発見されたそうですね。タクシーの運転手さんに聞きました。毎日のようにひとが殺される。いやな世の中ですね。刑事さんたちはその件で？」

「どうやら仏は我々の捜している人物らしいんです」

やはり白骨死体は蛭田だったのだと、西城は表面は何気《なにげ》なさを装いながら、自殺ですかときいた。すると、若い刑事が一歩前に出て、

「殺されたんですよ。刃物で刺されて……」

と、むきになって言った。

「西城先生は野尻湖にいらっしゃったことは？」

加西刑事は落ち着いた声できく。が、眼光は鋭《するど》く、西城の表情をじっと窺っている。西城もその視線を真正面に捉え、

「ありません。はじめてです」

と、相手の攻撃を撥《は》ねつけるように言った。加西刑事は目を細め睨み返している。先に視線を外したのは相手だった。加西は野尻湖に目を移し、

「蛭田は今年の一月三日の夜、長野市内の遠藤《えんどう》旅館に泊まっているんです。翌日、彼は誰かとこっちに来たのではないか。そう思っているんです」

警察は蛭田の足取りを追いながら、西城の痕跡《こんせき》をも探しているに違いない。西城と葉月が善光寺近くの旅館に宿泊したことをいずれ突き止めるだろう。

黒姫駅行きのバスがやって来た。西城が彼らに挨拶してバスのステップに足をかけたとき、

「また東京でお目にかかると思いますがよろしく」

と、加西が切りつけるように言った。

「犯人が一刻も早く捕まるように祈ってますよ」

最後部の座席から振り返ると、バスが見えなくなるまで彼らは西城を見送っていた。

蛭田の死体が発見され、警視庁の捜査は本格化するであろう。しかし、警察が蛭田と葉月を結びつける可能性は少ないに違いない。蛭田は個人的な問題で葉月に接触していたと思われるからだ。やっかいなことになった、と西城は少しばかり憂鬱になった。

駅に着くと、長野行きの普通列車が入って来るところだった。西城はその列車に飛び乗った。周囲に尾行者のいないことを確認して、長野駅前からタクシーに乗り込み千曲川の傍にある民間の高級老人ホーム『清光園』に向かった。ときどき、振り返り、追跡してくる車のいないことを確かめた。

『清光園』を出てから、再び長野駅に戻る。上野行きの特急に乗ったのは八時で、上野に十一時に着いた。

日比谷《ひびや》線で築地に行き、西城は『鈴の家』に向かう。料亭の門は暗く、彼女の部屋に明かりが灯っていた。合鍵で部屋に入ると、襦袢姿の彼女がいた。

「たった今帰って来たところなの」

化粧をしたままの顔で彼女は言う。西城は土産《みやげ》に買ってきたジャムのセットをテーブルに置いた。彼女の視線が動いた。包みは湖の図柄である。

「どちらかへ行って来たの」

髪を解きながら、彼女がそっと手を出す。

「ああ、野尻湖に」

西城は葉月の顔を凝視する。しかし、彼女は、

「私、ジャム好きなの。ありがとう」

と、まったく動じることなく素直に喜んだ。ひょっとしたら蛭田の死体が発見されたことをまだ知らないのではないかと思い、西城はさりげない口調で言った。

「じつは行方不明になっていた蛭田という刑事の死体が野尻湖の近くで発見されたんです」

「ねえ、お風呂に入らない。もう沸く頃よ」

襦袢を肩から落として、彼女は誘った。西城が口を開こうとすると、手で西城の口を押さえて、

「そんな話はやめましょう。久しぶりなのに無粋《ぶすい》よ」

そう言って、彼女はネクタイの結び目に手をかけた。ネクタイを解きワイシャツのボタンを外しにかかる。俺に欠けているのはこういう部分だと思いながら、西城はされるがままになっていた。

差し押さえ

七月九日のことである。牟礼寿子は水野先生のオルガンに合わせてのびのびと遊戯《ゆうぎ》をしている子どもたちを眺めていた。

大きな口を開けて歌う子、手をいっぱいに振り、脚を高く上げる子。子どもたちはのびのび梅雨の合間に久しぶりに顔をのぞかせた太陽の下ではしゃいでいる。こんな子どもたちの明るい顔を見るのが好きで幼稚園の教師になったのかもしれない。

突然、遊戯の輪が乱れた。蝶々が飛んで来たのを誰かが見つけたのをきっかけにそのほうに園児の興味が移ってしまったのだ。

「みんな、遊戯はちょっとお休みしましょうね。蝶々さんをいじめちゃだめよ」

若い水野がオルガンを中止し園児たちといっしょになって花壇のほうにかけて行った。

残った生徒は遊戯を止めて、花壇のほうを気にしている。

この希望幼稚園の教育の仕方は遊びから学ぶということである。

自分が好きで興味を示したことについていっしょになって勉強していく。今、遊戯をやりたい者は遊戯をやり、その束縛から逃れ蝶々を追いたければ追わせてやる。そこで、生き物を慈《いつく》しむ気持ちを教えてやるのだ。いやいや物事に取り組んでもなんにも得られない。授業中も誰かがおしゃべりをはじめたら先生もいっしょになってその園児の話に参加し、参加出来ない園児には別の話題を与えるなど、個人を尊重しているのだ。

自分で遊びを工夫する遊びの部屋という教室があったり、丸い大きな木のテーブルがある読書の部屋、積木や工作、折り紙などをする創作の部屋、木琴《もっきん》や笛《ふえ》などがたくさんある音楽の部屋など。とにかく子どもたちに遊びを教えながら、自ら遊びを工夫し、そこから何かを身につけさせようという教育方針なのである。

砂場で砂遊びをしていたい子どもたちには砂遊びをさせておく。子どもたちはだんだんトンネルを作り、山を作ることを覚え、すぐに崩れる砂を工夫して水を運んで来て水分を含ませて崩れないトンネルや山を作っていく。放任主義でだらしのない子どもになるのではないかという当初のお母さん方の危惧も、遊びの中から創意工夫をして努力する楽しさを教え、個性をのばしながら集団の中で規律を身につけさせるという方針を理解してくれるようになった。個人の能力にあった教育を中心に団体生活において相手を思いやる性格を身につけさせようというのが牟礼たちの考えだったのだ。

蝶々を追って行った子どもたちが戻って来て、再び、水野先生がオルガンを弾《ひ》きはじめようとしたとき、数人の背広姿の男が門に入って来るのを見つけた。

男たちは勝手に園舎の中に入って行った。

牟礼の胸に不安が湖面に生じた波紋のように広がった。背広姿の男たちの後から歩いて来た柄物の開襟シャツ姿の男はどうも堅気《かたぎ》のように見えなかったからだ。

「水野先生、あとをお願いね」

牟礼は急いで男たちを追って職員室に向かった。おろおろしている教師のひとりが牟礼の顔を見て訴えるように言った。

「裁判所から任命された執行官《しっこうかん》ですって」

「執行官？」

すると、三十代前半と思える長身の男が、

「私は宮下園長の代理人を務める弁護士の西城です。じつは幼稚園の備品が債権者の申し立てにより差し押さえられることになったんです」

「差し押さえ？」

牟礼はびっくりして西城弁護士の顔を見つめた。

「そんなばかなことがありますか。園長先生はどうしているんですか」

牟礼は大きな声で抗議したが、西城弁護士は、

「私が園長の代理として立ち会いを任されているんです。こちらが債権者である宝田商事の宝田社長です」

と、隣にいた髭の男を紹介した。

「宝田です。園長が金を返してくれないからこういう手段に出たんですよ」

宝田は笑いながら言う。

「差し押さえられたら授業が出来ません」

牟礼は抗議したが、西城弁護士は取り合おうとしなかった。後ろにいる執行官たちに向かって、

「じゃあ、はじめてください」

と、言った。牟礼は動きはじめた執行官の前に立ち塞がり、両手を広げ、

「帰っていただけませんか。ここの備品は授業のために必要なものなのです。こんな無茶な話は聞いておりません」

「そういわれましても、執行する命令書が出ていますから」

執行官は抑揚《よくよう》のない声で言う。

「抵抗しても無駄ですよ。執行官は実力で抵抗を排除して執行を強行できる権限があるのですから」

西城弁護士が口を出した。

「先生はどちらの味方なんですか」

そうきいたとき、牟礼は気づいた。

「ここの備品だけですか、差し押さえの対象は？」

牟礼は債権者の男にきいた。しかし、男は答えなかった。やはり、園長も承知のことなのだ。執行官が職員室の中の机やロッカーなどを調べて、さらに他の教室に入って行くのを為《な》す術《すべ》もなく見つめていた。

執行官はピアノ、机、ロッカーなど差し押さえ品の一覧表を作り、職員室の壁のカレンダーの横に貼って帰って行った。元のような静かな光景に違いないが、たった一枚の壁に貼られた紙によって、部屋の中は他人の家のようによそよそしいものになっていた。

牟礼は怒りで震える手で受話器をつかみ、存続させる会の会長である田山幸子《たやまゆきこ》の家に電話をした。田山幸子は希望幼稚園の園児の父母で作っている父母の会の会長をしており、存続させる会の結成と同時に、その会長に任じられている。彼女の子どもは年長《ねんちょう》組にお り、長男も二年前に卒園しているので希望幼稚園に対する思い入れは人一倍強い。

その夜、牟礼は大柄な田山幸子といっしょに宮下園長の自宅に押し掛けた。門を入った所にある車庫に車があった。玄関の前に立ち、牟礼がインターフォンに呼び掛けた。すぐに、夫人らしい声が返って来た。

「主人は留守です。明日にしてください」

「大事な用で参りました。お帰りになるまで待たせていただきます。入れていただけませんか」

「何時になるかわかりませんよ。帰ってください」

夫人の突慳貪《つっけんどん》な声に、牟礼はいきり立ち、

「園長先生は奥にいるんじゃありませんか。出て来てください。大事なお話があるんです」

と、インターフォンに向かって大声を出した。田山幸子は玄関の戸を叩きながら叫んだ。

「園長先生、隠れないでください」

「本当に主人は外出しているんです。帰りが何時になるかわかりませんよ」

「何時になっても構いません。待たせてもらいます」

居留守を使っているに違いないと牟礼は疑っている。玄関の外で待っていると、内側から物音がした。戸が開き、憮然とした表情の宮下が現われた。

「やっぱりいらっしゃったんですね」

「さっき裏口から帰って来たんだ」

宮下は言い訳をしてから、

「差し押さえの件は私も驚いている」

と、腕組みをしたまま言った。

「本当ですか。代理人の弁護士もいっしょでした。園長がわざと債権者を使って幼稚園の備品を差し押さえさせたんじゃありませんか」

牟礼は抗議する。宮下は腕組みを解き、

「なぜ、私がそんな真似《まね》をする、言い掛かりはやめろ。借金を返せないのだから仕方ない」

「備品を買い戻して。子どもたちが可哀相《かわいそう》です」

田山幸子が訴えた。

「そんな余裕はない」

宮下は乱暴に玄関を閉めてしまった。その後、何度呼び掛けてもインターフォンの応答はなかった。


翌日、これまで相談に乗ってもらって来た高石弁護士の事務所を訪ねた。ようやく夕暮が訪れようとしている。濃い飴《あめ》色の西陽《にしび》がブラインドの隙間から入って来る。まるで梅雨明けを思わすようだった。牟礼と田山幸子はソファーに腰を下ろし、五十年配の穏やかそうな高石弁護士と向かい合った。

「幼稚園の備品が差し押さえられたんです」

牟礼が力を貸して欲しいと言うと、高石弁護士は困惑したような表情をして、

「じつは来週からアメリカに行かねばならないんです。顧問《こもん》をしている会社が向こうの会

社から特許権侵害で訴えられましてね」

「いつお帰りなんですか」

「今月末になるでしょうか。競売日《きょうばいび》まで間がありますから、帰って来るまで待ってください。差し押さえられた品物は競売にかかるまで今まで通り使えます。帰ったらすぐに連絡します」

高石弁護士の帰国を待つしかなく、牟礼と田山幸子は満たされぬ思いのまま事務所を辞去した。


七月半ばになって、水野が牟礼のところに青い顔をしてやって来た。

「牟礼先生、給料が振り込まれていないんです」

牟礼はしばし茫然《ぼうぜん》とした。その予感があったのだ。

牟礼は昼休みに銀行に行った。残高を調べて息を呑んだ。本来なら月末の一日手前にその月の給料が支払われるのだが、ずっと遅配が続いており、月はじめまでに数回に分けて振り込まれて来た。それが半ばになっても残りの金が支払われないのだ。

牟礼は幼稚園に戻りすぐに北矢切幼稚園にいる宮下に電話で抗議をした。が、宮下は聞く耳を持たず、かえって牟礼を詰った。

「経営が苦しいのだからやむを得ないだろう」

「支払わないつもりなんですか」

「支払いたくとも金がないんだ。そのうち払う」

「いつ支払っていただけるんですか」

「そんなことわからん」

　宮下は乱暴に電話を切った。

　月末になっても高石弁護士から連絡がないので、こちらから事務所に電話を入れた。すると、高石弁護士はとうに帰国していた。牟礼と田山幸子は事務所に飛んで行った。

　高石弁護士はいつもに比べて歯切れが悪かった。

「アメリカでの仕事が予想以上に時間を要するんです。このままじゃ片手間でしかやってあげられません。他の弁護士さんを紹介しますから、その弁護士に相談してくれませんか」

　その言葉が言い訳のように聞こえた。なぜ高石の態度が変わったのか、牟礼にはわからなかった。

　翌日、高石弁護士に紹介された弁護士を事務所に訪ねた。しかし、その弁護士もあまりいい顔はしなかった。牟礼の心に漣《さざなみ》が立ったような不安が芽生《めば》えた。

　牟礼の恐れが的中したように、その弁護士は、

「おそらく差し押さえられた備品を取り返しても園側はさらに別な方法を駆使《くし》して来るで

しょう。私としてはあくまでも話し合いで解決することを薦《すす》めますね」

「話し合いに応じてくれないんです」

牟礼は反論する。

「話し合いというのはこちら側も譲歩しなければなりませんよ。まず、廃園は認めることです。今年入った園児が卒園するまで廃園を待ってもらう。それなら聞き入れてくれるんじゃありませんか」

県の役人と同じようなことを弁護士は言った。

「あくまでも希望幼稚園を存続させたいんです」

心外《しんがい》に堪《た》えず、牟礼は語気を強めた。弁護士は不快そうな顔をして窓辺に目をやった。

牟礼は田山幸子と顔を見合わせた。弁護士がゆっくり顔を戻し、

「この件は争っても無駄だと思いますよ。もし、気にいらなければ他の弁護士さんを当たってみなさい」

腕に鳥肌が立ったのはクーラーがききすぎているばかりではなかった。

もうひとり、高石弁護士に紹介された弁護士を船橋《ふなばし》に訪ねた。頭髪は真っ白だがまだ四十半ばだという弁護士は話を聞いているうちにだんだん難しい顔つきになった。

「相手はなりふり構わずに廃園に持っていこうとしていますね」

話を聞き終え、その弁護士が真っ先に吐いたのがその言葉だった。それから、おもむろ

に彼は言った。

「たぶん園側と債権者はグルになっているのでしょう。それだったら勝ち目はないですよ」

牟礼は眼鏡の縁《ふち》に手をやり心を静めるように努め、

「希望幼稚園は廃園になるしかないと言うのですか」

と、抑えた声できいた。

「残念ながら難しいと言わねばなりません」

悄然《しょうぜん》と事務所をあとにした。夕暮時になっても、風がないので暑い。京成津田沼《けいせいつだぬま》に出て、新京成電鉄に乗り換えた。ふたりともずっと口を閉ざしたままだったが、電車が一つ目の駅に停車したとき、

「なぜ、弁護士は尻込《しりご》みをするのかしら」

と、田山幸子が呟いた。牟礼は力なく首を横に振り、わからないと答える。再び無口になった。下車駅が近づくと牟礼は座席から立ち上がって、

「明日、皆さんで相談しましょう」

と、言った。田山幸子は疲れた顔に微笑《ほほえ》みを見せた。改札を出ると、すっかり暗くなっており、暑さは夜になっても続いていた。

その夜、牟礼は中学教諭の夫に弁護士に断られた顚末《てんまつ》を話した。夫は煙草を揉《も》み消して

から、

「弁護士というのは勝ち目のない闘いはしないものさ。依頼人の話を聞いて勝てる仕事かどうか見極めるのも能力のうちだと、知り合いの弁護士が言っていた」

「なぜ、負けるとわかるの」

牟礼は反発する。

「幼稚園の廃園問題が起きたとき、彼にそれとなくきいてみたんだ。経営者が投げ出している幼稚園を存続出来るのかとね。こんなことを言うと君たちの運動に水を差すことになるので黙っていたんだが、相手が本気で廃園に持っていこうとするなら法的には防ぎようがないそうだ。はじめから負け軍《いくさ》だとわかっている。彼は俺だったら引き受けないと言っていたよ」

「じゃあ、このまま廃園になるのを指をくわえて見ていろと言うの」

「悪い奴を懲《こ》らしめようと裁判を起こしても時間がかかる。普通の人間は付き合いきれない。それより、そんな怨《うら》みを早く忘れ新しい自分の道を探させる。それも弁護士の役割ではないかと、彼は言っていた。世の中はごね得《どく》さ。法律というのは強い者が有利なように出来ている。県の対応だってそうだったじゃないか。役所はもめ事を一番嫌うんだ。だから強い方に味方して早く解決させたがるんだ」

そんな社会を作り上げたのは男たちではないかと思い、八つ当たりぎみに夫にそのことを口に出した。

「確かに男社会が作り上げた弊害《へいがい》かもしれん。だが、女が作り上げた社会だとしても別な弊害が生まれているはずだ。ただ、まったく別な社会が出来上がっているかもしれない。それが人間にとって……」

「今、あなたとそういった議論をする気力はないの」

　牟礼はそう言って立ち上がった。

「まあ、話を聞けよ。さっきの弁護士の話の続きだ。彼も弁護士に成り立ての頃は純粋な気持ちで依頼者の話に同情し損得抜きで立ち向かったそうだ。ところが、だんだん経験を重ねるにしたがい、分別が出来てきたと言う」

「長い物には巻かれろなんでしょう。経験を積んでいくと、そういう処世術《しょせいじゅつ》にも長《た》けて来るというわけね」

「君たちの力になってくれるのは若い弁護士だと言いたいのさ。青臭さが残っている弁護士に目を向けたらどうかと言っているのだ」

「若い弁護士……」

　牟礼は目から鱗《うろこ》の落ちるような気がした。今までベテランの弁護士にしか目がいかなかった。この社会の悪弊《あくへい》に染まっていないということなら男より女だ。女性弁護士こそ自分たちといっしょになって闘ってくれるのではないか。牟礼は光明《こうみょう》を見つけた思いだった。

女性弁護士

藤枝みずえは霞《かすみ》が関《せき》にある東京地裁の民事法廷に原告《げんこく》側の代理人として臨《のぞ》んでいた。

大手電気会社の工場で組合運動を続けていた従業員の島貫一也《しまぬきかずや》が突然解雇《かいこ》されたというものである。会社側は仕事の能力がなく、やる気がないから馘首《かくしゅ》したという主張をしていたが、執行委員で過激な性格を嫌った会社側が解雇したのだと訴えて争っている。

きょうは被告側の証人尋問《じんもん》が行なわれる。証人は、原告の直属の上司である製品開発部長である。

赤坂合同《あかさかごうどう》法律事務所に入ってから五ヵ月にも満たないが、みずえは二十件近い事件を抱えている。

ショートカットのボーイッシュな髪型で眼鏡をかけて黒っぽい服装で、いかにも男勝《まさ》りな女性弁護士というイメージを他人に植えつけた。

「それじゃ、主尋問をはじめてください」

裁判長の声で、傍聴《ぼうちょう》席に座っていた中年の男が立ち上がった。みずえはその男が証人席に向かう足取りをじっと見つめた。

人定尋問《じんていじんもん》のあと、証人宣誓《せんせい》と型通り進んだ。開発部長の肩書を持つ証人は突き出た腹を動かしながら、やや太い声で流暢《りゅうちょう》に口を開いている。

相手側の弁護人が、みずえに余裕の微笑みを見せてから証人に向かって第一声を放った。

「島貫さんは、あなたの部下だったのですね」

「そうです」

「上司として、あなたはどのような評価を下しておりましたか」

「仕事は出来ない人間でした。能力は普通より下だと思います」

「しかし、主任にまで昇進していますね。仕事が出来なくても、主任になれるのですか」

はっきりした口調で、被告側の弁護士は十分に打ち合わせ済みに違いない反論をする。

「本来ならなれません」

「どういうことでしょうか」

「彼は能力不足を組合活動で補《おぎな》っていたんです。つまり、年功序列制度を主張し、昇進されるように組合で圧力をかけたりして主任になったのです」

「主任になってから、ますます仕事をしなくなったと？」

「そうです。組合活動を理由に、納期までに仕上げなければならない仕事を遅らせたりしました。このままじゃ、他の部員の士気にも関わることとなり、やむなくやめてもらうようになったのです」

島貫の体が震えてきたので、みずえは小声で、

「がまんしなさい。気にしないで」

と、押さえた。みずえと同じ年の三十歳の彼は悔しそうにうなずいたが、証人を睨みつけていた。

被告側代理人の弁護士はみずえよりはるかにベテランである。彼は余裕を持って尋問を続けた。

「能力不足だったら、他の部署にまわすとか、あるいは給料を低くするとか、そのようなことはなかったのですか」

「彼は能力がないくせして開発部門にいたがったのです。他の部にまわそうとすると組合を動かして威しをかけてくるのです。給料だって、仕事が出来なくても、人並みに出さないと組合問題になります」

証人の開発部長はぬけぬけと答える。みずえに島貫の怒りが伝わってきた。

「ようするに、組合活動を利用して自分の身を守っていたというわけですね」

「その通りです」

島貫がいかに無能な人間であるか、言いたい放題であった。しかし、傍聴席を占《し》めてい

る組合関係者は皆静かにしていた。

みずえは裁判のはじまる前に、傍聴する彼らに、たとえ相手側がどんなにひどい発言をしようが、それに対して抗議の声を上げないようにと伝えてあった。

以前に、先輩弁護士の裁判を傍聴したとき被告人の支援者が傍聴席を占領し、相手側の発言に対して汚い言葉で罵《ののし》っていたのを耳にして、うんざりしたことがあった。たとえ、相手側が話を捏造《ねつぞう》したのだとしても、みずえには見苦しいものだった。それがあるから、自分が関わった裁判では絶対にそのような真似を慎《つつし》んでもらいたいと思ったのだ。

また、傍聴席に大挙《たいきょ》して押し掛けるのもやめてもらった。当初、不満をもらしていた彼らも、みずえの熱心さを認めてくれたのか納得してくれたのだ。

それだけ、彼らはみずえの力を買ってくれたということであり、そのぶんの重圧がのしかかっている。

いよいよ反対尋問の時間が迫ってきた。解雇事件であり、ひとりの人間の一生が左右されかねないのだ。そう考えると、緊張感が襲いかかってくるが、みずえは他人にわからないように深呼吸し、十分な準備をしたという気負いを静めた。

みずえは証人尋問にそなえて機械用語辞典を調べていたが、それだけでは心もとなくなり、一昨日とゆうべの二日間、原告に協力している従業員に事務所に来てもらい、業務内容のレクチャーを受けた。その上でのきょうの法廷であった。

「それでは、原告側の反対尋問を」裁判長に名を呼ばれると、みずえはもう一度深呼吸してから立ち上がった。

この尋問の結果如何《いかん》によっては、ひとりの人間の人生を決めてしまうことになるかもしれないと思うと、無意識のうちに力んでいた。

眼鏡の縁に軽く指を当て、みずえは口を開いた。

「あなたは、島貫さんとはどのくらいのつきあいになるのですか」

少し掠《かす》れかかった声だったが、スムースに言葉が出て、緊張感がいっぺんに吹き飛んだ。

「彼がうちの部に来てからのことですから、もう十年近いでしょうか」

開発部長は落ち着き払った声で答える。

「いつ頃、島貫さんは組合活動に夢中になりはじめたのでしょうか」

「三年ほど前からです」

「島貫さんは最初から仕事が出来なかったのですか。それとも、組合活動に夢中になってから仕事がおろそかになったのでしょうか」

「最初から能力はありませんでした。ですから、逆に組合を強くして自分の将来を安定させようと組合活動に熱心になったのだと思います」

開発部長は声も滑《なめ》らかである。みずえはいよいよ攻撃に出るという合図のように腕組みをした。

「島貫さんが主任になったのはいつですか」

「二年前です」

「会社として主任制度が出来たのはいつからですか」

「……二年前です」

証人の表情にわずかに困惑の色が浮かんだ。

「すると、主任制度が出来て最初の主任ということになりますね」

「というより、組合活動を積極的にするようになったからです」

不安を取り除《のぞ》こうとするのか、開発部長はすぐに返答をした。

みずえは腕組みを解いて十分に間を置いてから、

「四年前、島貫さんはある発明をして特許をとったグループの一員だったそうです。ご存じですね」

「知っています」

「どうして能力のない人間がそのような発明グループに加えられたのでしょうか」

「それは……」

証人が汗を流しているのを見て、みずえは調子に乗ってきた。

「その頃は組合活動はしていませんよ」

開発部長の目が救いを求めるように代理人のほうに向いた。しかし、顔を背《そむ》けられ、あわてだした。

「部では、毎月一回、品質会議を行なっているそうですね。そこに出席するのはどのような人々ですか」

「リーダークラスです」

やっと、証人が答える。みずえの優勢に傍聴している支援者の間から感嘆《かんたん》の声が上がった。みずえは静かにするように目で制してから、さらに続けた。

「島貫さんも参加していたのですね」

「主任ですから」

証人の開発部長の額《ひたい》から汗が流れ落ちていた。

「ここに、会議議事録があるんですが、去年の五月まで、会議で島貫さんは積極的に発言しております。ところが、その次の月から発言が極端に少なくなっています」

証人は我慢しきれないようにハンカチを取り出し額を拭いた。みずえは追及する。

「それは、あなたが彼の発言を無視したからではないんですか」

「そんなことはない」

声は上擦《うわず》っていた。

「島貫さんの業績が上がっていないという業務報告も、これと同じで、あなたが仕事をさせないようにしていたんじゃありませんか」

証人尋問はみずえのペースで終わった。

「先生、見事でしたよ」

傍聴席に陣取っていた組合員たちに口々に讃《たた》えられて、みずえは満更《まんざら》でもなかった。

「いえ、向こうの代理人があまり熱心な方じゃなかったからよ。もっと身を入れていたら、私がどのような反対尋問をしてくるか予想がついたはずだわ。まあ、向こうの弁護士のおざなりな姿勢に助けられたようなものね」

喫茶店で、島貫たちと今後の闘いの方針を確認しあってから、みずえは地下鉄に乗って赤坂の一ツ木《ひとつぎ》通りにある事務所に向かった。

赤坂合同法律事務所には七人の弁護士がいるが、個人個人の弁護士業務は独立している。ただ、電話番や書類のタイプ、コピーなどの事務処理を共同の事務員で行なっているのだ。しかし、たとえ独立していても、何かあれば即座に協力する体制が出来上がっている。そういう気風に憧《あこが》れて、みずえはこの事務所に入ったのだ。現在、女性弁護士はみずえの他にふたりいる。

「藤枝先生、お電話です」

事務所に入っていくと、事務局の男性が立ち上がって声をかけた。自分の席に行って受話器をとる。中学校の教諭をしている友人からであった。

反　撃

夫の同僚の教諭から紹介された弁護士を訪ね、牟礼は田山幸子と共に赤坂に行った。電話を入れておいたので、藤枝みずえは約束の時間に事務所で待っていた。黒縁の眼鏡をかけショートカットの彼女は男勝《まさ》りに見えるが、牟礼は頼りなげに思え、少しばかり後悔した。たぶん、小作りの顔と眼鏡の奥の大きな瞳のせいかもしれない。目がやさしすぎる。卑劣な相手側の弁護士とやり合うには迫力不足を感じた。

これまでの経緯を牟礼が語る。片手を腰に当て、もう一方の手でときどきメモ用紙に鉛筆を走らせて話を聞いていたみずえは、話を聞き終えてもすぐに反応を示さず目を虚空《こくう》に向けて考え込んでいるようだった。

牟礼は田山幸子と不安げに顔を見合わせた。この四月に弁護士になったばかりだということも心細かった。

みずえがメモ用紙からやっと顔を上げた。

「給料は六月分の一部と七月分全部が支払われていないのですね」

みずえが確認する。彼女に気負いは見られない。

「競売はいつですか」

「八月二十九日です」

牟礼が義務的な調子で答えるのを、別にいやな顔をせずに聞き、鉛筆を指先で玩びながら、

「授業料は毎月いつ支払っているのですか」

と、みずえは田山幸子に顔を向けた。

「授業料？　月初めに、その月の授業料を支払います」

田山幸子が答える。

「すると七月分は支払っていて、八月分はまだ？」

「ええ、これからです」

「先生や父母の方々は本当に幼稚園を続けていこうと思っているわけですね」

「もちろんです。何も道楽でこういうことを……」

田山幸子が心外だと言わんばかりに言い返すと、

「ごめんなさい。覚悟のほどをお聞きしたかったの」

みずえはあっさり言ってから、

「私の考えを申します。まず、お母さん方は八月分から授業料の支払いをやめるのです。

授業料相当額を集めてあなた方で管理し幼稚園を運営していくのです」

「私たちで？」

田山幸子が問い返した。

「経営者が先生方の給与を支払わないということは園の運営を放棄したも同じです。だったら、皆さん方で運営していくしかないでしょう。園長と話し合いがついた段階でお金を渡せばいいんじゃないですか」

みずえのてきぱきとした言い方に、牟礼は目を見張った。

「差し押さえられた備品の件ですが、皆さんが集めた授業料相当額の運営費から買い戻すんです」

牟礼はみずえに圧倒された。

「先生方は、宮下氏の賃金不払いに対抗して、『給料の仮払い仮処分申請』を出してください」

「給料の仮払い仮処分申請？」

牟礼がきき返す。

「裁判所の決定で、宮下氏に給料の支払いをさせるための手続きです。この決定が出れば、宮下氏が給料を支払おうとしない場合には彼の財産を差し押さえることが出来るのです」

法律的なことは牟礼たちにはよくわからない。

「競売による売り上げは、差し押さえをした債権者と競売に参加した債権者で分配するんです。競売に参加出来る債権者とは裁判所から執行を許された者であり、これは仮払い仮処分決定を受けた者も含まれます。つまり、この決定を受ければ、競売による売上金の中から貸付額によってその分配に預かることが出来るんです」

「難しいことはわかりませんが、こういうことでしょうか。我々は競売に参加し、集めた授業料相当額の中から備品を買い戻しますね。その支払ったお金を、我々と差し押さえた宝田商事とで分配するという……」

牟礼は考えながら質問した。みずえは頷いてから、

「それだけじゃなく、給料の場合は債権者の中で優先して分配されるのです」

「売り上げの中から給料が支払ってもらえるのですか」

牟礼がいくぶん声を上擦らせて言った。田山幸子が水を差すように口をはさんだ。

「競売には道具屋が乗り込んで来て競売品を競《せ》り落としていくと聞いたのですが、我々が備品を買い戻すことが出来るのでしょうか」

「よくご存じですね。彼らは競売品を競り落として持ち主に高値で引き取らせて儲《もう》けているんです。でも、心配しないでだいじょうぶです。だいたい競売される価格は時価の三分の一くらいの安さなのです。彼らはその安さゆえに競売品を求めるのですから時価に近い

値段まで価格を上げていけばほとんど手を引きますよ。こちらは常に彼ら以上の値をつければいいんです」

牟礼と田山幸子は早速に存続する会の役員を集めて、みずえの提案を実行に移すと息巻《いきま》いていた。

嫌《けん》疑《ぎ》

暑さで道路のアスファルトが溶けて足の裏に吸いついて来るような感じであった。西城が東京地裁から引き上げてクーラーのきいた執務室で休んでいると、秀子が来客を告げた。入って来たふたりは警視庁の加西とコンビの若い刑事であった。

「まったく暑いですな」

加西は皺《しわ》くちゃな手拭いで額から首すじを拭き拭き言う。若い方は相変わらず挑戦的な目を向けている。

「どうぞ、お座りください。今、冷たいものをお持ちしますよ」

西城はわざと落ち着き払い、彼らに椅子を勧《すす》めた。秀子が氷入りの麦茶を運んで来た。

「で、蛭田刑事の事件で何かわかったのですか」

西城がきくと、加西は麦茶を最後まで飲み終わってからやっと口を開いた。

「蛭田の長野での足取りがやっとつかめました」

そう言ってから、手帳を取り出しめくりはじめた。

「今年の正月の三日、蛭田が長野の遠藤旅館に泊まったということはお話ししたと思います。翌日、彼は旅館の主人に小布施へ行く電車の時間を尋ねているんです。ここまではすぐわかったんですが、それからの彼の足取りをつかむのに手間取りました。何しろ、半年以上も前のことですから」

加西は空《から》になったグラスに手を伸ばしかけた。

「お代わりを差し上げましょうか」

「いや、結構です。どこまでお話ししましたっけ。そうそう、小布施に向かったあとの蛭田の行動です。観光客の少ない時期ですから目立ったはずなんですが、皆さんあまり覚えていない。そしたら、意外な所から反応がありました。どういうわけか、彼らしい男が北斎記念館に入っているんですな」

「浮世絵に興味があるようには見えませんでしたが」

西城はとぼけてきく。加西は意に介さず、

「たぶん誰かと待ち合わせでもしたんじゃないですか。西城先生は小布施には?」

「行ったことはあります」

「北斎記念館を出てから蛭田は小布施駅で中軽井沢までの切符を買っているんです」

西城も蛭田の行動が気になっていた。北斎記念館で、彼は葉月と会っている。そこで中軽井沢で会う約束を取り交《か》わしたのだろうか。

「当然、中軽井沢駅も調べられたのでしょうな」

西城がきくと、加西はにやりと笑った。

「ええ、駅員が覚えておりました。蛭田刑事は個性的な顔をしておりますからね」

西城は相手の挑発に乗らないように気を引き締めながら、

「でも、いったい中軽井沢にどんな用があったのでしょうか。まさか、スケートなどするわけないでしょう」

西城の冗談に若い刑事が眉を寄せた。

「西城さんにおききすれば、なぜ蛭田が中軽井沢に行ったのかわかると思ったのですがね」

相変わらず加西は柔和《にゆうわ》に顔を綻《ほころ》ばしているが、その実、西城の表情の僅《わず》かな動きをもとらえようとして目を光らせているのがわかる。この狸め、と胸の内を不快感で埋めながら、西城も負けずに表面は穏やかに、

「残念ですな。私も刑事さんたちのお役に立ちたいと願っているのに」

「そのお気持ちを有《あ》り難《がた》く頂戴《ちようだい》しておきます」

加西は若い刑事にめくばせをして立ち上がった。ドアまで見送りに出て、西城は加西に言った。

「新しい事実がわかったら教えていただけませんか。何か協力出来るかもしれません」

「もちろんですよ。西城先生とは長いつきあいになるでしょうから」

再び、加西の目が光った。西城は鼻で笑い、刑事を見送った。執務室に戻った西城は加西刑事の言葉を反芻《はんすう》した。蛭田が中軽井沢に行ったのは葉月との話し合いによってであろう。恐らく、警察は中軽井沢駅からの行動を調べ上げているに違いない。ただ、西城と中軽井沢との接点が見つからず、深く踏み込んでこられないだけなのだ。

「ちょっと出掛けて来る」

西城は気分が晴れずに秀子に言い残して部屋を出た。勘の鋭い秀子の青筋をたてた顔から逃げるように外に出ると、熱風が襲いかかった。

葉月の部屋に黙って合鍵を使って入ると、風呂から出たばかりらしい彼女は目を見開いて西城を迎えた。挨拶も抜きに彼女は西城の体にしがみついて来て盛りのついた動物のように腰を押しつけて来た。唇を吸いながら巧《たく》みな仕種《しぐさ》でズボンのベルトを外しにかかる。葉月の体は最初から熱かった。たぶん、パトロンがやって来たものの十分に燃焼出来なかったのだろう。バスローブを落とし、白い裸身をさらして西城をベッドに引き入れた。

しゃにむに西城の体を舌でなめまわす。西城は仰向《あおむ》けでされるがままになりながら、頭の中では中軽井沢の風景を考えていた。ひっそりと雪に埋もれた白樺《しらかば》の中の別荘に向かう蛭田の姿が描かれる。

葉月が西城にまたがり激しく腰を動かしはじめると、西城も耐え切れなくなり急に頭の

中の光景は白い霧で被《おお》われた。西城はぐっと踏ん張り、

「中軽井沢に別荘があるのか」

と、下から彼女の顔を睨みつけた。眉を寄せ目を細め口を半開きにした表情には西城の声が聞こえたのかどうかわからない。西城の言葉を封じるように、さらに腰を使い、葉月のほとばしる声が一際高くなり、急激に彼女の全身から力が抜けていった。

隣で葉月は精根《せいこん》尽き果てたように眠っている。微かな寝息が聞こえて来るが、手は西城の股間《こかん》にある。

「今、何時……」

気だるそうな声が耳元でした。西城は片手を伸ばし、腕時計をとった。

「三時半だ」

「美容院へ行かないと」

彼女は起き上がる気配はない。西城はそっと蒲団《ふとん》から抜け出し、浴室に向かった。シャワーを使っていると、葉月が入って来た。

「あら、ごめんなさい。夢中だったので……」

西城の胸に指を当てて言う。赤い痣《あざ》が出来ていた。

「でも、これで浮気は出来ないわ」

真顔で言い、葉月はシャワーを奪いとった。

シャツのボタンをかけながら西城は改めてきいた。

「中軽井沢に別荘を持っているの」

「ないわ。でも、これの別荘があるけど」

軽い調子で、彼女は親指を上げた。

「どうして?」

「一度行ってみたいと思ってね」

「そうね。正月以来いっしょに旅行していないから、行きましょうか。私が自由に使っていいんだもの」

西城の心の内を読みながら、彼女は平然と言う。

先に部屋を出て、西城は再び猛暑の中を事務所に帰った。秀子が目をつり上げて言った。

「宮下さんがさっきからずっとお待ちです」

執務室にやって来た宮下は、

「先生、話が違うじゃありませんか」

と、いきなり抗議した。

八月二十九日に希望幼稚園で差し押さえられた備品の競売が行なわれ、父母たちが田山幸子名義でピアノや机など百八万円で競落したと言う。

「授業料を自分たちで勝手に集めてそこからお金を出したんですよ」

「だから言ったでしょう。給与を不払いにしてはだめだと。そこを突かれてしまったんですよ」

西城が他人事《ひとごと》のように言うと、宮下は詰まった。

「先生、何とかしてくださいよ」

「あなたが勝手に私の指示を破ったんです。まあ、過ぎてしまったことは仕方ない」

それにしても誰が相手側に入れ知恵をしたのだろうか、と不思議に思った。向こうについていた高石弁護士にやんわり威しをかけておいた。彼は松戸《まつど》市内のクラブに愛人がいる。そのことを持ち出して、手を引かせたのだ。

「向こうの代理人は誰なんですか」

西城はきいた。宮下の返答を聞いて、西城は心臓をわしづかみにされた。

自主運営

ゆうべから熱を出していた涼子が朝になっても赤い顔をしているので幼稚園を休ませることにして、美保子は夫を会社に送り出したあと、医者に連れて行った。単なる風邪だから安静に、と言われて安心して帰ってから、食事のあと片づけや洗濯、掃除《そうじ》を終えた。やっと一息《ひといき》つくと、久しぶりに実家の母から電話が入った。祖父母のお墓参りの話が出て、もう秋のお彼岸《ひがん》が来るのかと季節の移り変わりの早さにため息をつく。

春の彼岸の頃は廃園宣言をされて右往左往《うおうさおう》していたのだ。あれから半年、園長側の強硬ないやがらせにもめげずに、先生方や園児の父母たちの頑張りできょうまで幼稚園を守って来た。

差し押さえられた備品は競売で取り戻した。やはり、道具屋らしい男がやって来てちょっとした騒ぎになった。皆で、事情を説明して競売から手を引いてもらおうと頼んだが、その男は承知するどころか、かえってむきになって競売の価格をつり上げて来たのだ。対抗して、常に上回る額を提示し、激しい応酬《おうしゅう》の末、とうとう相手を諦めさせたのだった。

その数日後に宮下から八月分以降の授業料の払い込みの催促《とくそく》状が郵送されて来たが、

「宮下園長は授業料を全額借金の返済に充《あ》ててしまい、職員の給料も支払わず、幼稚園の教具及び備品まで差し押さえを受けるようでは支払えない」

と回答し、その支払いを拒絶したのだ。

電話の最中に玄関のチャイムが鳴って、またあとでかけると断ってから受話器を置き、玄関に出てみると、大柄な田山幸子が立っていた。

「ポスターが刷《す》り上がったのでお持ちしたの」

彼女は大きな封筒を手渡した。

存続させる会は希望幼稚園運営委員会という名称に変えて、園の自主運営をしている。自主運営であるから当然なことに来年度の新入園児の募集も自分たちでやらなければならず、皆で手分けして入園案内やポスター作りに励んで来た。それがようやく仕上がった。

「お上がりになってください」

「これから藤枝先生の事務所に行くところなの」

宮下が今度は通園バスの廃止を伝えて来たのだ。陸運《りくうん》事務所に問い合わせると、園バスを運行する場合は設置者、つまり宮下からの登録が必要だという。運営委員会自体が園バスを持ち登録すること自体に無理があるという回答があったのである。

「ごめんなさい。子どもが熱を出しちゃって出席出来なくて。皆さんによろしく」

「だいじょうぶよ。心配しないで。お医者さんは」

「おとなしく寝ていればだいじょうぶそう」

彼女はすぐに引き上げて行った。隣の部屋で寝ている涼子の様子を見ると、安らかな寝息をたてていた。

美保子は夫を会社に送り出したあとのくつろいだ時間の中で、入園案内とポスターに見入っていた。

入園案内には希望幼稚園の特徴として、
①園では思い切りかけまわり、思う存分泥《どろ》んこ遊びをしている。
②春は江戸川沿いのお花見、夏は木陰《こかげ》で噴水を見ながら弁当を広げて野外パーティーや合宿。秋は落葉や木の実拾い、虫取り、運動会。冬はマラソン……。
③一クラス十五乃至《ないし》二十名。年長四クラス、年中《ねんちゅう》四クラス、年少《ねんしょう》一クラス。
④全教職員が十年乃至十五年の経験を持つ。
⑤遊びの中から学ばせる。
次に、募集要綱《ようこう》で、入園料、月々の授業料、バス通園費などの金額や、給食については週に一度パン食、弁当給食などという項目を掲げ、最後に現状の説明をしてある。

【希望幼稚園は創立以来、初代宮下勝一郎園長の下、先生方の尽力《じんりょく》もあって、遊び中心教育というユニークな幼稚園として育ちました。ところが、本年三月に、二代目園長が借金を理由に突然の廃園宣言をしました。私たちは、このユニークな幼稚園を潰すことは出来ないと、父母の会や先生方が中心となり存続運動を展開。現在は希望幼稚園運営委員会として幼稚園の自主運営を続けております。なぜ、こうまでして私たちが幼稚園を残そうとするのか。それは、この幼稚園が子どもたちにとって必要だと思うからであります】

美保子は満足げに入園案内をテーブルに置いた。

秋も終わりに近づき、草は枯れ、木々は落葉を急ぎ、厳しい冬がすぐ隣までやって来ているようだ。

十一月一日、新入園児の受付初日になり、美保子は朝早く起きて家を出た。空を見上げるとどんよりとしていて、一抹《いちまつ》の不安を持ったが、それを押し切るように、バス停に急いだ。

先日、県議会の口頭陳述《こうとうちんじゅつ》で牟礼先生と田山幸子が請願《せいがん》署名の採択《さいたく》を訴え、美保子も七十名近い母親たちといっしょに参加した。それから、市の教育課にも連日のように押し掛けて就園奨励《しゅうえんしょうれい》補助金の支給を迫った。

これは在園する父母の負担を軽くするために所得水準によって年一万乃至七万円を松川市が補助するという制度である。毎年十一月までに申請しなければならないのだが、これには在園証明が必要となる。しかし、宮下はこの証明を出そうとしない。そこで、市の教育課に押しかけて宮下の証明なしでの支給を訴えたのである。狭い教育課の事務フロアに母親たちが大勢で詰め掛けるものだから職員たちも仕事にならずに戸惑っている。効果が期待出来そうであった。

しかし、いくらこのように存続に向けて頑張ろうが、来年度の新入園児が集まらなければ苦労も水の泡となる。不安と期待とで破裂しそうな胸を押さえて、幼稚園に向かったが、門に妙な看板が立て掛けてあることに気づいた。

（希望幼稚園は今年度をもって廃園となります。したがって、来年度の募集は行ないません。園長・宮下順一郎）

昨夜のうちに設置していったのに違いない。針金《はりがね》で頑丈《がんじょう》にしばってあった。さらに塀にも同じような文面の紙が貼ってある。

「どうしたんですか」

あとからやって来た田山幸子が背後から声をかけた。彼女も看板を見て呆れ返った。それから集まって来た母親たちと手分けをして看板を外し、糊《のり》でべったりと貼りつけられた紙をはがした。予定の時間より早く出て来たから間に合ったのだ。

「ごくろうさま。そろそろ時間ですから」

田山幸子が皆に声をかけた。園庭にテントを張り、机を置いて、そこに美保子は西野慶子と並び、不安を抑えながら、申し込みを待った。

受付開始時間になっても申し込み者が現われず、美保子は胸に針を当てられたような痛みを感じた。田山幸子の顔もきょうの空のように陰鬱《いんうつ》に曇っている。

「あっ、来たわ」

誰かが叫んだ。門を見ると、小さな男の子を連れた若い母親がきょろきょろしながら、園庭に入って来た。田山幸子が急いで近づいて行き、

「入園の申し込みはこちらでございます」

と、声をかけた。こちらに向かって来る母子の背後の空で雲が切れ、太陽の光が差し込みはじめた。

「よかったわ」

牟礼もうわずった声を出した。それから、ぼちぼちと申し込み者がやって来た。受付作業が忙しくなりだしたとき、門の前にタクシーが停まった。

美保子は宮下が車から降りてくるのを見つけた。門の横に立ち、壁を眺めてから彼は憤《ふん》慨《がい》したように顔を紅潮させてやって来た。

「君たち、何をやっているんだ」

宮下は大声を張り上げた。入園申し込みをしていた若い母親が驚いて子どもを抱えた。

「来年度の入園募集はしないと言ったはずだ。勝手な真似をするな」

すっかり宮下は逆上している。髪が乱れ、ネクタイは曲がり、ダンディーな男のイメー

ジはない。

「こんな場所で、みっともありません。こちらに来てください」

田山幸子が宮下を園舎に引っ張って行った。

美保子も受付を他の母親に代わってもらい、あとを追い、園舎の二階の部屋に入った。

田山幸子と牟礼が憤然としている宮下に訴えている。

「私たちはこの幼稚園を存続させたいんです」

「負債があってやっていける状態じゃないんだ。新しい園児を入れても責任は持てない」

宮下は相当興奮しているらしく肩で息をしている。

「北矢切幼稚園と合併することになったんだ。来年度の募集はする気はない」

「私たちで責任を持ちますから募集させてください」

「責任を持つ？　幼稚園がなくなるというのにどう責任をとるんだね。それこそ無責任というものだ」

「幼稚園が存続出来るように私たちは闘います」

美保子は口を出した。

「自分たちで園を運営していこうというのか。もし、園児が死んだり怪我《けが》したりしたら、誰が責任をとるんだ。おまえたちが責任をとれるのか」

「私たちでどんなことが起きても責任を持ちます」

田山幸子は言い切った。

「話にならん。いいか、私は募集は認めない」

宮下は母親たちの顔を眺め、それから先生たちの顔を見ると、

「牟礼先生、いいかね。私ははっきり募集はしないと断言した。このことをよく覚えておけ。将来、問題になったとき、私の責任にしないでくれよ。いいね」

やれるものならやってみろ、と捨てゼリフのような言葉を残して、宮下は引き上げて行った。

全身の力が抜けたように茫然としていると、

「まったく失礼しちゃうわ」

と誰かが言ったので、やっと皆も我に返ったように宮下に対する非難の声を口々に言い出した。それからすぐに受付に飛んで行った。入園の申し込み者が並んでいるのを見て、美保子は思わず田山幸子と手を取り合った。

後退

西城は希望幼稚園の門の前に立ち、申し込みに訪れる母親たちを見ていた。在園児の母親たちの行動に共感をしているのか、彼女たちの表情にはもめている幼稚園に入園するという不安は見られない。

受付を済ませて引き上げて来る母親の向こうに、みずえの幻影が浮かんだ。運営委員会がここまでこぎつけたのも彼女の力なくしては考えられない。

そのみずえから事務所に電話が入ったのは十月半ば、二週間前のことであった。かつて肌を触れ合い将来を約束した女が、今、敵側の代理人として西城の前に立ち塞がったのだ。その日のうちに事務所にやって来たみずえはかつて西城の腕の中で恥じらうように歓喜の声を上げた女とは別人であった。グレイの地味《じみ》な服装、化粧気のない顔に黒縁の眼鏡。髪型や服装の趣味が違うだけでなく、全身から醸《かも》し出す雰囲気からして西城の知っているみずえではなかった。彼女は過去のことをまったく忘れたように冷厳な態度で西城に接したのだ。そして園の存続にかける先生方や母親たちの情熱を訴え譲歩を迫った。その迫力はかつてのみずえとはそぐわないものであった。

みずえの勝利宣言のように、目の前には応募者が続々と門を入って行く光景がある。西城は三角形の赤屋根の上の風見鶏《かざみどり》に目を向けた。風がないのか風見鶏は正面を向いたまま動かなかった。

数日後、西城は宮下を事務所に呼んで譲歩を迫った。宮下は目をいっぱいに見開いて口をわななかせている。頬の痙攣《けいれん》がますます激しくなり声が思うように出せないようだった。

「母親たちは市の教育課に連日のように大挙して押し掛けているらしい。教育課じゃ狭い課内に大勢で押し掛けられて仕事にならないと音《ね》を上げている」

市の教育課が西城を通して父母に補助金を出すから在園証明を出して上げて欲しいと泣きついて来たのは、十日前であった。

「在園証明を出して、その代わり学校法人化の話を持ち出すんです。法人化予定園となれば県から数百万の補助金が出るそうです」

「だめだ」

宮下がやっと声を出した。

「在園証明を出すということは存続を認めることになるじゃありませんか。一刻も早く廃園しようという幼稚園がなぜ学校法人化をする必要があるんだ」

宮下が大声を出すものだから、秀子がそっと顔を覗かせる。

「現状をよく考えてみたらどうですか。新入園児の募集開始の初日、希望幼稚園に行ってみましたよ。続々と申し込み者が押し掛けていた。あなただってあの光景を見たでしょう」

宮下は息苦しそうに首に手を当てた。

「いったい先生はどっちの味方なんだ。市から言われただけでそんな腰砕《くだ》けになるんですか」

宮下はテーブルを叩かんばかりに声を張り上げ、

「もし園が存続することになったら私の立場はどうなるんだ。土地だって門野さんに売却する約束になっている。西城先生、あんたが中に入ってその誓約書を書いたんじゃないか」

「宮下さん、少し頭を冷やしなさいよ」

西城はトイレに立つ振りをして執務室を出た。秀子に紅茶を入れるように頼んでから、西城はしばらく宮下をひとりにさせるために受付の横にあるソファーに腰を下ろして時間を潰した。秀子が紅茶を運び、十分ほどしてから、執務室に戻った。

「どうしてこうなったんだ……」

ティーカップを置いてから宮下が呟くように言う。

「相手が予想以上に強かった。それだけだ」

「そんな無責任な。街頭に出て署名運動をやる恥知らずな連中ですよ。それを考えたらもっと思い切って」

「宮下さん、もはや希望幼稚園を廃園にするかどうかはあなただけの問題じゃない。私自身のためにも闘わなければならないんだ」

西城は宮下をたしなめるように強い口調で言った。

宮下は西城が自分自身のためにも闘わねばならないのだと言ったときの凄《すさ》まじい気迫に一瞬たじろいだ。

事務所に呼びつけられ、信頼していた弁護士から「園の運営を認めてやれ」という、とんでもない譲歩を突きつけられ、宮下は頭に血が上《のぼ》り錯《さく》乱《らん》状態に陥《おちい》った。この弁護士は何を考えているのかさっぱりわからない。若いくせに不《ふ》遜《そん》で自信に満ちた態度の裏には物事すべてを他人事のように見ている冷たさが窺える。

「希望幼稚園は必ず廃園に持っていく。だが、今のような、授業料も手に入らない状態では、あなたの損失も大きい。ここは譲歩すべきだと思いますよ。いったん退《ひ》き、授業料を得た方がいい」

宮下は思考力が鈍っていた。牟礼たちの顔が浮かぶと苛立ちが募《つの》る。

「いいですね。すべて私の指示通り動いていただくというのが、最初からの約束ですよ」

「しかし協定書まで結ぶことは承諾出来ない。そんなことをしたら、あとあと自分の首を絞《し》めるようなものじゃないか」

宮下は文書で残すことにはあくまでも抵抗した。

「協定書と言ったって単なる紙切れにする方法はあります。私に任せておけばいい。それより、あなたの方に問題がある。もう女とは手を切った方がいい」

「女？　なんのことだ」

不意を衝かれ、宮下は狼狽《ろうばい》した。

「暁美という女性のことです」

うっと息が詰まった。なぜ、西城弁護士が暁美のことを知っているのか、宮下は顔が熱くなった。西城が追い討ちをかけてくる。

「負債を理由に幼稚園を投げ出そうとしている人間が若い愛人を囲っていちゃまずい。このことが先生や父母に知れたらどうなると思います？」

「私には何のことか……」

宮下はとぼけたが、あとは息苦しくなって声にならない。

「仕事を引き受けたら依頼人のことは私生活まで調べ上げるのが私の流儀ですよ」

西城は別に勝ち誇った素振《そぶ》りも見せずに言う。宮下は首をがくんと落とした。

「別れられますか」

西城が重ねてきく。

「出来ない。暁美とは別れられない。十分に注意して付き合っていく」

「だめです。その女はあなたの命取りになる。相手の弁護士がその気になれば女のことなどすぐに見つけられてしまう。廃園に持っていきたいなら私の言うことを聞いていただきます」

西城の高圧的な物言いに、宮下は反発を覚えた。

「奥さんだってあなたに愛人がいたと知ったら、あなたを裏切りますよ」

うむを言わせぬ凄味《すごみ》が西城の表情にあった。宮下は崖縁《がけふち》で西城の片手一つで支えられているに等しい不安定な状態にあることを知っていた。自分の問題でもあると言った西城の言葉に縋《すが》り、西城と心中《しんじゅう》するしかないと腹をくくった。そうなると、欲は芽生えた。

「授業料はちゃんとこっちの懐《ふところ》に入るんでしょうね。それと学校法人化予定園としての補助金も」

「もちろん。考えようによっては園の運営の苦労を向こうに任せたまま授業料だけを受け取るのですから小気味いいとは思いませんか」

西城は本気とも冗談ともつかぬ言い方をした。

「女とは早く手を切るんです。いいですね」

別れ際、西城はしつこいほど念を押した。

その夜、宮下は暁美のマンションを訪れた。彼女はミニスカート姿で宮下を迎えた。

「そんな格好で学校に行っているのか」

「おかしくないでしょう」

　暁美は腰に手を当て両足を開いて屈託なく言う。

　男を挑発するような服装に、宮下は拒絶反応を示すのだ。昼間、暇があるから英会話学校に通いたいという希望を聞き入れてやったが、何かと言うと、クラスの友達と食事だ、旅行だと言って外に出ることが多くなった。本当に女の友達なのかと問い詰めたい衝動に何度も襲われてはじっと堪えて来た。暁美に男がいるらしいことが宮下の神経を高ぶらせていたことは事実だ。幼稚園の問題が大きくなってから彼女の部屋に行く回数がめっきり減った。たまに彼女を抱いても魂《たましい》の入っていない人形を抱いているようで虚《むな》しさが残る。

「何か変だな、きょうの宮下さん。いつもと違う顔つきだもの」

　宮下の顔に手を当て、暁美は若さに似合わぬ艶《つや》のある微笑みを作り、

「幼稚園のことで大変なのね。可哀相に。私がなぐさめてあげる」

　そう言って、彼女は宮下の手をとり自分の胸に引き寄せた。弾力のある膨らみが手の平の中で弾《はず》む。心ならずも彼女に別れ話を持ち出そうと悲壮な決心で乗り込んで来たのだが、彼女の若さの前に気持ちが揺らぐ。暁美の体を抱き締め、宮下はこの女を手放したくないと思った。

　窓の外に高速道路の明かりがぼやけて見える。西城の顔が過り、牟礼の顔が浮かんだ。新入園児の募集の場所に乗り込んだときの屈辱《くつじょく》感が蘇った。廃園に持っていくためにはこの女と別れなければだめなのか。が、目の前に、自分の心を翻弄《ほんろう》しつくす女が誘い込むような目付きで立っていた。

協定

仲居《なかい》の案内で部屋に入ると、女将の葉月が軽くめくばせをしたが、西城は素知らぬ顔で、

「遅くなりました」

と、サンライト商会の門野に声をかけた。門野の前には湯飲みしか出ていなかった。西城の到着を待っていたようだ。西城は座蒲団に腰を下ろし、改めて門野に挨拶してから、葉月に視線をはわすと、彼女は再び意味ありげな微笑みを見せた。

「お酒になさいますか」

葉月は女将の表情に戻って門野にきく。

「まず、ビールだな」

ビールで乾杯したあと、門野が切り出した。

「だいぶてこずっているようじゃないか」

希望幼稚園の情報は門野の耳に届いている。

「想像以上に手強《てごわ》い相手です」

西城は素直に答える。

「先生や母親たちで自主運営をしているらしいね」

「幼稚園の運営を正常化するために、運営委員会と協定を結ぼうかと考えています」

「ほう、すると、自主運営を認めるというのかね」

門野の目が光った。

「とりあえず、そうせざるを得ないと思います」

「宮下がよく納得したな」

そう言ってから、門野は可笑《おか》しそうに笑い出した。門野は一向《いっこう》に動じない。西城は葉月がついだビールを喉に流し込んでから、

「幼稚園がこんな事態になって驚きませんか」

西城がきくと、彼は真顔になった。

「君は恐ろしい男だ」

「どうしてですか」

西城はさりげなくきく。

「すべて君がこうなるように仕向けたのではないか」

「そんなことはありません。ただ、向こうについた弁護士の方が一枚上手だったんです

よ」

「ほう、どんな弁護士なんだね」

門野は皮肉な微笑みを浮かべた。西城は答える代わりに、銚子《ちょうし》を手にとって門野の前に差し出した。

「女将《おかみ》、この西城弁護士はなかなかの策士だ。こういう男にあまり関わらないほうがいいぞ」

と、笑いながら言った。

「あら、そうなんですか。それじゃやめにしますわ。一度、こちらを口説《くど》いてみたいと思っていたのに」

横目で西城を見ながら、葉月も冗談混じりに返した。門野も大きな声を出して笑っている。その笑いを急に止めて、門野は言った。

「結果的にあの土地が私の手に入ればいいのだ。その間に何があろうが、私は何の心配もしておらん」

門野は肝《きも》の太さを見せるように言う。

「ただ、一つ気掛かりなことがあるんです」

西城は門野をためすように打ち明けた。

「宮下園長に若い愛人がいるんです。別れるように言ったのですが……。愛人の存在は相手側に知れたら、ちょっと面倒なことに」

宮下はそう簡単に女と手を切れないだろうと、西城は思っている。もし、宮下が女を囲っていることが知れたら、闘いは不利になる。千住にあるマンションの部屋も家具もすべて宮下が買い与えたものであろう。廃園宣言以降も、管理費を払い続けていることが知れたら取り返しがつかない。

「それなら別れさせればいいではないか。宮下園長を納得させることが難しいのなら、女を遠くにやればいい。金を与えて女を引き離すのだ」

門野は表情一つ変えずに言った。松川市で慈善家《じぜん》として有名な門野は本性《ほんしょう》をちらりと見せた。

九時過ぎにお開きになり、玄関に向かう途中で葉月が西城に小声で、あとで部屋に来てね、と囁《ささや》いた。西城は目でうなずき靴を履《は》いた。

ハイヤーに乗り込んだ門野を見送り、西城はやって来たタクシーを摑まえた。六本木《ろっぽんぎ》と告げると、車は勢いよく発進したが、すぐに信号に引っ掛かった。あれから、加西刑事の動きが止まっている。蛭田殺しの捜査がどう進捗《しんちょく》しているのか気になる。恐らく、警察は西城に照準《しょうじゅん》を合わせて、捜査を進めているはずなのだ。

霞町《かすみちょう》の交差点の手前でタクシーから降りて、西城はクラブの看板が幾つか出ているビルの玄関に入り、古いエレベーターに乗って三階に向かった。

会員制のクラブの扉を押すと、ビロードのカーテンの向こうから背の高い若い女が顔を出した。

「藤枝みずえさんが来ているはずですが」

西城が言うと、彼女はにっこり微笑んだ。その艶やかさはとうてい男とは思えなかった。

背中の大きく開いた服の彼女のあとに従い、西城は薄暗い中を奥に向かった。一番奥のテーブルに、ひとりで数人の若い男、いや女たちをはべらしてブランデーグラスを傾けていた女が、立ち上がって西城を迎えた。髪はオールバックで、まるで宝塚の男役のような華麗さが漂《ただよ》っている。事務所に現われたときとまったく違う雰囲気に、西城はしばらく女を見つめた。

「そんな顔をしていないで、さあ、どうぞ」

みずえの声に我に返り、西城は横に腰を下ろした。

「あら、こちらも弁護士さん。よろしく」

ホステスのひとりが目を潤《うる》ませて西城を見る。

「ねえ、あなたたち。少し外してくれない」

西城の前にブランデーが出されたあとで、みずえは彼女たちを追い払った。

「君がまさかこのような店に出入りしているとは思わなかったよ」

西城はみずえの変貌振りに圧倒された。みずえは気取った仕草で煙草をくわえ、ライターで火を点けた。西城は不思議な気がした。いつも上目遣いで西城の顔色を窺っていた気弱さはどこにもない。いっぱいに煙を吐いてから、

「存続の件、考えていただけまして？」

と、彼女はきいた。

「負債を抱えて経営が不能になっている幼稚園をどうやって存続させるつもりなんだね」

「経営者の一方的な事情で幼稚園を廃園にするなど無責任だわ。自分が続ける意思がないのなら、代わって幼稚園を経営してくれるひとを探すべきじゃないかしら。一方的に、廃園に持っていくのは卑怯よ」

「こういうお店に来てまで仕事の話をする必要はない。仕事なら明日事務所でしょう」

「あら、じゃあ、あなたはここにどういうつもりでいらっしゃったのかしら。昔の女と思い出話をするため」

「ぼくたちは、もう昔のぼくと君とは違うようだ」

カラオケが始まると、それを合図のように、彼女が片手を上げた。すると、カウンターにたむろしていた彼女たちがいっせいにやって来た。

「大事なお話、終わりました？」

顔は綺麗《きれい》だが固肥りの女が西城の隣に腰を下ろした。ママらしい風格の年配の男性が隣

の席から移って来て西城に名刺を差し出した。みずえは彼女たちの猥談《わいだん》におかしそうに笑っていた。

「失礼する」

西城は立ち上がった。

「明日、事務所で話し合いましょう」

みずえは軽く手を振って言う。西城は憮然として店を飛び出した。タクシーで、『鈴の家』の前に戻ったが、葉月の部屋に行くことがなんとなく億劫《おっくう》になり、そのまま歩いて引き返した。


十二月に入って早々、みずえと取り決めた協定書の原案を持って、北矢切幼稚園に宮下を訪ねた。西城が協定書を見せると、宮下は顔をしかめた。宮下と希望幼稚園運営委員会、千葉県私学教職員組合連合との間で、「希望幼稚園の運営の正常化に向けて、当事者間で左の通り合意し、ここに協定を締結する」という内容であった。

「要約すると、まず希望幼稚園を当面現状の土地建物及び職員で継続することを認めること。次に、本日現在、別紙1在園児目録記載の園児が在園していることを確認すること」

西城は別紙を示したが、宮下は見ようとはしない。

西城は構わず続けた。

「次に費用の清算に関するものです。八月分から十一月分までの在園児の授業料、冷暖房費、バス代、保険料を運営委員会は宮下さんに支払う。但《ただ》し、園運営に要した費用、つまり職員に対する賃金、電気料等は差し引く。これが内訳《うちわけ》です」

西城は内訳を見せた。宮下は横を向いたままだ。西城は構わず続ける。

「それから、あなたは当分の間、園運営の一切を代理人弁護士西城昌一に委任し、授業料等の収入は、その一切を代理人において責任をもって管理し、あなたは一切関与しないこと。なお、支出にあたっては、職員の賃金等園運営経費を優先的に支払う」

宮下の表情が動いた。

「ようするに、しばらくの間、私が園運営の管理を代行し、先生方と交渉するということです。いつまでかというと、相互の信頼関係が回復するまでです。最後に」

西城は宮下の憮然とした顔を覗き込み、

「園の現状の存続に変更を及ぼす場合、すなわち廃園はもとより土地建物の占有関係及び現状有姿の変更、経営の主体及び規模の変更等の際には三者で協議するということです」

宮下は目を剝いて、

「それじゃ廃園出来ないじゃないか。こんな協定を結んでしまったらこっちの首を絞めることになる」

「前にも言ったように、これをただの紙切れにする方法があります。私に任せてください」

　十二月十日に、事務所に藤枝みずえを呼びつけて誓約書を交わした夜、西城は興奮した宮下からの電話で寝入り端《ばな》を起こされた。

「西城先生、まさかあんたは……」

興奮しているのか、宮下の声が喉に絡まっている。

「落ち着いて。いったいどうしたと言うんですか」

西城はたしなめた。

「暁美がいなくなった。今夜、部屋に行ったら……」

「いなくなったってどういうことなんです。あなたは彼女に別れ話を持ち出したのではないのですか」

　宮下は言葉に詰まった。

「引っ越して行ったのはいつですか」

「三日前の夜です。隣人が体の大きな連中が四人ぐらいで彼女の部屋から荷物を運んで行くのを見ていました。運送屋じゃないようだ」

　宮下の言っていることが事実だとすると、門野は運送屋を使わなかったことになる。門野の指図で動いたのはどんな連中であろうか。荷物を運んだ連中の手際のよさを考えたとき、錦織をひき殺した男たちのことが蘇ったのだ。ひょっとして、両者は同一グループでは……。改めて、葉月と門野の関係に疑問が湧《わ》いた。

その年の暮れ、西城は長野にある高級老人ホームを訪れ、そのまま正月を善光寺の脇にある旅館で過ごした。ちょうど一年前の正月に葉月と泊まった部屋に、西城はひとりで落ち着いた。その葉月とは三日の夜に中軽井沢にあるホテルで落ち合うことになっている。

昼間から酒を飲み惰眠《だみん》をむさぼった。うたた寝しては目を覚ます。ガラス窓越しに暖かい陽射しが差し込んでいる。天気がいいので、四阿山や浅間山が間近に見える。夢を見たようだが内容を思い出せない。ただ、不快感からいい夢ではなかったことがわかる。みずえらしい女の顔が頭に残っている。彼女の夢を見ていたのかもしれない。相手側の代理人となった彼女と交渉しなければならないことが屈託となっていたせいだろう。別に過去にこだわっているわけではないが、出来ることなら彼女と顔を合わせることは避けたいというのが本音だった。

ただ寝転んでいるだけの元日と二日を過ごし、三日の昼に、西城は中軽井沢に出発した。

車内は暖房がきいて汗ばんで来た。窓から眺める冬景色は寂寥《せきりよう》感を伴って西城の心に迫って来る。西城は流浪する旅人であった。生きていく目的があるとすれば、自分を徹底的に汚すことであった。そして、そのとき何が見えるか。待っているのは滅亡であっても構わない。ただ、滅びるために生きている。それでもいいのだ。

あれこれ考えているうちに、列車は中軽井沢駅に到着した。暖房のきいた車内からホームに出ると冷たい外気が顔を刺した。

駅前からタクシーに乗り千《せん》ケ滝《たき》別荘地の入口にあるホテルの前で降りた。カラマツ林越しに浅間山が望める。スケート靴を手にした若者たちの姿がある。

ホテルのロビーの奥にある喫茶店で、スラックスに白いセーター姿の葉月が待っていた。西城に気づくと、彼女は微笑みをいっぱいに浮かべて手を振った。

真向かいに腰を下ろすと、すぐにウエイターが水の入ったグラスを置いて注文をとった。

「すまないが結構だ。すぐに出る」

西城の声に、彼はすごすごと引き下がった。

「元日から別荘に来ていたの」

彼女は微笑みながら言う。たぶん、五頭会長といっしょだったのだろう。そのことを口に出すと、彼女は含み笑いをしてごまかした。

「さあ、行きましょうか」

彼女が立ち上がった。別荘は歩いて十五分ぐらいのところだと言う。雪道を踏み締めながら木立の中を行くと、斜面の上に大きな屋根が見えて来た。蛭田はここに誘い出されて殺害されたのに違いない。敵陣に乗り込むように西城は彼女のあとから門の中に入り、雪を踏み締めながら玄関に向かった。

雨漏《あまも》り

どんよりとした空だった。二月に入って晴天の日が続いたが今朝から天気が崩れた。執務室の窓から凍りついたように低く垂れ込めている凍雲《いてぐも》を見て、西城は中軽井沢での一夜を思い出した。葉月に案内された別荘は道からだいぶ外れ、すっかり葉を落とした木立の中を囲むように有刺鉄線《ゆうし》が張り巡らされ、はるかかなたに建物があった。蛭田はあの別荘で殺され庭に埋められていたのだという確信を持った。

秀子が顔を覗かせて、警視庁の加西の来訪を告げた。まるで、西城の思考に合わせたかのような加西の久しぶりの登場であった。西城は待ち兼ねた客を迎えるような親しさを見せて執務室に招じる。

「気の強そうな若い刑事さんは？」

ひとりでやって来た加西にきく。やつれた感じを持ったのは、捜査の進展がないからだろうか。いかにも疲れたという様子で椅子に腰を下ろしてから、

「この前を通りかかったのでお寄りしただけですよ」

と、加西はプライベートだと断った。しかし、西城は油断なく加西の表情を見つめ、

「その後、何かわかりましたか」

「残念ながら、蛭田の行動は中軽井沢からぷっつり途絶えているのです」

秀子の入れたお茶をうまそうに啜《すす》り、世間話の延長のような口調で加西は答える。

「私の行動はちゃんと調べがついたのでしょう」

西城は皮肉を込めてきいたが、彼は聞こえぬ振りをして窓の外に目をやり、しばらくして顔を戻した。

「そう、そう。妙なことがわかりました。中軽で蛭田の行動を調べていた男がいたのです」

「男……。どんな男です?」

西城は肌を刺されたような刺激に目を剝いた。

「何か心当たりでも?」

加西の目が光った。その視線を外さずに首だけを横に振る。外で車のクラクションがけたたましく鳴った。息苦しい沈黙を破ったのは加西の方であった。元の穏やかな表情に戻って、

「ホテルの従業員の話だと、帽子を被った眉毛の薄い男だったそうです」

まさに錦織の特徴であった。彼もあの別荘に目をつけたのに違いない。錦織はそのこと

を西城に報告せず、勝手な行動をとり葉月を強請《ゆす》りはじめた。だが、相手は錦織が想像する以上に強力であった……。

「ところで、西城先生は錦織雅樹という男をご存じじゃありませんか」

「元巡査だった錦織雅樹ならよく知っています。以前、彼の弁護を担当したことがありますからね」

気をとり直して、西城は答える。

「亡くなっているそうですね。錦織は？」

加西の目が再び光を帯び刃物のように鋭くなった。

「そうです、交通事故で……。去年の三月でした。ひき逃げされたんです」

「長野の実家のお兄さんに伺《うかが》ったんですが、錦織雅樹は去年の初めに東京に出て来ているんです。中軽で目撃された男というのが、どうも錦織らしいんですな」

西城は答えを考えながら身構えると、加西は腕時計を見ていきなり立ち上がった。

「これはいけない。すっかり話し込んでしまいました。すぐに帰らなければ」

またも、加西は途中で切り上げた。調査内容を小出しに西城に伝えて心理的な圧迫を狙っているのだ。

「いつでも寄ってください」

西城は出口まで見送って声をかけた。踵《きびす》を返しエレベーターに向かう加西は柔和な表情を消して厳しい顔つきになっている。加西は錦織の恋人だった竹井篤子に会ったのに違いない。当然、彼女の口から、錦織が西城の仕事を手伝っていたことを聞いたはずだ。警察は着実に事件の核心《かくしん》に近づいている。

執務机に戻ると電話が鳴った。希望幼稚園の父母の会の笹森美保子からであった。現会長の田山幸子に代わり、来年度から彼女が父母の会の会長になることが決まったらしい。

「授業料なら今月分は戴いておりますよ」

去年の十二月に締結した、園存続に向けての協定にのっとり、運営委員会が集めた授業料は毎月西城のもとに送られて来る。

「そんなことじゃありません。園舎の二階の北側の壁に裂《さ》け目が出来て雨漏《あまも》りがするんです。修理をお願いしたいんです」

「壁の修理？　わかりました。宮下さんに伝えておきましょう」

西城は応じると、美保子はさらに言う。

「それから、先生方との団交を早く開いてください。昇給やボーナスの件のお話し合いが進んでいません」

「宮下さんと相談しているところです」

「それはおかしいんじゃありませんか。園の管理一切を西城先生が委任されているはずです。西城先生の一存で解決出来ることじゃありませんか」

美保子は勢い込んで言う。

「そうもいきませんよ。私は宮下さんに雇《やと》われている立場ですからね」

「でも宮下さんを説得する義務があると思います」

運営委員会の会長を引き継ぐことに決まったせいか、彼女には希望幼稚園の命運を自分が背負っているかのような気負いが目立つ。あまり背伸びしないほうがいいと忠告すると、彼女はよけいに興奮した。

「私たち母親には子どもたちを守る責任があるんです。西城先生のように子どもを持ったことのないひとには私たちの気持ちなんかわからないわ。いいですか。私たちはどんなことがあっても園を存続させます」

西城は彼女の話の途中で思いついたことがあり、そのことに神経を向けていたので、彼女の声を上の空で聞き流した。電話を切ったあと、西城はすぐに宮下に連絡をとった。壁の修理の件を持ち出すと、

「廃園にするからと放っておいたんです。修理など無駄じゃありませんか」

と、宮下は心外そうに言う。

「廃園に持っていくまでしばらく時間が必要です。それまでは存続の姿勢を見せておかねばなりませんよ」

唸《うな》り声を上げただけで、宮下は返答しなかった。

「宮下さん、私に考えがあります。一度、事務所に来てください。いずれにしろ、壁の修理はしなければなりませんから、私から向こうに回答しておきます」

翌日、西城は希望幼稚園に出向いた。電話を入れておいたので美保子も待機している。

ふたりの案内で二階のベランダに出て壁を見ると、雨漏りが徐々《じょじょ》に腐食を進めていったのか、思った以上に朽《く》ちかけていた。

「やはり、これはひどい。宮下さんの意思なのですが、園舎に構造的な欠陥があるために本格的な補修工事を三月一日から実施したいそうです。そのために一週間程度の休園が必要ということです」

西城は事務的に言う。

「それは困ります。本格的な工事は春休み期間中にお願いします」

美保子と顔を見合わせてから牟礼が異議を唱えた。

「しかし、こういう工事は一刻も早く行なったほうがいいんじゃないですか。万が一、壁が崩れて園児が怪我でもしたら手遅れですからね」

美保子と牟礼は一瞬困惑したような表情をしたが、

「いちおう他のひとたちと相談してご返事を……」

と、牟礼が答えた。

「せっかく宮下さんがその気になったんですから、へんに気分を害することになって、また話がこじれたら面倒ですよ」

西城が言うと、美保子が一歩前に出て、

「団交の件もそうですけど、どうして宮下さんの意見を伺わなければいけないんですか。一切の管理は西城先生が任されているのですから……」

「前にも言った通り、私は宮下さんの代理人ですからね。さっそく業者を寄越して見積《みつも》りをさせます」

「無責任じゃありませんか」

美保子が詰るのを無視して、西城は引き上げた。その帰り、西城は北矢切幼稚園に寄り宮下に会った。西城の作戦を打ち明けると、彼の顔から憂色《ゆうしょく》が消えた。

解体屋

三月五日、美保子は牟礼から修理の見積《みつも》りのために業者がやって来たという連絡を受けた。西城からの正式な連絡がないまま、いきなりやって来たのだ。

美保子が幼稚園にかけつけると、職員室の椅子《いす》に踏んぞり返っている男がいた。背広を着ているがネクタイはしていない。突き出た腹からベルトがずり落ちている。牟礼が美保子の顔を見て、すぐに男からもらった名刺を見せた。吹田《すいた》建設の兵藤《ひょうどう》という男で、すでに屋根の上から床下まで見終わったのだと言う。

「基礎も傷《いた》んでいるし、全体的にこの園舎はもたないと言うんですよ」

牟礼が顔をしかめて美保子に言う。

「全体的に？」

ふたりの会話を聞いていた兵藤が、

「ええ、これじゃ建物全体が危険ですよ」

と、乗り出して来た。美保子にはそれほどの傷みとは思えなかったので、納得がいかな

いでいると、別な先生が息急《せ》き切ってやって来て、

「トラックが着いて、男のひとが庭に鉄パイプとかテントなんかを運んでいます」

「うちの人間ですよ」

兵藤が立ち上がった。

「きょうは見積りだけじゃないんですか」

美保子が兵藤の前にまわってきく。

「いや、早速工事にかかりますよ」

「工事というとどこまでやるんですか」

美保子は問い詰める。兵藤は返事もせずに玄関に向かった。あとを追い掛けて外に出ると、数人の男が園舎の周囲に丸太で足場を組みはじめた。

「すぐに工事にかかるなんて聞いていません。子どもたちがいるんです。やめてください」

美保子は大柄な兵藤に迫った。

「私たちは頼まれて来たんですからね。請け負った仕事をちゃんとやらないとならないんだよ」

兵藤の言葉遣いが急にぞんざいになった。補修工事にしては男たちがハンマーを手にしているのが気になる。美保子は背中に電流が走った。

「まさか壊《こわ》すつもりじゃないんでしょうね」

「補修工事だよ」

兵藤は顔を横に向けた。美保子はますます疑いを深めた。押し問答している間に、騒ぎを知って近くに住む園児の父母たちも集まって来て、足場のまわりを取り囲んだ。その数は徐々《じょじょ》に増えて来た。

「どけ。邪魔だ」

男たちが怒鳴っている。美保子は急いで職員室に引き返し西城の事務所に電話をした。しかし、確認しようにも、西城は不在であった。事務員に至急連絡を取りたいと頼んだが、行き先はわからないと言う。

美保子は西城の留守を疑った。何となくこの時間帯に合わせて姿を晦《くら》ましているのではないかと思ったのだ。だが、そのことにかかずらっている場合ではなく、電話をいったん切り、美保子は宮下の所に連絡を入れた。宮下の無愛想《ぶあいそう》な声が耳に飛び込んだ。美保子は怒りを抑えて、

「今、吹田建設のひとたちが来ています。私たちは雨漏《あまも》りの修理を依頼しましたが、壁の補修工事なんて知りません。どういうことなのか、ご説明ください」

「建物が古くなり壁が剝《は》がれて落下したら園児が思わぬ怪我《けが》をする危険性がある。だから補修工事を依頼した。この際だから徹底的に修理した方がいいからね」

宮下の落ち着き払った声が返った。

「嘘です。壁が落ちることなんてありません。建物を取り壊そうとしたんじゃないですか」

「私の言うことが信じられないと言うのかね」

宮下が含み笑いをした。

「今回は雨漏りの工事だけにしてください」

「補修工事だ。作業の妨害をするな」

口調を突然変え、宮下は一方的に電話を切った。庭の騒ぎが一段と大きくなった。美保子は藤枝みずえの事務所に電話をかけた。みずえは外出するところだったらしく、事務員が大声で呼び戻す声が聞こえた。

「吹田建設の業者が押し掛けているんです」

美保子が事情を説明すると、みずえは、

「警察を呼びなさい」

と、アドバイスをした。美保子はすぐに警察に連絡してから園庭《えんてい》に飛んで行った。牟礼や西野慶子が兵藤たちと押し問答しているところに割って入り、

「今、警察を呼びました。強引なことをしたら許しませんよ」

美保子が叫ぶと、兵藤が声を尖《とが》らし文句を言った。

「何で警察を呼ばなきゃならないんだ」

やがてサイレンの音が聞こえてくると、兵藤の表情が強張《こわば》った。制服巡査がやって来て、兵藤にきく。

「正式な許可を得てやって来たんですか」

「出直しますよ」

兵藤はすごすごと引き上げて行った。美保子の周囲に先生や母親たちが集まって歓声をあげたが、美保子は全身に汗をかきぐったりした。

その夜、美保子は藤枝みずえから電話をもらった。

「吹田建設は解体屋です。西城弁護士は自分の知らないことだと言ってましたけど。業者を変えるように西城弁護士と宮下さんには通告しておきました」

やはり、宮下は強引に建物を壊し実質上授業が出来ないように追い込もうとしたのだ。美保子は性懲《しょうこ》りもなく廃園を企《たくら》んでいる宮下に呆《あき》れ返ると同時に、西城弁護士に対しても不信感を抱いた。


翌日の午後、西城をやっとつかまえて、美保子は問い質《ただ》した。

「私も寝耳に水で驚いているところです」

「建設業者を変更し、応急工事のみを早急に行い、本格工事は春休み中に実施するようにしてください」

美保子は何度も念を押した。

だが、応急工事もなされないまま、卒園式を迎え、そして春休みに入った。

その夜、十時過ぎに帰って来た夫の啓一は風呂から上がると、テレビの前に座り、プロ野球ニュースを見ている。オープン戦も最終戦になり公式戦の開幕が間近に控えていた。

彼は野球が好きだが、特に贔屓《ひいき》球団があるわけではない。大学のときはサッカーをしていたが、高校時代は野球部にいて甲子園の土を踏んだというのが彼の自慢であった。たとえ補欠でたった一度の甲子園出場だとしても、彼には勲章なのだろう。

美保子は台所のテーブルに向かいノートを広げ入園式の挨拶《あいさつ》文を考えている。いよいよ四月から、父母の会、そして運営委員会の会長としての仕事が始まるのだ。自分の任期の間に、幼稚園を正常に戻したいと意気込んでいる。

「そろそろ寝るぞ」

啓一が顔を覗《のぞ》かせた。時計を見ると、十一時半をまわっていた。

「あら、もうこんな時間なの。でも、もう少しだから。先に寝ていて」

「あまり精魂《せいこん》込めすぎるなよな。明日の夜は七時だったな」

「そう七時よ。帝国《ていこく》ホテルのロビー」

美保子はノートに視線を落としたまま答える。明日は結婚記念日で、銀座で食事をしようということになっていたのである。

電話が鳴った。こんな時間に誰だろうと訝《いぶか》りながら受話器を取ると、みずえからであった。

「夜分にごめんなさい。じつはさっき同僚の弁護士から聞いたんだけど、吹田建設の動きがおかしいの」

「どういうことですか」

「作業員をたくさん集めているらしいわ。宮下園長は幼稚園の建物を強引に解体してしまおうとしているんじゃないかしら」

みずえは吹田建設の動きを監視していたという。

「西城弁護士は何をしているのかしら。解体なんかしないって約束してくれたんですよ。それに、業者を変えるという話だったのに」

「用心するに越したことはないわ。特に明日……」

みずえの忠告に美保子も頷《うなず》いた。怒りと不安で眠れぬ夜を過ごし、朝になって美保子は父母の会の役員や先生方の自宅に電話を入れて集まるように告げた。

幼稚園の園舎には春の陽射しが当たっている。教室から、母親たちが連れて来た子どもたちの無邪気にはしゃぐ声が聞こえる。そののどかな光景とは裏腹に、教室に集まった先生や母親たちは、美保子の話に騒ぎ出した。

「皆さん、静かに。宮下園長ならやり兼ねません。万が一ということがあります。今夜、どなたか私といっしょに幼稚園に泊まり込んでいただけないかしら」

美保子は母親や先生たちを見つめて言った。

「もちろん、皆さまにはいろいろな事情があることは承知しています。でも私も用事をキャンセルするつもりです。だって、幼稚園は子どもたちのためにどんなことをしてでも守り通さなければなりませんもの」

美保子の訴えは室内に響き渡り、その場にいる全員の神経を高ぶらせた。

「私は泊まり込むわ」

西野慶子が手を上げた。それがきっかけになって、次々に手があがった。美保子は満足そうに眺めた。最後まで迷っていた母親も、美保子と目が合うとそっと手を上げた。それで全員であった。

「じゃあ、皆さん、それぞれ用事があるでしょうから、交替で家に帰ってもう一度出直しましょう」

美保子は采配《さいはい》を振るい、夜食の用意をする係や毛布を手配する係などを決めた。

教室で遊んでいる涼子を連れて、美保子は家に帰ると、すぐに啓一の会社に電話をして事情を話した。彼は電話口で怒った。

「大切な日なんだから三人で食事をしようと言ったのは君のほうだ。だから、得意先の接待を俺だけが断ったんだ。それを今さら幼稚園の用だからといって中止にするのか」

「幼稚園の非常事態なのよ。わかってよ」

「食事が終わってから幼稚園に行けばいい」

「そうはいかないわ。会長としての立場と責任があるもの」

「そんな会長やめてしまえ」

「なに言っているのよ。涼子が通っている幼稚園が壊されてしまうかもしれないのよ。ほんとうだったらあなたに泊まり込んでもらいたいわ」

「俺だって忙しいんだ。それなら残業していく」

「じゃあ、涼子は隣に預けておけと言うの」

「ばか。そんなの可哀相《かわいそう》じゃないか」

「だったら、早く帰って来てやってよ」

帰るから待っていろと言って、啓一は乱暴に電話を切った。夕飯の支度《したく》をして、夫の帰りを待った。ベランダの窓から生暖かい風が入ってくる。七時過ぎに、啓一が帰って来た。外出姿の美保子を見て、彼は冷たい目を向けたが、すぐに顔を背《そむ》けた。

啓一の不機嫌な顔に向かって、美保子は突慳貪《つっけんどん》に言った。

「出掛けて来るわ。食事の支度は……」

「勝手に行け」

啓一の怒りが爆発した。

「存続運動だと言うが、子どもをダシにして、自分たちが楽しんでいるだけじゃないのか。子どものために幼稚園を守ると言っているが、本当はそういう騒ぎを楽しんでいるんだろう。暇な主婦の道楽だ」

美保子は悪寒《おかん》が走り身震いし、

「何ていうことを……」

と、懸命に叫ぼうとしたが頬《ほお》が痙攣《けいれん》して声が続かなかった。啓一の声が濁流《だくりゅう》のように襲いかかって来る。

「なんでそんなにしてまで幼稚園を守るんだ。涼子の意見を聞いたことがあるのか。家庭を放りっぱなしにしてまでやらなければならないことなのか」

「あなたはあの幼稚園がわかっていないのよ。私たちがどんな思いで運動をして来たのか……」

美保子は声を振り絞った。背後で悲鳴が起きた。

「ママ、喧嘩《けんか》しないで」

涼子が体にしがみついて来て、美保子はあわてた。

「ごめんなさい、驚かして。幼稚園に行って来るからちゃんとお留守番しているのよ」

涼子の頭をなでてから、美保子は逃げるように外に出た。バスの中まで引きずって来た啓一との衝突の影響は幼稚園の三角屋根を見ると急激に薄らいだ。

職員室からの皓々《こうこう》たる明かりが庭を照らし、にぎやかな声がもれて来る。美保子が部屋に入ると、先生方は全員おり、近所に住んでいる母親たちもすでに揃《そろ》っていた。他の母親たちも続々押し掛け、先生たちの所属している労働組合から担当の男性も応援に駆けつけて来た。心の中には、まさかそんな無茶なことをするはずがない、という思いがあるのだろう。握り飯を作ったり、紙コップでコーヒーを飲んだり、まるでキャンプにやって来たような雰囲気だ。美保子は子どもの頃、台風で近くの小学校に避難したときのことを思い出した。八時過ぎには全員が揃い、一時間置きに、ふたりペアで幼稚園の周辺を車で見回った。午後十一時に、美保子は水野先生の運転で見回ったが何事もなかった。午前一時を回って、疲れが出て来たのか、賑《にぎ》やかだった母親たちも言葉少なになった。

「もう、今夜はだいじょうぶなようね」

西野慶子はあくびを押さえて言う。念のために、午前三時過ぎに、美保子は再び水野の運転で巡回した。空には雲がはりめぐらされていて冷たい風が吹いている。水野は四つ角で一時停止をしてから、再びアクセルを踏む。住宅街の真ん中にある公園に差し掛かったとき、ヘッドライトの光芒《こうぼう》が軽トラックを映し出した。

美保子は車をゆっくり走らせるように水野先生に言った。徐行《じょこう》しながら軽トラックの脇を通る。トラックは三台で、公園の中に目を凝《こ》らすと屈強《くっきょう》そうな男たちがたむろしている。脚にゲートルを巻き、腹巻に半纏《はんてん》、鉢巻《はちま》きをした姿が街灯の明かりに映し出された。そして、その中にあの兵藤の顔を見た。

「早く知らせなきゃ。先生、急いで」

「手が震えて……」

ハンドルから手を離し、水野が泣き声を出した。美保子は叱咤《しった》して、ようやく幼稚園に戻った。

「大勢、公園に集まっているわ」

話し声が急に止《や》み、毛布を被《かぶ》っていた母親が飛び起きた。労働組合から応援に来てくれた男性たちも臆《おく》している。美保子は作戦を与えた。

「明け方を待ってやって来るつもりかもしれない。向こうが何かはじめたらバケツでも何でもいいから叩《たた》いて大きな音をたてて抵抗するのよ。それから、先生のどなたかは放送室に入ってボリュームいっぱいにあげてマイクで近所に助けを求めてください。それ以外のひとはバリケードを作って相手を侵入させないように」

美保子はみずえのアドバイスに従ってきぱきと指図した。言われた人間はただ命じられたままにうなずくだけだった。

東の空が白みはじめて微《かす》かにエンジンの音が聞こえた。美保子は耳を澄ました。門の外で見張っていた女性が駆け込んで来た。

「来たわ、大勢で押し掛けて来たわ」

美保子が窓から覗くと、トラックが門の前に停《と》まり、続々とヘルメットを被り、手にハンマーなどの道具を持った作業員たちが降りて来た。

「さあ、行きましょう」

美保子はそう言ってから玄関に向かった。

玄関の前に並んでいると、五十人以上はいると思われる作業員を引き連れて、大柄な兵藤が先頭を切って門を入って来た。途中で動きが止まったのは、居並ぶ母親たちの姿に驚いたからだろう。しばらくして、兵藤だけがつかつかとやって来た。

「何事ですか。無断で侵入して」

美保子は立ち塞《ふさ》がって大声を出した。鼻で笑い、兵藤は作業衣の胸のポケットから一枚の紙切れを取り出し、見せびらかすように翳《かざ》した。

「これは所有者と交《か》わした解体契約書だ。依頼で、建物を壊す。邪魔しないでくれ」

「何ですか、そんなもの。帰ってください」

美保子が言うと同時に背後に並んだ母親たちも、帰れと囃《はや》したてた。兵藤はうるさい蝿《はえ》を追い払うように数回手を振り、それから振り返って作業員に合図を送った。

控えていた屈強な男どもが押し寄せて来るのを見て、美保子たちは腕を組みしゃがみ込んだ。にもかかわらず、バリケードを彼らは強引に突き破ろうとする。

「警察を呼ぶわよ」

「勝手にしろ。こっちは頼まれてやって来たんだ」

兵藤は落ち着き払っている。美保子は職員室に待機している牟礼に向かって叫んだ。

「警察に連絡してください」

牟礼が受話器をつかむ姿が見える。

「さあ、皆。はじめるわ」

美保子たちはバケツやナベを叩き、さらに幼稚園にあるタンバリンとか太鼓《たいこ》とか笛《ふえ》とか音の出るものを銘々《めいめい》が持っていっせいに音を出した。さらに、先生のひとりが幼稚園の放送機器を使って、近所に窮状《きゆうじよう》を訴えた。マイクの声が夜明け前の空に響いた。

「ご近所の皆さま、お騒がせして申し訳ありません。今、幼稚園が壊されようとしているんです」

「やめろ！」

作業員がいらだったように怒鳴った。近所の家々の窓に明かりが灯《とも》り、作業員たちは怯《ひる》んだ。

「すぐ警察が来るわ」

職員室から牟礼がやって来た。その報告と同時に、遠くからサイレンの音が聞こえた。

母親たちの間から安堵《あんど》の声がもれた。門の横にパトカーが停まり、先日の巡査が男たちを分け入るように入ってきた。

「このひとたちは無断で幼稚園を壊そうとしているんです。こんな時間にやって来て、不意打ちのように取り壊そうとしたから、我々は抵抗しているんです」

美保子は年配の巡査に訴えたが、兵藤は落ち着き払っている。ゆっくり、巡査の前に出て行って、

「だんな。これを見てくださいよ」

と、ポケットから先程の紙切れを出した。それを受け取って、巡査は顔をしかめた。美保子に顔を向け、

「解体契約書がありますから、壊すということについて、我々はどうすることもできないんです」

民事不介入だという。

美保子は「建物取壊整理契約書」を改めて見た。

『本工事は現在建物の外壁・内壁がしばしば落下し、雨漏りがひどく到底《とうてい》その使用に耐えない上、いつ園児等人間の頭上に壁面等が落下し人身事故を起こすかもしれない状態であるため、危険建物として取り壊すものである』、という文句を目にとめ、美保子は大声を出す。

「冗談じゃないわ。この建物のどこが危険なんですか。このひとたちは私たちに無断で幼

稚園を壊そうとしているんですよ」

「しかし、幼稚園の持ち主から正式に解体を依頼されているわけですからね」

巡査は困惑した表情をしたまま相手の肩を持った。

美保子は巡査の悠長さにいらだって文句を言った。

「正式な契約ならどうしてこんな時間に大勢で押し掛けてくる必要があるんですか」

その言葉を、兵藤がすぐ引き取った。

「それはあんたらが妨害するからだよ。いいか、これにこう書いてあるんだ。よく聞け」

兵藤が契約書の一部を読み上げた。

「取り壊し工事を妨害する者がいた場合、これを排除するために工事は終始三十人以上の者がガードすること。こういう条件がついているんだ。だから、これだけの人数でやって来たのだ」

美保子はあきれ返った。

「俺たちはこの契約書に書かれたことを守らなければ大損するんだ」

兵藤は契約書を美保子の鼻先に押しつけ、指先である一ヵ所を指した。幼稚園を解体するについて今月末日までに行なう。末日までに壊せないときには、手付けの五百万円の倍の一千万円を宮下氏に支払うこと。この契約はどんなことがあっても解約出来ないとある。

りませんか」

「園長は無断で頼んでしまったんですよ。我々は寝耳に水なんです。それこそ不法じゃありませんか」

兵藤から巡査に顔を向けて、美保子は訴える。

「このひとたちはただ依頼によって動いているだけですからね」

「このまま黙って園が壊されるのを見ていろと……」

「園長に善処《ぜんしょ》を求めたほうがいいでしょうね」

「そんな時間ありません。それまでに、このひとたちが幼稚園を壊してしまうじゃありませんか。それとも、待ってくれるというんですか」

脇から兵藤が口をはさむ。

「俺たちは待てない。すぐに作業にとりかかる」

「ともかく、警察は何の手出しも出来ないんです」

巡査が当惑げに言う。

「だんな。このひとたち、作業のじゃまなんだ。なんとかしてくれませんか」

兵藤がぬけぬけと言うと、巡査は顔を強張らせ、

「そんなこと出来ない。もし、このひとたちに怪我をさせたら、すぐにつかまえる。我々はどちらの味方も出来ないが、ここで待機している。何か不法なことがあればすぐ対処する」

と言って、兵藤を睨《にら》みつけた。兵藤は不満そうな顔をした。この頃には応援の警察官も駆けつけていた。

「藤枝先生に電話して来るわ」

美保子がそう言って職員室に向かうと、二階から悲鳴が聞こえた。座り込んでいた母親たちに、作業員が強引にどかそうとして手をかけたのだろう。すぐ巡査のひとりが二階に向かった。美保子は受話器をつかむとみずえのマンションに電話をかけた。

仮処分

意識下で低い断続的な音を聞いていたが、みずえはその音の正体がまだわからず、だんだん音が激しくなり崖《がけ》からまっさかさまに墜落していくような感覚の途中ではっと目が覚めた。枕元の電話が鳴っていて、無意識のままコードレス電話をつかんだ。

「藤枝先生、たいへんです。今、幼稚園に解体屋が大勢押し掛けているんです」

まだ寝覚めていない頭の中を、切羽《せっぱ》詰まったような声が駆け抜けたが、内容を認識するまでには至らず、

「待ってください」

と言って、みずえはベッドから下り、両手で頭を叩き目を覚ましてから、

「もしもし、ご免なさい」

「解体屋が押し掛けて来ているんです」

「解体屋？　警察に連絡はしたのですか。えっ、解体契約書？　わかりました。すぐに行きます」

時計を見ると、午前六時を回ったところだ。急いで顔を洗い着替えてから簡単に口紅をつけただけでガレージに向かう。北新宿にあるマンションから千葉県松川市都野台にある希望幼稚園に向けて愛車のソアラを飛ばした。まさか解体契約書を交わすことまでは予想もしていなかったので、みずえは自分の迂闊《うかつ》さを恥《は》じた。首都高速の六号線を向島《むこうじま》で下りて、明治《めいじ》通りから水戸《みと》街道に出る。江戸川を越えて水戸街道から離れた。左手に大きな団地を見て、車は都野台へ向かう。

希望幼稚園の赤い屋根の上の風見鶏《かざみどり》がすっかり明るくなった空に見えて来た。幼稚園の前に到着すると、トラックやショベルカーが停まっている。トラックの後ろに車を停め門を駆け足で抜けた。園庭で、父母たちが険《けわ》しい顔で男たちと睨み合い、傍《かたわ》らで警察官が仁王立ちしている。みずえは割って入った。

「責任者は誰ですか」

少し胸を張り、すごんでいる男が前に出た。

「俺だ。あんたは誰なんだ」

「弁護士の藤枝です。契約書を見せてください」

兵藤と名乗った男から契約書を受け取り目を通す。

「灰皿を貸してくれ」

兵藤が近くにあった椅子を引き寄せ、作業衣の胸のポケットから煙草《たばこ》を取り出した。

「禁煙です」

美保子がぴしっと言う。

「そんな硬いこと言いなさんな」

兵藤は煙草を吸いはじめた。抗議に耳を傾けずに作業員たちも煙草を吸いはじめた。みずえが契約書から顔を上げると、待っていたように兵藤が、

「わかっただろう。こっちだって契約を果たさなければたいへんなことになるんだ。それとも、おたくたちでこっちの損害分を被ってくれるというのかね」

兵藤は契約書を盾《たて》に吠《ほ》えた。

みずえは契約書を兵藤に返してから、

「ちょっと待ってください。西城弁護士に確認をとりますから」

電話を借り、西城の事務所に電話をした。事務所で寝泊まりしていると聞いていたので辛抱《しんぼう》強く待った。やっと西城の声が聞こえた。

「今、希望幼稚園に解体業者が解体契約書を持って押し掛けています。どうなっているのかしら」

「そうか。そう言うわけだったのか」

西城が妙なことを言った。

「とにかく約束が違います。兵藤という男を電話に出しますから、すぐ引き上げるように

命じてください」

「無理だ」

「何が無理なんですか。解体しない約束じゃ……」

西城はみずえの声を遮《さえぎ》って、

「宮下から代理人を解任された」

「解任？　西城さんが解任されたと言うの」

「ゆうべ、彼から電話があってね。依頼人の意思に反した行動をしているという理由だ」

みずえはにわかに信じかねたが、そのことで問答をしている時間はない。予期しない相手のやり方に戸惑いから焦《あせ》りに変わった。ここで解体契約書の意味が大きくなった。みずえは作業員の前に戻った。

「もう一度解体契約書を見せていただけますか」

みずえが言うと、兵藤は機嫌よく契約書を見せた。どこかに書類の不備を見つけようとして、みずえは何度も読み返した。だが、どこにも難癖《なんくせ》をつける個所は見当たらない。時間ばかりが無為《むい》に経過して行く。みずえの焦りが美保子や牟礼たちにも伝播《でんぱ》した。

「さあ、どうするね、弁護士さん。早く、皆をどけるように言うべきじゃないのかね」

その兵藤の横柄《おうへい》な物言いに眠っていた脳が刺激を受けたのか、みずえは見過ごしていたことに気づいた。

「ちょっと確認したいことがあります。それまで待っていただけませんか」

みずえは兵藤に頼み、美保子たちに向かって、

「もう少し頑張ってください。すぐに戻って来ます」

さらに年配の巡査にも理由を話して、再びソアラに乗り込み松川市の法務局松川出張所に向かった。解体契約書を見ていて気がついたことがあった。宮下は負債を抱えている。当然、土地や建物を担保《たんぽ》に金を借りているはずだ。みずえはそのことに光明《こうみょう》を見つけた。

松川出張所の玄関に飛び込み、窓口で登記簿謄本《とうきぼとうほん》の交付を請求した。係員に名前を呼ばれ、みずえは祈りながら謄本の写しを調べた。甲区の壱《いち》の欄に、所有権移転として宮下順一郎の所有権があるという記載があり、乙区の壱の欄には、五輪《いつわ》銀行の抵当《ていとう》権が設定されていた。みずえは逸《はや》る気持ちを抑えて引き返した。


みずえは兵藤の目の前に登記簿謄本を突きつけた。

「解体契約書に不備を見つけました。これをご覧なさい。抵当権がついているのに、抵当権者の承諾書が契約書についていません。だから、これで壊したら、建造物等損壊罪《けんぞうぶつとうそんかいざい》になりますよ」

兵藤はぎょろ目を剝いた。みずえは巡査に向かい、

「お聞きの通りです。もし、彼らが建物を壊したら建造物等損壊罪で取り締まってくださ

い」

「そんなばかな。我々は正式に頼まれてやって来たのだ。ちょっと宮下さんに確かめて来る」

兵藤が勝手に職員室に向かう。みずえは美保子たちに、

「しばらくは彼らも手を出せないでしょうが油断は禁物です。私はこれから裁判所に行って解体禁止の仮処分を受けて来ます。それまで守ってください」

兵藤が肩を揺すりながら戻って来た。

「抵当権者の承諾はこれからとると言っている。契約通り、建物は壊す」

「いいですか。今、手を出せば逮捕されますよ」

みずえは兵藤を威《おど》してから再び職員室に行った。

「藤枝です。至急、裁判所の決定を受けなければならないんです。どなたかお手伝いをしてくださいませんか。私はこれから事務所に戻ります」

電話を切ると契約書のコピーを持って、赤坂の事務所に向かった。書類を作成したら、再び、松川市に戻り裁判所に駆けつけるのだ。裁判官が帰宅してしまったら、明日まで待たねばならない。希望幼稚園を出発したのが十一時半である。途中渋滞に巻き込まれ、赤坂の事務所に辿《たど》り着いたのは二時過ぎであった。

近くの駐車場に車を預け、みずえは事務所に飛び込んだ。三人の事務員が同時に立ち上

がり、

「お手伝いします。皆さんが、こちらを優先してやるようにとおっしゃっていただけました」

彼ら事務員は所属する弁護士の手伝いをしているのだが、先輩弁護士が自分の仕事を後回しにしてくれると言うのだ。そこに、眉《まゆ》の下がった愛敬《あいきよう》のある顔をした今川《いまがわ》弁護士が近づいて来て、

「手伝えることがあったら何でも言ってくれ」

と、声をかけた。彼が吹田建設のことを調べて注意をしてくれたのである。

「事務員の方々がお手伝いしてくださいますから」

みずえはすぐ作業にとりかかった。当事者目録《とうじしやもくろく》を作成する係、物件目録を作成する係を決めて、みずえは仮処分命令申請書を書き始めた。申請の主旨は、『債務者は自ら若《も》しくは第三者をして別紙物件目録記載の建物を取り壊し、若しくは毀損《きそん》するなどして、その現状を変更してはならない』ということであり、債務者は宮下順一郎、債権者は運営委員会である。

みずえはさらに申請の理由に筆を進めた。

「債務者は廃園を計画したが父母職員の存続運動の結果、債権者、債務者間で別紙協定書のとおりの協定が締結《ていけつ》され、その中に、『園の存続に変更を及ぼす（廃園はもとより土地

建物の占有関係及び現状の変更、経営の主体及び規模の変更等）には、運営委員会と協議する』と明記されている。債権者は右協定に基づき本件建造物を幼稚園園児の教育、保育施設として占有使用して来た。さらに、その後、右幼稚園の存続について協議が続けられているにもかかわらず、債務者は右合意を無視して本年三月六日申請外有限会社吹田建設との間に本件建物についての建物取壊整理契約を交わし、右吹田建設は本日午前四時ごろから数十名の作業員を動員して取り壊し作業にかかった。急を聞いてかけつけた職員・父母と右作業員らとの間で睨み合いが続いているが、午後四時現在に至っても二階の窓ガラスが一部壊されるなど緊迫した状況にある。

右取り壊し作業は前記協定に反するものであり、つまり、明らかな不法行為である。本件建物は希望幼稚園での園児教育にとって不可欠な施設であり、これが取り壊され、あるいは毀損されれば債権者らの権利の実現が不可能になることはあきらかである。しかも、右のような状況のもとでは一刻も早く裁判所の救済がなされなければいつ実力行使されるかしれない現状である。よって本申請に及んだ次第である」

このような内容を盛り込みながら、みずえは申請書を作成していった。時計の針が四時を過ぎ、みずえは気が急いた。四時半を過ぎて申請書の作成が終わり、事務員にタイプしてもらった。

五時をまわって書類が揃った。みずえは急いで事務所を飛び出した。迷った末に、あとあとの行動を考えて車にした。

松川市に到着したのは六時を大きく回っていた。裁判所に近づくと、帰宅する職員が建物から続々と出てくる。門を入り、玄関を駆け抜け、民事三部の裁判官室に入ると、フロアーは閑散《かんさん》としていた。

壁際のソファーに男が二人向かい合って話し合っていた。そのひとりが立ち上がって近づいて来た。襟《えり》のバッジで弁護士だとわかった。

「藤枝さんですね？　裁判官ならあそこにいますよ」

彼は今まで自分が相手をしていた男に目をやった。いかにもエリートといった感じの裁判官が顔をこちらに向けている。どういうことかわからずにきょとんとしていると、

「私は松川市に事務所を持っている弁護士です。今川弁護士とは旧《ふる》い付き合いでね。さあ、早く裁判官の所に行った方がいい」

そう言って、彼は片目をつむり部屋を出て行った。

今川弁護士が知り合いの弁護士に頼んで、裁判官を引き止めていてくれたのである。みずえは気をとりなおして細面で黒縁の眼鏡をかけた裁判官に近づいて行った。彼は弁護士が出て行ったドアを見つめ、

「どうもへんだと思いました。あのひとは私を帰させまいとしていいかげんな苦情を訴えていたんですね」

「申し訳ありません」

みずえは頭を下げてから『解体禁止の仮処分』の申請書を手渡し至急に決定を出して欲しいと頼んだ。

裁判官は事務的に書類を受け取り簡単に目を通し、

「所有者が契約しているんですから、まず所有者の意見を聞いてから判断します。一週間後に、審尋《しんじん》期日をいれましょう」

「いますぐでないと困るのです。希望幼稚園では解体業者と緊迫した状況にあります。保証金は弁護士が立て替えてもいいですから、とにかく出してください。そうじゃないと幼稚園が壊されてしまうのです」

頭を下げたり、強い声で主張したり、相手が話を打ち切ろうとしても席を立たせずに、みずえは食い下がった。裁判官は眼鏡の縁《ふち》にちょっと手をやり、もう一度申請書に目を落とした。みずえは彼が顔を上げるのを待った。やっと、彼は表情を変えた。

「本当に解体を始めようとしているんですね」

「そうです。今、解体業者が幼稚園に乗り込んで来ているんです」

「解体しているという証拠はありますか。写真でも」

「写真でしたら明日の朝までには出来ます」

「では、それを持って来てください。明日の朝一番に出しましょう。保証金は百万円でいいですね」

「結構です」

みずえは裁判所を出ると、すぐに希望幼稚園に戻った。幼稚園では相変わらず睨み合いが続いている。警察官の人数が増えていた。ガラスの割れる音がして、警察官が怒鳴った。

「これ以上壊すと逮捕すると言ったはずだ」

その声に、作業員の動きが止まった。みずえは美保子たちの前に行き、

「明日の朝一番に無審尋《むしんじん》で仮処分が出ることになりました。これが出れば、建物を壊すことを法律で押さえることが出来ます」

それからみずえはポラロイドカメラで写真を撮りまくった。二階の窓をこじ開けて入ろうとしている作業員の姿や、たむろしている彼らの様子を写した。そこに、兵藤がやって来て怒鳴った。

「あんた、何をやっているんだ」

「証拠写真があれば、裁判所は解体禁止の仮処分を出してくれることになっています」

みずえはカメラを突きつけた。

兵藤は言葉に詰まった末、だんご鼻を膨《ふく》らませて口の中でぶつぶつ言う。みずえは追い討ちをかけた。

「わかったでしょう。もう、あなたたちは何も手出しは出来ないわ」

「これはどうなるんだ」

兵藤は契約書を翳した。違約金を支払うという契約になっているのでおいそれとは引き下がれないのだと、みずえは半ば同情した。

「この契約書に触れなければいいんでしょう」

みずえは少し考えてから一計を案じ兵藤の耳元で囁《ささや》いた。一瞬顔をしかめたが、兵藤は観念したらしく、

「おい、皆、引き上げるぞ」

と、大声で言った。すると、作業員のひとりが、

「冗談じゃないですよ。きのうの夜からかき集められて、きょうだって朝から何も食べていないんだ。それで帰れなんてないでしょう。なあ、皆、そうだろう」

と文句を言うと、堰《せき》を切ったように、作業員の間から不満の声が沸《わ》き起こった。

「わかった。わかった。まあ、これで、帰りに食事でもしていってくれ」

兵藤はサイフを取り出し数万円の札を男に握らせた。作業員が皆帰ったあと、兵藤はみずえに向かって、

「じゃあ、始めるぞ」

と、声をかけた。みずえが頷くと、兵藤は一瞬目を剝き、それからいきなりそばにあっ

た椅子をつかみ、つかつかと窓辺に寄り窓をめがけて投げつけた。ガラスの割れる音に、父母の悲鳴が重なる。警察官がすぐにかけより、兵藤の腕を押さえた。

「建造物等損壊罪だ」

警察に連行されていくとき、兵藤は玄関先で、

「先生、約束ですぜ。契約金の五百万円を返さずに済むようにしてくださいよ。いいですね」

と、天井に顔を向けて大声を出した。

「なんですか、あの男」

美保子が頭に突き抜けるような声を出した。

「わざとガラスを割ったんです」

「わざと？」

「警察に連行されるまで頑張ったということを示せば契約書にある違約金をとられないで済む、って教えて上げたの。そうじゃないと、あの男の立場がないですからね」

納得顔の美保子や牟礼たちに、みずえは続けた。

「でも、彼のような男でよかったわ。強引にやられていたらとっくに幼稚園は壊れていたでしょうから。明日には解体禁止の仮処分が出ます。もう、宮下さんも手が出せません」

安心感と共に改めて恐怖が襲い掛かって来たようで、父母や先生たちは身を竦《すく》めていた。

背後にあるもの

新宿駅南口の改札を出て、西城は甲州《こうしゅう》街道を初台《はつだい》方面に向かった。宮下の愛人暁美が通っていたという英会話学校は甲州街道沿いにあった。

西城は事務室に顔を出し、事務員に名刺を出して事務局長への面会を申し込んだ。ロビーに大勢の若い男女がたむろしている。休憩《きゅうけい》時間なのだろうか。しばらくして、奥から頭髪の薄い丸顔の男が西城の名刺を持って現われた。

「私が事務局長ですが……」

彼の表情に微かな不安が生まれている。弁護士の突然の訪問は警察ほどではなくとも相手に警戒心を与えるものらしい。

「ずいぶん学生さんが多いんですね。じつは、先月までここに通っていた戸川《とがわ》暁美という生徒のことでお伺《うかが》いしたいのです」

彼女が行方不明になり捜索依頼を受けているのだと言うと、事務局長は険しい顔をした。彼女のいたクラスで親しくしていた仲間の名前を聞き出した。幸いに、そのうちの何人かは上級クラスに進んでおり、今授業を受けているという。事務室の中で待たせてもらっていると、教室から出て来た背の高い若者を紹介された。若者は物怖《ものお》じせずに、西城の問いに答えた。

「突然、辞めるといって、それきり連絡ないんです」

「他に誰か知っているひとはいないのかな」

「誰も知らないいんじゃないかな」

「もし、彼女の連絡先がわかったら教えてください」

西城は名刺を渡して別れた。暁美は埼玉の実家にも連絡していない。こうなると、実家か友人関係からの連絡を待つしかない、と西城は一先《ひとま》ず暁美の調査を打ち切ることにした。

西城は神田にある宝田商事に寄った。相変わらず、電話口で怒鳴り声を上げていたが、西城の顔を見ると宝田は目を大きく見開きあわてて電話を切った。

「すみません。吹田建設が用を果たせなくて。先生の顔を潰《つぶ》すようなことになって申し訳ない」

宝田は椅子から立ち上がり西城の前に飛んで来て、土下座をしかねない態度で頭を下げた。自分が紹介した業者が幼稚園の解体に失敗したことで西城が文句を言いに来たのだと早合点《はやがてん》しているようだ。

「まあ、仕方無い。気にしなくてもいい」

西城の寛大さを信じられないような顔をして、

「宮下が違約金を払えと催促《さいそく》しているようですが、兵藤は警察に捕まるまで頑張ったんだと言ってもめているそうです」

わざと警察に捕まるように、みずえがそそのかしたに違いないと、西城は思っている。

「違約金は支払う必要はないだろうよ。それより、また兵藤に手伝ってもらいたいことがある」

宝田は不思議そうな顔をして、

「先生はあっちの代理人を下りたと聞きましたよ。まだ、希望幼稚園のことで?」

西城は含み笑いをしただけで答えなかった。

その夜、西城は葉月の部屋にいた。彼女はベッドに仰向《あおむ》けになっている西城にブランデーを口移しした。冷たい液体が西城の頬に少し零《た》れた。

「五頭建設が都野台の開発をすることが正式に決まったそうよ」

葉月が上から西城の顔を覗き込んで言う。パトロンの五頭会長から聞いたのだろう。西城は初めて都野台の開発の話を彼女から聞いたときのことを思い出した。その話を聞いたあと小沢弁護士を介して宮下が依頼にやって来たのだ。そして、廃園後の土地の買い手として門野社長を西城に紹介したのも葉月である。

こう考えると、この騒動の中心に葉月が絡《から》み、そしてこの背後に五頭会長がいるようだ。すべての黒幕は五頭建設の五頭会長ということになる。たぶん、五頭建設は都野台を超高級住宅地に再開発しようと計画し、そのためには希望幼稚園のある土地は必要であった。葉月の話だと、すでに工場の跡地を買収しており、そこに一棟当たり百坪近い敷地の高級住宅を三十棟建てるのだという。西城の考えでは、希望幼稚園の跡地に高級マンションを建てるのではないかと考えた。あるいは大手スーパーが進出してくるのかもしれない。

五頭建設がいつ頃から希望幼稚園に目をつけたかわからないが、相当早い時期のような気がする。宮下の愛人である暁美にもだいぶ以前から接触をしていたのではないか。幼稚園の廃園をそそのかす役目をさせていたのかもしれない。彼らが暁美を引っ越しさせたのは、西城の忠告を聞いて不安になったのではなく、西城が暁美の存在に気づいていたからではないか。宮下から暁美を遠ざけたというより、西城から隠したという方が当たっているかもしれない。あまりにも暁美の引っ越しの鮮《あざ》やかさは、命令するだけで暁美は動く存在だったと考えるしか説明がつかないのだ。

「また、考え事をしているのね。何を考えているの」

葉月が豊かな胸を押しつけて来た。西城はまだ何も気づかぬふりをして、

「都野台の開発が正式決定したのなら、いよいよ最後の手段に出る時期になったのかなと

思ってね。この仕事が成功したら君に何か買ってやろう」

「うれしいわ」

　葉月が少女のようにはしゃいで西城の首にしがみつき、それから耳たぶを嚙《か》んできた。彼女の中に含んでいる黒いものに触れるように彼女の背中を愛撫《あいぶ》しながら、西城はこれからの展開に思いを巡らせた。

追いつめられて

実家の母親からの電話を切ってから、みずえは再び、ある裁判資料に目を向けた。五年前、西城が関わった事件である。突然、西城から婚約破棄の一方的な通告を受けた。理由も言わず、彼は去って行ったのだ。西城は人間が変わった。あの頃、西城の人間性を変える何かがあったのだ。みずえはそれがこの事件ではないかと睨んでいる。津山通夫に関わる殺人被告事件である。台東区《たいとう》入谷《いりや》にある寺山《てらやま》医院の院長夫人殺害容疑《ようぎ》で、津山は起訴されたのである。裁判資料を何度も読み返したが、まだつかめない。

また電話が鳴った。資料から目を離さずに受話器をつかむと、美保子のいつにない力の弱い声が聞こえた。

「主人が妙な噂《うわさ》を聞いて来たんです」

「妙な噂？」

「希望幼稚園の土地と建物が売られたらしいって言うんです」

まさか、とみずえは立ち上がりカーテンを引いた。街頭の明かりに雨脚《あまあし》が白く見える。

六月に入って雨が続いた。このまま梅雨《つゆ》に入ってしまうのかもしれない。色鮮やかになったベランダの紫陽花《あじさい》を目に入れながら、みずえは相手の気持ちを落ち着かせるように、

「どこからそんな話を聞いて来たのかしら」

「得意先の課長だそうです。なんでも松川市内で手広くゴルフショップなどをやっているサンライト商会という会社が土地を買ったと……」

西城の後任の代理人に沼田次郎《ぬまたじろう》弁護士が決まり、新たな存続協定書を締結しようとする段階にあった。美保子たちも県に対して、『希望幼稚園の存続について』の陳情を繰り返して行なって来たので、県も早く協定書を結ぶよう指導しているところだったのである。

「ほんとうに希望幼稚園？」

「その課長はサンライト不動産部門の営業部長と親しいらしいんです。それに、西野慶子さんも化粧品のセールスマンから同じ話を……。彼女はサンライトのゴルフショップの店員からその話を聞いたらしいの。希望幼稚園のあとにマンションが建つって」

「わかりました。念のために明日、調べてみます」

翌日、みずえは松川市内の法務局出張所に行った。半信半疑だったみずえは登記簿謄本を確認して、噂が真実であることを知った。土地は四月一日にサンライト商会に二億三千万で、建物は四日に石浜《いしはま》商会に一千万円で売却されていた。

さらに、民事裁判の記録を調べるために地裁に行ったところ、みずえは事のとんでもな

い進展に呆然とした。四月十八日にサンライト商会は、宮下園長と建物の所有者である石浜商会を相手に、『自分の土地の上に他人の建物が建っているのだから、これを破壊して立ち退《の》け』という内容の裁判を起こして、その判決を六月二日に受けていたのだ。その上で、石浜商会に対して、建物取り壊しの強制執行を申し立てていた。

みずえは気を取り直して裁判資料に目を通した。訴状によると、原告《げんこく》のサンライト商会の門野英昭《ひであき》は宮下順一郎と石浜重吉《じゅうきち》に対して、「被告宮下順一郎は別紙物件目録記載の建物より退去して、同目録記載の土地を明《あ》け渡《わた》せ」、「被告石浜重吉は別紙物件目録記載の建物を速やかに取り壊せ」という二点の請求をしている。ようするに、宮下園長と石浜を相手に、『自分の土地の上に他人の建物が建っているのだから、建物を取り壊して立ち退け』という裁判を起こしたのである。これに対して、宮下は答弁書を出している。

「原告の請求原因事実は全部認める。被告としては金が欲しかったので欺《だま》すような形になったが申し訳ないと思っている。特に被告石浜重吉氏には申し訳ない事になったと思っている。原告の好きなように処理して下さい」

訴えた相手の言い分を全面的に認めているのだ。宮下だけでなく、石浜重吉も答弁書で、

「被告石浜重吉は宮下順一郎の代理人沼田次郎弁護士より本件建物を四月四日に金壱千万円で買った。その際、宮下順一郎は、五月より家賃九十万以上は支払われるようになるか

らといい、地主と賃借契約する手筈《てはず》になっていると言われたので、それを全面的に信じた。しかし、家屋の賃借契約もないし、土地の賃借契約もしない。そこで少なくとも所有権を移転し、その旨《むね》の登記だけでもしてくれと申し入れて所有権の移転とその登記だけを受けたらこの始末である。被告石浜重吉としては被告宮下順一郎に対し右によって生じた壱千万円の損害賠償を請求する」

と、責任を宮下に向けて、サンライト商会の訴えが正しいと認めているのだ。訴えられたほうがあっさり非を認めているのだから、裁判は簡単に結審し、建物収去《しゅうきょ》土地明渡請求事件の判決はサンライトの言い分をすべて認める内容で六月二日に出たというわけである。

その判決を受けて、サンライト商会は希望幼稚園の建物の取り壊しの強制執行を、裁判所に申し立てたのだ。最初からこのことを目的としてインチキ裁判を起こしたのだと、みずえは美保子たちに報告した。

「強制執行は認められてしまうのですか」

質問した美保子の顔は蒼白《そうはく》であった。

「裁判所というのは、目の前に出された証拠で判断するんです。土地の持ち主だった宮下園長がサンライト商会と石浜商会にそれぞれ土地と建物を売った。しかし、サンライト商会にしてみれば不用な建物が建っている。だから、訴訟を起こした。裁判所はそれだけを見ているんですよ。それで、訴えられた側が、すみませんでした、すぐに撤去しますという答弁書を出せば、原告の訴えを全面的に認めた判決を出してしまうんです。たぶん、強制執行は申し立て通り……」

逡巡《しゅんじゅん》した末に、みずえは続けた。

「強制執行が認められれば権力の力で強制的に幼稚園は取り壊されます」

「どうしてそんなことになるんですか」

父母たちがよく理解出来ていないようなので、みずえは強制執行について例を挙げて説明した。

「たとえば、借主がお金を返してくれない場合、貸主は借主に対して『金を返せ』という訴訟を起こしますね。この結果『借主は貸主にいくらいくら払え』という判決が下りたとします。ここで、借主が素直に金を払ってくれればいいが、逃げて払おうとしない場合、どうするか。貸主が強引に取り立てることは出来ないのです。強引に取り立てようとすれば恐喝罪《きょうかつ》になる。ぐずぐずしているうちに借主はどこかへ逃げてしまう可能性もある。そこで、国家の力で強制的に金を取り立ててもらうようにするのが強制執行なのです」

「それはわかりますが、でも幼稚園の場合、どうして強制執行が許されてしまうのですか。そんなのインチキじゃないですか」

母親のひとりが憤慨《ふんがい》して叫ぶ。

「裁判所は基本的に自分の土地建物を自分がどのように処分しようが勝手という考えがあるんです。ですから、宮下園長がサンライト商会と石浜商会に建物と土地を売ったことは正当と判断してしまうのです」

「じゃあ、もうどうしようもないんですか」

悲鳴のような声が上がる。みずえは自分に気合を入れるように、

「インチキ裁判に対して異議を申し立てます」

翌日、みずえが異議申し立ての書類を書いていると、事務員が母親たちの来客を告げた。簡単な仕切りで囲われた相談室に出向くと、狭い場所に運営委員会の幹部の母親たちの五人が待っていた。会長である笹森美保子の顔が見えないことを不審に思ったが、彼女らを大会議室に連れて行き楕円形《だえんけい》のテーブルに輪になって座り、改めて問い掛けた。

「どうかしたんですか」

一様に暗い表情の彼女たちに、みずえはきいた。五人とも目の輝きを失っていて、まるで眠ったように弱々しく感じられる。顔を見合わせあってから、年嵩のひとりが切り出した。

「正直なところ、もう無駄じゃないんですか」

どこかなげやりな様子は他の者にも見受けられた。

「無駄といいますと？」

「これ以上、いくら頑張ったって幼稚園は売られてしまったんだし、もう限界なんじゃ……」

みずえはすぐに声が出なかった。相手は続ける。

「幼稚園の存続が難しいのなら、来年の三月まで続けられるように宮下園長と交渉してもらえませんか」

何か歯車が狂っているような気がした。みずえは背筋に走った悪寒が去るのを待って深呼吸をしてから、

「あなた方のお子さんは年長組《ねんちょう》なんですね。来年三月で卒園してしまう。だから、三月までもてば後はどうなってもいいと」

「いくら頑張ったって、どうせ廃園になってしまうんでしょう。だったら年長組が卒園するまで待って……」

「まだ、敗北だと決まったわけじゃありませんよ。それに、他のお母さん方はどうなんです。年少《ねんしょう》、年中《ねんちゅう》組のお母さん方も今の意見に賛成しているんですか」

彼女たちは皆俯《うつむ》いた。

「今年の新入園児はあなた方が自主運営のなかで募集した子どもたちですよ。そういう子どもたちを裏切っていいんですか」

「裏切りだなんて失礼な言い方はよしてよ。いずれ幼稚園の建物が壊されてしまうでしょ

う。いつ建物が壊されてしまうか、毎日びくついて生活するのはいやよ」

母親のひとりが抗議する。別な母親が続く。

「先生、冷静に考えたって無理なんじゃありませんか。私たちだって頑張ったんだし、これ以上続けても」

「確かに、不利な状況であることは認めますよ。でも、あきらめるには早すぎます。県や市は存続に向けて理解を示しているじゃありませんか」

「県や市の指導には強制力はないんでしょう。いくら指導したって、宮下園長が従わなければ何にもならないじゃありませんか。県や市が存続する方向で指導してくれたのは、実際に幼稚園が自主運営されていて存続する側が優勢な状況だったからでしょう。今回の裁判所の判決を知って、経営者側が有利だとみれば県や市は経営者側に加担するんじゃありませんか。県や市は自分の管轄下でもめごとがあることが問題なんであって、もめごとが早くなくなるほうに加担するものだと、私は聞いております」

「県や市の体質はそうかもしれません。だから、頑張れば光が見えてくるのじゃありませんか」

「これ以上続けてもだめだったらどうなるのですか。もし、中途で建物が壊されでもしたら子どもたちは宙に浮いてしまいます。かえって、可哀相じゃありませんか。今なら先生の力で、今年度一杯幼稚園を続けるという条件をつけることが出来るでしょう」

「運営委員会の会長は笹森さんですわね。笹森さんはなぜ一緒じゃないんですか」

「あの方は会長を意識して気負い過ぎます。だから、現実が見えていません」

一枚岩だと思っていた運営委員会に思わぬ亀裂《きれつ》があるのを知った。会長である美保子に対する批判が彼女たちの腹の中に充満しているのを目の当たりにして、みずえは体温が急激に下がるほどの衝撃を受けた。

みずえが声を失っていると、母親のひとりが、

「先生からあのひとに、もう無理だと仰《おっ》しゃってください。そうすれば、あのひとも納得すると思うんです」

あのひとと呼んだ一言が、美保子に対する反感の大きさを表している。みずえは憤慨して、

「確かに、我が子を希望幼稚園で育てたいという気持ちからここまで頑張って来たのかもしれません。でも、それだけじゃないでしょう。幼稚園というものの在《あ》り方を、実証しようとして頑張って来たのではないんですか。日本中のどこかの私立幼稚園で同じような問題が起きるかもしれない。経営者の勝手な都合によって子どもたちが迷惑を被《こうむ》る。そういう幼稚園の在り方に一石を投じる意味があなた方の行動にあったからここまで続いたんじゃないですか」

みずえの強い口調に彼女たちは俯いたが、これ以上の議論は無意味だと見切りをつけ

て、

「もう一度よく考えて結論を出してください。あとで後悔しないような結論をね」

その夜、事務所の飲み会があり、二次会で行ったスナックで、みずえは希望幼稚園のことを先輩弁護士にこぼした。すると、十年選手の弁護士がグラスの氷を揺すりながら、

「ぼくだったら、その仕事は引き受けない。取り壊しの判決が確定しているんだろう。だったら、もうお手上げだよ。法律に照らしあわせても、判例をみても、まず勝ち目はない。はじめから負け軍《いくさ》だとわかっている闘いなんかすべきじゃない」

「俺もやらんね。経営者が匙《さじ》を投げているのであれば現状のまま幼稚園を存続させようとすることなど無理だ。父母たちから今年度一杯での廃園という提案が出されたことはいいきっかけだ。その方向で早くけりをつけたらどうだね。つまり、いかによい負け方をするかだ。君もあと五、六年経験を積めば、勝てる仕事かどうか判断がつくようになる」

彼らは一様に今年度一杯での廃園に向けて行動しろとアドバイスした。そして、最初の先輩弁護士が酔った勢いで言った。

「県や市の体質なんてその母親の言う通りさ。もめごとを一番嫌うんだよ。ことなかれ主義だ。だから、そういうところを動かすには署名運動とか、市民運動を起こすことが必要なんだ。だが、それが成功するのは運動を起こした側に分がある場合だ。これから手のひらを返したように、存続運動に対して冷たくなる」

「それじゃ強い者ばかりが得をするだけじゃありませんか。弁護士は弱者の味方ではないんですか」

意外だったのはここに集まっている弁護士たちが口を揃えて同じ意見を言ったことだ。みずえは歯向かいながら、今川弁護士は何と言うだろうかと考えた。

間を置いてから、先輩弁護士は自嘲《じちょう》ぎみに答えた。

「弱者の味方だというのは理想論だ。現実には悪い奴をこらしめようと裁判を起こしても、費用も時間もかかる。一般の人間はとうていつきあいきれない。それより、そんな怨《うら》みを早く忘れ、新しい自分の道を探させる。これだって弁護士の役割かもしれんよ。法律というものは強い者が有利なように出来ているんだ」

みずえは暗い気持ちになった。弁護士というものは庶民にとってそんな頼りないものだろうか。

「俺だって最初の頃は君のように悩んだものだ。弁護士だって商売だ。食っていかなきゃならんのだよ。残念ながら青臭さだけでやっていけるほど甘くはない」

先輩弁護士は厳しい顔つきで言った。反発しようとしたが、母親たちが対立している現実を思い出し、みずえの気力は萎《な》えていった。

十一時を回って、スナックを出た。皆と別れてひとりでタクシーに乗り込んだ。弁護士に最も必要な能力とは、依頼された事件が勝てるか負けるか、最初に見極めることなのだろうか。そんなことを考えているうちに、酔いは覚めていった。

マンションに帰り着くと、着替えながら留守番電話の録音を聞いた。その中に、美保子からの伝言があった。明日、電話を頂きたいと言う尖った声が再生された。昼間の母親たちの来訪と結びつけた。

テープを聞き終えてから、みずえは急に西城の声が聞きたくなった。彼が宮下の代理人を解任された理由も知りたいところであった。三度目の呼び出し音で西城が出た。みずえは名乗ってから、

「この時間に早いのね」

「ちょっと前に帰ったところだ。君こそ六本木のオカマクラブでおだをあげている時間じゃなかったのか」

「代理人を解任された気持ちってどう?」

「別に何の感想もない」

西城は抑揚《よくよう》のない声で答える。

「宮下が汚い手を使って来たので母親の間で動揺が起き始めたわ。あなたには興味のない話でしょうけど」

「昔の誼《よしみ》で忠告するが大きな傷を受けないうちに、君も早々に手を引いたほうがいい。運営委員会側にはもう勝ち目はない。弁護士は勝てる仕事か、儲《もう》けになる仕事しかしないほ

うがいい」

　西城も同じことを言ったのでみずえは反発した。

「弁護士は社会正義のために闘うのが本分でしょう」

「社会正義なんて言葉は絵に描いた餅《もち》と同じさ」

　電話の向こう側で、西城が含み笑いをしたようだ。

「いったい正義って何だね。何が正義で何が不正義だと決められるのだ」

　それまでのおとなしい口調をかなぐり棄てたような激しい口調に、みずえは一瞬呆気にとられた。

　西城は何かが噴き出したように続ける。

「彼女たちが正義のために闘っているとしたら大違いだ。もし、この世に正義があるとすれば、それは個人個人にあるものだ。宮下は宮下なりの価値観で動いている。彼にも正義がある。つまり、社会正義などとは幻想に過ぎないということだ」

　そこに、ここ数年の西城の生き方が覗いていた。以前の西城はこんな考え方ではなかった。弁護士に成り立ての頃はそれこそ真摯《しんし》に役割を考えていた。あの西城はどこへ消えたのか。当時、みずえは彼の人格が雪崩《なだれ》のような勢いで変わっていくのをただ手を拱《こまね》いて見ているだけであった。急に重い扉を閉めたように心を閉ざした彼の中に入って行くことは出来なかった。西城を変えたものに対する怒りと、救いの手を差し伸べることも出来なかった悔しさがない交《ま》ぜになって、みずえの感情は昂《たかぶ》った。

「不正を働いてもいいと言うの。他人を犠牲にしても自分さえよければいいの。法治国家じゃないですか。社会正義は法を守ることじゃありませんか」

「法は常に強い者のためにある。今回の強制執行の申し立てを見てもよくわかるだろう」

「そんなばかなことはないわ。あれは明らかにインチキ裁判でしょう」

「しかし、裁判官は法に従って裁いている」

受話器を置いたあとも、みずえはしばらく興奮が治まらなかった。

翌日、事務所に出掛ける前に美保子の家に電話を入れた。彼女は待ち兼ねたように切り出した。

「昨日、桜井《さくらい》さんたちが先生の所にお邪魔したそうですね」

昨日訪れた女性のひとりが桜井という名前だったことを思い出した。美保子の激しい言葉が襲いかかる。

「きのう、あのひとたちから運動は止めるべきだと言われたんです。先生がもう無理だと仰しゃったそうですが、なぜ、あのひとたちだけを呼んでそんな話をしたんですか」

「無理だなんて言っていませんわ。それに、私があのひとたちを呼んだわけじゃありません」

言い掛かりだと、みずえは答えた。

「でも、桜井さんは先生に呼ばれて、はっきりもう限界だと告げられたと言っていました」

「この運動の会長はあなたですよ。そんな大事なことをあなたを無視して言うものですか」

みずえは言葉を改めて、

「はっきり申し上げておきますが、運営委員会の結束が乱れたら終わりですよ。桜井さんたちはあなたのやり方に反感を持っているみたいです。よく話し合い、お互いの誤解を除くようにして下さい」

みずえは電話を切ったあとも後遺症のように、一日中気分が重かった。夕方、他の訴訟の準備書面を書いていると、今度は牟礼から電話が入った。母親の会がもめているという。事態を収拾するためには、美保子に会長を辞めてもらおうと思うがどうか、という問い合わせであり、みずえは唖然とした。

「いったいどうしてこうなったんですか」

「笹森さんは何でも自分の一存で決めてしまうというので一部の母親たちから不満が上がっていたんです。三月に解体屋が押し掛けて来るという騒ぎがあり幼稚園に泊まり込んだことがありましたね。あのとき、笹森さんは自分も大事な用をキャンセルしたのだから他のひとも用事を放ってまでも泊まり込むべきだと、口ではっきり言わないまでも高圧的に示唆《しさ》したそうです。桜井さんはお芝居を見に行くことになっていたんです。芝居を見に行くから泊まり込めないと言おうものなら、皆の前で吊《つ》るし上げられる、そう思ったと言うんです。それに、笹森さんは大事なことを西野慶子さんをはじめ同じ年頃の母親たちだけに相談して、年長組の母親たちには事後報告だという不満もあるんです」

「笹森さんを会長から退《しりぞ》かせたら、彼女の立場はどうなるのですか。今度は彼女が幼稚園を守っていこうとする気力を無くしてしまうんじゃありませんか」

「ですから、笹森さんの説得を先生にお願いしたいんです。今、桜井さんたちに抜けられてしまったら、それこそ希望幼稚園はおしまいです」

「笹森さんに抜けられても終わりですよ」

「ですから、笹森さんの説得を先生に」

「そういうことはあなた方の問題です。自分たちで解決して下さい」

みずえはうんざりした。甘えるのもいい加減にして下さいと、思わず口に出掛かった。

翌日、みずえは出張から帰った今川弁護士と昼食を共にした。そのあとで、今川が喫茶店に誘った。

「どうしたね。ずいぶんと疲れた様子だが」

今川の声に、みずえは顔に手を当ててから、

「もう希望幼稚園から手を引きたくなりました」

母親たちの内紛について話し、さらに先日の先輩たちとの会話の内容を話してから問い掛けた。

「負け軍は引き受けないというのは正しいのでしょうか。私はもうわからなくなりました」

今川は顔をしかめ溜息《ためいき》をつくように声を出した。

「難しい問題だ。残念だが彼らの言うこともある面では当たっている。しかし、それじゃ君の言うように強い者が得をする世の中でしかない。確かに理想社会なんて実現するはずがない。だが、実現すると信じそこに向かってがむしゃらに突き進む人間がいなければ、それこそ暗黒の世の中になってしまうじゃないか」

みずえは今川まで悲観的な考えなので驚いた。

「何だか寂しい話ですわ」

「もし君が宮下園長から代理人の依頼をされたらどうするね。廃園に持っていくように働いたはずだ」

「いいえ、私はお断りいたします」

「さあ、どうかな。最初に彼から相談を受けたなら、君は宮下の代理人になったと思う。そして、相手が存続運動を起こせば、君なりのやり方で対処したと思う。その場合、正義は自分の所にあると思うんじゃないだろうか。正義とはそんなものかもしれない。要するに、自分の正しいと信じる道を突き進むしかないということだ。間違っても、損得で判断すべきではない。そんなことをしたらあとで後悔することになる」

「このまま続けるべきだと仰しゃるのですか。負けると思っても闘うべきだと言うのですか」

みずえは問い詰めるようにきいた。

「それは君自身が決めることだ。汚い手段を用いて勝つことより、悔いのない負け方をすべきだ。ましては途中で逃げたら悔いはずっとついてまわる。それに完全に負けると決まったわけではない」

「しかし、お母さんたちの間で内紛が起こってしまったんです。これでは運動も続きません」

「この仕事を通して君は何を得たいのかね」

「何を?」

「弁護士としての任務だけを遂行すればいいのか。それなら、運営委員会のことは彼女たちで解決すべきだ。それとも、人間としてもっと積極的な気持ちで希望幼稚園の存続を願っているのだとしたら、君はもっと運営委員会に口出ししてもいい」

今川の言葉にも、みずえの心は動きそうにもなかった。今川は諦《あきら》めたように体を引いたが、

「そうそう、君に言おうとしていたことを思い出した。新しい代理人の沼田弁護士だけど、どうも西城弁護士と繋がりがあるようだ。西城弁護士の解任には裏があるかもしれない。調べたほうがいいな」

みずえは急激に心臓が騒いだ。表面上は代理人を下りて今回のインチキ裁判を仕掛けているのではないかと、今川は疑問を投げ掛けたのだ。

みずえは事務所に帰ると早速、事務所が抱えている調査員に西城と沼田弁護士の関係を調べるように依頼した。それから、希望幼稚園に電話を入れて牟礼を呼び出した。牟礼は午前中に開かれた運営委員会の模様について興奮して話した。桜井が今年度いっぱいで廃園の方向で事態を収拾させるべきだと言ったことに対して、牟礼たちはそれなら今すぐ私たちは手を引きますと反論したらしい。桜井もそれ以上強く言い出せず、膠着《こうちゃく》状態だと言う。美保子に会長を退いてもらうしかないと、牟礼は同じことを訴えた。

新たな闘い

調査員が夜遅くみずえのマンションに電話をかけて来た。ふたりは親しい間柄にあり、ときたま沼田が西城の事務所を訪れていると報告した。ところが、元刑事だったという調査員は本庁の捜査一課の刑事が西城のことを調べているということも教えたのだ。蛭田という刑事が去年の一月に殺されて野尻湖の近くで白骨死体で発見されたという。その蛭田殺しの容疑が西城にかかっているということらしい。

みずえは電話を切ったあと、西城が巻き込まれている事件を考えた。蛭田は西城をマークしていたらしい。それが津山通夫事件に絡んでいるのではないかと、みずえは考える。いずれこの調査をしたいと思うが、取《と》り敢《あ》えず、みずえは宮下の陰に西城がいるとはっきりしたことで、存続運動に積極的に加担しようとした。

翌日、みずえは地裁の玄関を入って行った。母親たちの対立を静めるにはとにかく前途に光明を見出《みいだ》すことが先決だと思ったのだ。幼稚園の建物を買った石浜は「建物を壊して出ていけ」という判決を受けており、今度はその判決を口実《こうじつ》に再び幼稚園を壊しにくる可能性がある。ともかく、このピンチを逃れなければならない。それには解体禁止の仮処分を申し立てて対抗しなければならない。

みずえは民事三部に、建物の所有者である石浜に対する解体禁止の仮処分を申請した。窓口に申請してから、すぐに担当裁判官に会えるように書記官に頼み込み、強引に裁判官と会った。前回とは別な裁判官で、額《ひたい》の広い細い顔に困惑げな表情を浮かべて裁判官室の隅にあるソファーに腰を下ろすなり、

「噂どおり強引なひとですね」

と、みずえに向かって言った。前回の裁判官からみずえのことを聞いていたのだろうか。この裁判官は希望幼稚園の騒動について知っていた。新聞でも希望幼稚園のことは取り上げられたりしたので、裁判官仲間の間でもかなり話題になっているのかもしれない。それなら好都合だとみずえは思った。が、裁判官は、

「現に壊しているわけではないので、仮処分を出すためには石浜氏を呼んで事情を聞かなければ」

と、少し難しそうな顔をした。

「石浜は壊すつもりはないと言うに決まっています」

「それならそれでいいんでしょう」

裁判官の顔が意地悪そうに見えた。

「なぜ、このような取り壊しの判決が出たと思いますか。皆グルなんですよ。壊すつもりがないと嘘をついて、壊すつもりかもしれないじゃありませんか」

　みずえは抵抗したが、前回と違って具体的な緊急性がないからどうしても石浜を呼ぶと言いはった。

「壊すつもりがないと石浜が言えば、私たちの申請は却下されてしまうでしょう」

　私たちという言葉を強調して、背後に先生方やたくさんの園児や母親たちがいることをほのめかして懇願《こんがん》した。壊すつもりがないと言われたら、たとえそれが嘘であってもみずえの申請は却下されてしまう。その後、石浜が強引に建物を壊してしまう可能性がある。建物が壊れたら、いくら石浜を訴えようが存続運動は挫折する。だからどうしてもこの解体禁止の仮処分の決定を出してもらわねばならないのだ。そればかりでなく、この決定が出て取り敢えず建物が壊される心配がなくなれば、母親たちの内紛を静めることが出来る可能性があるので、みずえは必死だった。

「どうか無審尋で決定を出して頂きたいんです」

　石浜を呼ばずに決定を出して欲しいと、裁判官室でも有名になったであろうしつこさを見せて粘った。

　裁判官は難しい顔をして、

「当事者の話を聞かなければ出せませんよ。この前は現実に壊しにかかっているという切

「石浜はいつ壊しに来るかわからないんです」

羽詰まった状態にあったんでしょう。しかし、今回は違います」

　みずえはめげずに、なぜこのようなことになったのかという経緯を説明した。裁判官はうんざりして来たようだったが、みずえは構わず続ける。

「百五十名以上の子どもたちが明日から通う場を失うかもしれないんですよ。子どもたちがそんな目にあっても平気なんですか」

　みずえは部屋中に響き渡るほどに大声を出して威した。いっせいに他の裁判官が顔を向ける。目の前の裁判官は顔を手でこすったりしていたが、

「処分禁止の仮処分なら無審尋でも出せますが」

　と、苦し紛《まぎ》れのように言った。『処分禁止の仮処分』というのは、建物を壊すことを禁止するのではなく、建物を売ったり貸したりすることを禁止するという決定である。石浜を呼ばずに決定を出してもらうには『処分禁止の仮処分』しか方法がないのであれば仕方ないと思った。だが、そうなると別な問題が生まれる。『被保全権利』の件である。仮処分が認められるには、保全されるべき権利が存在し、その必要性がなければならない。建物の解体の場合には、現にその建物で授業が行なわれているのであり、もし建物が壊されたら授業は続けられなくなるので、それが保全されるべき権利となる。ところが売ったり貸したりという面でいうと、保全されるべき権利は何もないのである。つまり、建物を売

られても授業が出来るのであり、売られては困るようなことはない。これが、建物についての売買契約を取り交わしていたり、あるいは賃貸借契約を締結したりしていれば、勝手に第三者に売られたら困ると主張出来るのだが、今の状態は何もないのだ。みずえは、はたと困った。

みずえはいったん裁判所を引き上げ、事務所に帰り今川弁護士に相談した。

「先生方とお母さん方は去年から希望幼稚園を自主的に運営していますが、先生方、お母さん方、あるいは私教連と宮下園長との間に、正式に賃貸借契約を結んでいるわけじゃないんです」

しばらく考えていた今川が顔を上げた。

「協定書はどうだ。去年の十二月に宮下と運営委員会の間で結んだ協定書があるだろう。見せてくれ」

「しかし、あれは運営委員会が自主的に運営するというだけの内容ですし……」

みずえは立ち上がり、書庫の希望幼稚園関係の棚から協定書をはさんだファイルを持って来て今川に渡した。協定書を眺めていた今川は、

「月々の授業料相当額から必要経費を差し引いた残りのお金を賃料だという賃貸借契約だという理屈でいくしかない。一か八かやってみる価値があるよ」

と、提案した。とにかく、その理屈でもって申請の理由を書き、協定書を添付して裁判所に持って行った。再び、向かい合った裁判官は眉をひそめ、

「これは賃貸借契約書ではないですね」

と、協定書を見て一言の下《もと》に切り捨てるように言った。みずえは返答に窮《きゅう》した。これでは『処分禁止の仮処分』は受け付けられないと言うのだ。目の前に閃光《せんこう》が閃《ひらめ》き眼前の風景から色彩が消え、全身の力が抜けていった。肩を落としたとき、裁判官が囁いた。

「私はこの協定書の内容は、園の経営委任と建物の管理委託の複合契約ではないかと思うのですが」

えっ、とみずえは相手の顔を見た。管理委託を受けているのだから勝手に処分されては困るという権利の主張になる。裁判官はにやりと笑い、

「どうですか。そういうことでもう一度書類を作って来ては」

何とか『処分禁止の仮処分』を出してやろうという裁判官の誠意を感じ、みずえは深々と頭を下げた。仮処分さえ出してくれたら、法律構成などどうでもいいのである。

「すぐに、書面を追加して出します」

裁判官はわざとらしく顔をしかめたが、目は笑っていた。事務所に戻って、この顚末を今川に話すと、

「裁判官も人間だよな。人情の機微《きび》をまったく解さないという冷酷なイメージは偏見に過

ぎない。だって、その裁判官の理屈だってかなりこじつけだよ。普通だったら、受け付けはしないよ。正直言うと、俺は最初から無理だと思っていたんだ」

「でも、今川さんのお陰です。これでお母さんたちの対立を何とか治めることが出来ます」

みずえにようやく笑顔が戻った。

「建物の処分禁止の仮処分」の決定を受けて、みずえは、さらに「土地の処分禁止の仮処分」を裁判所に申し立てて、土地についても防御に向かった。土地の現在の持ち主であるサンライト商会が暴力団のような所に名義を変えて強引な手段で出て来ないとも限らないからだ。だが、「土地の処分禁止の仮処分」についてはちょっとした問題があった。仮処分決定を出してもらうには、仮処分により相手側が被るかもしれない損害を守るために裁判所に保証金を納めなければならないことになっている。金額は対象となる価額の一割乃至《ないし》三割ということだが、希望幼稚園の土地代金は二億円以上であり、被保全権利も協定書をよりどころにした複合契約だということでは少し弱く、前例から考えて保証金として五千万以上要求される可能性が考えられた。到底支払える金額ではない。ところが、裁判官は四百万円という異例の安さで土地の処分禁止の仮処分決定を出してくれたのであった。

この二つの決定を受けて、みずえはもめている運営委員会の役員の母親たちを幼稚園に召集した。

「現在、土地の所有者となったサンライト商会はインチキ裁判とはいえ、建物の明け渡しの判決を受けた上で、建物の取り壊しの強制執行を願い出ていますが、今回受けた仮処分決定により、その判決が出るまでは、彼らは希望幼稚園に対して何も手出しは出来ません。建物の取り壊しの強制執行については、その裁判の成り行きを見て阻止いたします」

依然として危機状況にあることには変わりなかったが、みずえは力強く結束を呼びかけた。

「これは一幼稚園の廃園問題ではありません。この一件は、現在の私立幼稚園経営を象徴しているのです。経営者の都合によって、簡単に幼稚園が潰されてしまっていいわけがないではありませんか」

運営委員会の紛争が一段落した六月の終わり、希望幼稚園の牟礼が事務所に青い顔をして駆け込んで来て、宮下から届いたという書面を差し出した。

（ご承知の通り当幼稚園は破産状態にあったが、その再建のため必要な努力を重ねて来た。しかるに貴殿等職員は希望幼稚園の緊急状態であることを意に介せず、自己の利益のみ追求し再建の為の努力を一切しなかった。その結果本年四月当幼稚園の土地・建物・諸設備は一切他人の所有に帰した。当園は園継続の交渉を持ったが交渉は決裂し今般裁判所から立ち退きの判決を受けた。よって、当園は廃園することになった。そこで恐縮ながら

七月二十日を以って貴殿を解雇《かいこ》する）

　解雇通知だった。みずえが顔を上げると、牟礼は興奮を抑えて、

「職員個々に同じ文面の解雇通知が届きました。すぐに、私学教職員組合の執行委員と相談し、宮下園長宛に抗議文を書きました」

　併《あわ》せて、団交の申し入れ書も差し出したがまったく無視された上に、一週間後に追い討ちをかけるように懲戒解雇通知が届いたと言う。

　みずえは懲戒解雇の文面に目を通した。

（昨年六月以来貴殿等は共謀の上、園主、園長等の許可なしに希望幼稚園の名義を妄用《もうよう》して金銭の徴収をなし、その金銭を自己の為に費消し希望幼稚園の経営を不能にしてしまっている。更に、今年度の園児を希望幼稚園名義を妄用して募集し莫大な金銭を収受している。これ等の行為は刑事犯罪行為である。直ちに園児募集を取り消し預かった金銭は全額被害者へ返還すべきであり、また、貴殿等の保管している希望幼稚園の金銭を本書到達より七日以内に当方へ持参せよ。貴殿等は当方から優しく出れば好い気になって不法な要求を重ねるのでとても許すわけにはいかない。素直に解雇勧告に服するなら良いが、異を唱えるなら右不法行為を原因として本書を以って貴殿を懲戒解雇する）

　まるで横領をしているような文面に、牟礼は唇《くちびる》をわななかせ、

「先生、ほんとうに刑事犯罪行為なのですか」

「そんなことありませんよ。威しです。もう一度、団交の申し入れを行なってください」

みずえはそれから対策を考えると答えたが、これは西城の差し金ではないかと考えた。処分禁止の仮処分決定が出たことによる仕返しであろう。こんな姑息《こそく》な手段を取る西城に憐《あわ》れみを感じ、そして何としてでも彼を叩き潰さねばならないという思いを強くした。

数日後、宮下からの返事が届いたという連絡が牟礼からあった。彼女は文面を電話口で読み上げた。

「不法に収受している金銭一切の返還、及び今年度募集にかかわる金銭の被害者還付《かんぷ》が完了しない限り、また、父母の会より給料を受け取り費消《ひしょう》している事態の解消がみられるまで団体交渉には応じない……」

宮下の攻撃はこれだけに留まらなかった。翌日、牟礼が、「また備品が差し押さえられた」とあわてふためいて知らせて来た。債権者を使って、またも備品を差し押さえに来たのだ。建物を壊し、先生方を全員追い出し、備品を差し押さえて、宮下は幼稚園の運営を妨害するためにがむしゃらになっているようだった。

宮下の畳み掛けて来る攻撃を防ぐには、みずえひとりでは荷が勝ち過ぎた。そこで、司法研修所時代の同期の弁護士に声をかけて応援を頼んだ。その中で、赤城安代《あかぎやすよ》と村川亘《むらかわわたる》のふたりが興味を示した。赤城は労働問題に、村川は土地問題に強い。

赤坂の事務所の会議室で、これまでの経緯を詳しく説明すると、ふたりとも目を輝かせた。

「こんな酷《ひど》い経営者はいないわ。やらせてもらうわ」

まず、小柄な赤城が気負いを見せた。すかさず、村川も腕組みを解き握り拳を作って、

「面白い。やってやろうじゃないか」

みずえはふたりの反応に勇気を持ち、かねてから不愉快に思っていた先輩弁護士たちの意見を披露した。すると、ふたりとも憤慨した。

「先輩を批判することになるけど、勝てる裁判は引き受けるが、負ける事件には手を出さないという根性の卑《いや》しさは持ちたくないね。経験というものが、その見極めをつける能力を身につけることだと平然と言う人間なんて信用出来ないよ」

村川が顔を紅潮《こうちょう》させると、赤城が自戒するように、

「でも、経験を積むということは、そういう体質になっていく自分との闘いかもしれないわ」

お互いの気持ちがわかったところで、みずえが、

「今後の闘い方について相談したいの」

と切り出すと、ふたりとも表情を引き締めた。

「まず、建物解体の強制処分の阻止だけど、これは裁判の経緯を見守り、申し立てが認め

られた時点で対応をとるしかないでしょうね。次に、備品が差し押さえられた件……」

「備品は前回の差し押さえの騒ぎのとき、運営委員会で競落したのでしょう。だったら宮下園長のものではないんだから強制執行停止の仮処分の決定を取り、その後、『第三者異議の訴え』の裁判を起こすのね」

赤城の答えに、みずえもうなずき、

「問題は先生方の解雇なの。裁判にかけるか、地労委に救済の申し立てをしたらよいのか。仮処分を担当した裁判官は先生方の立場をわかってくれたのだけど」

「そうね。インチキ裁判の例もあるように、今の裁判所は自分の土地建物で始めた事業を自分の都合でやめてなぜ悪いという理屈にすぐに乗ってしまう可能性が強いわ。そんな裁判所に提訴しても人情もなくばっさり切られてしまう危険性があるわね。宮下園長が北矢切幼稚園と希望幼稚園の二つのうち、希望幼稚園を廃園にしようと決めた理由には、希望幼稚園の先生方が労働組合を作ったためということもあるんだったら、地労委のほうがいいんじゃないかしら」

赤城の意見に、村川も賛成した。みずえは千葉県地方労働委員会に救済の申し立てをすることにした。

みずえは申立人を県私学教職員組合の代表執行委員長とし、被申立人を宮下順一郎として、

「被申立人の申立人に対する下記行為は、労働組合法第7条1号及び3号違反であることが明らかであるので、すみやかに救済命令を出されたく、労働委員会規則32条の規定により次のとおり申立てる」

という内容の『不当労働行為救済申立書』を地労委に提出した。県私学教職員組合は県下の幼稚園から高等学校までの教師を中心として組織された労働組合で、希望幼稚園の先生たちも所属している。

請求する救済命令の内容として、申立組合に所属する分会長牟礼寿子以下の先生方に対する本年七月二十日付けの解雇及び同月二十五日の懲戒解雇を取り消し、原職に復帰させること。原職に復帰するまでの間の賃金相当額に年五分の割合による金員を加算して同人らに支払わなければならないことを主張し、さらに、陳謝文を書き希望幼稚園の正門前の見易《みやす》い場所に掲示するよう求めた。

不当労働行為を構成する事実としては、組合の結成と活動内容を記述し、被申立人らによる組合敵視行為に触れ、そして希望幼稚園廃園攻撃の開始から園存続協定書の締結までの経緯を説明した上で、被申立人らのその後の廃園策謀について触れてさらに続けた。

――以上述べたことから明らかなように、被申立人らの執拗《しつよう》かつ理不尽な希望幼稚園廃園攻撃は、被申立人らが申立人組合及び申立人組合希望幼稚園分会を嫌い、これを排除しようとしてなされて来たものであることは明白である。これほど、露骨かつ手段を選ばない不当労働行為は他に例を見ないと言っても過言ではない。被申立人らは以上に述べて来たような、ありとあらゆる廃園攻撃を続けて来たものであるが、申立人、申立人組合分会及び運営委員会は団結を固め、その都度被申立人らの攻撃をはね返しながら、希望幼稚園と園児を見守って来た。これにあせった被申立人らは、ついに本年七月二十日付けを以って解雇する旨の通知を郵送し、これにも申立人組合分会員らが動揺しないとみるや、七月二十五日付けを以って、申立人組合分会員らが被申立人らの指示に従わないならばその日を以って懲戒解雇するという、言わば条件付懲戒解雇とでもいうような、極めて珍妙な解雇通知を郵送して来た。もちろん、この解雇は被申立人らが経営する幼稚園のうちでも希望幼稚園のみ、つまり申立人組合分会員のみに送られて来たことは言うまでもない。

みずえが千葉県地方労働委員会にこの『不当労働行為救済申立書』を出してから、十日後に宮下は本件申し立ての棄却を求めるとの答弁書を出して来た。当然、予想されたことであったが、ことごとくみずえが指摘した事実を否認して来た。

捜査の手

　西城は門野社長の憮然《ぶぜん》とした表情から目を窓の外に転じた。隣のビルの合間から夕陽が落ちていくのが見える。松川駅前にあるサンライト商会の本社の社長室からは江戸川の水面の一部が望める。

「相手の女弁護士はなかなかやるじゃないか」

　裁判所から送られて来た『土地の処分禁止の仮処分』の決定書を門野は手にして言った。門野の不機嫌さを、西城は腹の中で笑ったが、顔には出さずに、

「五頭建設が高級住宅地構想を発表してから、土地の価格も急ピッチに値上がりしているようですね」

「それだけ君の取り分も増えるというわけさ」

　西城の皮肉混じりの言葉を受け流し、門野は葉巻《はまき》に火を点《つ》けた。電話が鳴り、ちょっと失礼と言って、門野は西城との話を中断して受話器を握った。話の様子だと、相手はスポーツ用品部門の責任者らしい。

「下総中央高校《しもうさちゅうおう》はどうしたんだ？　部員の不祥事から廃部になってしまったことはわかっている。県野球連盟に押し掛け、野球部を復活させるように働きかけろ。たとえ、一校でも納入先を減らしてはならない」

火の点いた葉巻を片手に持ち、門野はいらついたように叱《しか》りつけた。松川市の旧家の長男として生まれた門野英昭はサンライト商会を起こし、県下でも一、二を争うスポーツ用具店に成長するまで、かなり強引な手段を講じて来たはずだが、それを隠蔽《いんぺい》するように福祉施設への寄付や、老人ホームへの寄贈などを続けて来た。松川市では一番寄付が多い。数年前から不動産業にも手を広げ、そこに五頭建設との接点を見ることが出来る。いずれ県会議員選挙に打って出るという野心をもらしたことのある門野は部下を叱りつけてから電話を切った。そして、葉巻をくゆらせてから、

「職員の解雇問題で、向こうは地労委に不当労働行為救済申立書を出したと新聞に出ていたが……」

「相手がどこまで持つか。これほど大騒ぎになれば、来年度の園児募集もままならないでしょう。トラブルのある幼稚園だと承知して入園を希望する者はありませんから。じゃあ、私はこれで」

「そうそう、平岡社長が自殺した件で県警がやって来た。今ごろになって警察は何をしようと言うのかな」

「警察に何が出来ると言うんですか」

西城は立ち上がって言う。遺産相続のトラブルの末に土地がサンライト商会に渡ったことで、平岡の代理人だった西城を遺族は怨んでいる。

サンライト商会から宮下の自宅に向かった。すでに、沼田弁護士が来ていて、応接間で待っていた。

「西城さん、待ち兼ねていました」

沼田が立ち上がって迎えた。ポロシャツ姿の宮下は地労委の会議が始まるというので神経が昂っているようだった。

「地労委での闘いは我々には不利じゃないですか」

そういう話を沼田としていたのだろう。宮下は叩いても叩いても歯向かって来る職員や母親たちへの怒りがさらに煮えたぎって来たように顔を紅潮させた。

「仮に負けたとしても地労委の決定は裁判の判決と違って強制力はない。地労委の会議を出来るだけ長引かせて、その間に、建物の取り壊しの強制執行や差し押さえなどで攻撃し、もっと難問を与え続ければきっと向こうも自主運営に嫌気が差してくるはずだ」

宮下の細君から水割りグラスを受け取ってから、沼田に視線を移し、

「君はこれで代理人を下りてもらっていい。ごくろうさまでした」

沼田は戸惑ったような表情をした。

「これまでの経緯を知らない代理人のほうが会議を引き延ばすには適していますからね」

驚いている宮下にそう説明し、その他に細かい作戦を与えると、ようやく宮下の怒りも和《やわ》らいだ。

翌日、西城は秀子に起こされて目を覚ました。九時半になるという脳天から出すような声が二日酔いの頭に響く。ゆうべ、宮下の家を辞去《じきょ》してから、葉月のマンションに行きボトル一本をふたりで空《あ》けてしまったのだ。体を起こして、ネクタイは外してあったもののワイシャツを着たままベッドに潜《もぐ》り込んでしまったことに気づいた。

「熱いコーヒーが入りましたから顔を洗ってください。何もそんなになるまで飲まなくてもいいのに」

秀子が女房気取りで言う。葉月にも言われた。なぜ、そんな飲み方をするのだと。最近、ときたま悪寒を感じたような不安に襲われることがあるのだ。昨日と同じ太陽が昇り、同じ一日が繰り返されているにもかかわらず、西城にはどこか違うように映ることがある。平岡社長の遺族が西城を告訴するらしいという話に衝撃を受けたわけではない。その不安の正体はわからない。ただ、はっきりしているのはみずえが目の前に現われてからそのような症状が現われたということだ。

顔を洗い、食欲がないのでコーヒーだけ飲み、執務室に入った。窓からの明るい光が机まで届き、その頃には不安は嘘のように消えていた。

西城は受話器をとると、同じビルにある興信所《こうしんじょ》に電話をかけ、所長の南《みなみ》にこれから行くと伝えた。

秀子に声をかけてから、階下の興信所に行った。南は顔色の悪い男だが、目だけはいつも磨《みが》いたように光っており、その眼光のように調査は鋭い。

「人探しだ。築地にある『鈴の家』に昔からいた使用人で、今は辞めてしまった人間を探して欲しい」

南は必要なこと以外は問い質しはせず、要点だけを質問してから、すぐに調査に取り掛かると答えた。

地労委第一回会議

九月に入り残暑がぶり返した。みずえは赤城、村川、そして教職員の牟礼と水野、さらに私教連の担当委員といっしょに地方労働委員会のクーラーの効いた労働者側控え室で確認をとった。

「私が意見陳述をしたあと、牟礼先生に先生の立場から訴えてもらいます。よろしいですね」

みずえは牟礼に向かって言う。

「はい。だいじょうぶです」

いくぶん緊張した面持ちで、牟礼は答える。地労委の会議は調査と審問とに分かれ、きょうが第一回の調査ということであった。

「じゃあ、そろそろ向こうに行きましょうか」

みずえは声をかけて立ち上がり、廊下をはさんで反対側にある第一会議室に向かった。

会議室は臙脂《えんじ》のじゅうたんが敷かれ、すぐ手前が傍聴席《ぼうちょう》で会議用机が二つずつ四列並び、正面に公益委員用の長い机があり、向かって左側が申立人側の席、右側は被申立人側の席でそれぞれ同じ長さの机が並び、その間に証人席があって机と椅子が正面の公益委員と向かい合うように置かれている。基本的には裁判所の法廷と同じような作りだが、机は特別なものでなく一般の会社などで使われている会議用机であり、公益委員の席も、裁判官席のように一段高くなっているというわけではない。

中立人側の席に代理人のみずえ、赤城、村川が着席し、さらに補佐人として牟礼と水野が座った。傍聴席には笹森美保子や西野慶子ら母親たちも詰めかけた。解雇事件であるが、この事件の背景にあるのは、幼稚園を残そうという先生方と母親たちの共同の運動であることを、地労委の公益委員に十分に理解させるために、大勢の母親たちを動員したのである。

こげ茶のスーツに同系色の靴というスタイルで宮下順一郎が入室して来た。彼は不愉快そうに傍聴席に目をやり使用者側の席につくと金縁眼鏡を外してレンズを拭いた。みずえは代理人が現われないことに不審を持ち、宮下を見つめた。眼鏡をかけた宮下はいらついたように顔をしかめ視線をそらした。

奥の扉から、まず事務局の男性が出て来て、公益委員の横にある机に向かい、そのあとから地労委の公益委員が出て来て所定の位置につくのを待って、事務局の男性が声を張り上げ、希望幼稚園事件の調査の開始を告げた。それから、本件の担当委員の紹介をした。

「中央が審査委員である辻村《つじむら》公益委員です。当事者席から向かって左側が労働側参与《さんよ》委員である荒川《あらかわ》委員です。同じく右側が使用者側参与委員である竹下《たけした》委員。次に提出されました書類の交換を確認いたします。甲側書類として……」

事務局からの報告が終わってから、白髪が目立つ辻村公益委員に引き継がれた。

辻村公益委員はおもむろに口を開いた。

「中立人側から本件申し立てについてご意見なり補足する部分があったらお述《の》べ戴《いただ》きたいのですが、その前に自己紹介をして戴けますか」

みずえから順番に名乗り、自己紹介が終わってから、みずえは着席したまま、

「それでは、中立人代理人の藤枝のほうから若干補足をして説明をしたいと思います。請求する救済命令の内容については中立書に書いたとおりであります。不当労働行為を構成する事実についても中立書をお読みいただければ、ある程度あきらかであろうかとは思いますけれど、本件の大きな特徴について若干補足して発言したいと思います。希望幼稚園の廃園問題は去年の三月から出ているわけですが、園の経営としては別に赤字でも何でもない、単に経営者のほうで、その内訳は明らかにされていませんが、別なところで作った借金のいわばカタとして黒字経営である希望幼稚園を潰すというような行為がなされているということが大きな特徴であります。ですから、それだけでも廃園にする理由はほとんどないと言えるわけですが、希望幼稚園のほかに被中立人は松川市北矢切に別に北矢切幼

稚園を経営しており、こちらの職員のほうは実はまったく組合等には加盟していないわけであります。希望幼稚園のほうは中立人組合の希望幼稚園分会を作って活動して来たわけですけれども、中立人の分会のある希望幼稚園のみを廃園し、北矢切幼稚園にはまったく手をつけていないことが本件の大きな特徴で、客観的に見ましてもこれが不当労働行為意思をいわばあらわす最大の証左《しょうさ》であろうと思います」

みずえは一息《ひといき》ついてから続けた。

「それから、希望幼稚園は現に園児が百五十八名いるわけで、また希望幼稚園の教育内容の評判を聞いて、今年さらに希望幼稚園で教育を受けたいという園児も多数おるわけであり、そういう現状があるにもかかわらず、希望幼稚園の職員を突如解雇して来たのであります。この廃園に関して、父母あるいは地域のひとたちが希望幼稚園を守らなければならないということで、存続運動を一貫して続けており、昨年の段階で存続を求める署名が五万人を越すという状況になっております。そういう意味で、決して単に園内部だけの問題ではなく、地域周辺の子どもたち、幼児に対する教育をどうするのかという問題にも発展していて、広い地域での支持を得ているということも大きな特徴であります。最後に、この廃園問題が起こってから給料の不払いがずっと行なわれており、それだけではなく、園舎そのものを取り壊して解体をして物理的にここでの授業が出来ないようにさせようという動きが執拗にされて来たというのも本件の大きな特徴であります」

みずえは公益委員に向かって、去年存続を前提とした協定書が結ばれたにもかかわらず、園側が解体業者に依頼して園舎を取り壊そうとしたり、土地と建物を別々の所有者に売り渡し、土地所有者と馴れ合いとしかいいようのない建物収去土地明け渡しの裁判を起こしたということを、はっきりとした口調で説明した。頷きながら聞き終えた辻村公益委員は、

「ほかにございますか」

辻村公益委員の声を受けて、みずえは願い出た。

「解雇を受けた当事者である職員の、補佐人でもあります牟礼のほうから若干職員の立場として、この件について意見を陳述させて戴きたいと思います」

みずえが目で促すと、ちょっと眼鏡に手をやり、深呼吸してから牟礼は口を開いた。

「職員の牟礼と申します。廃園問題を抱えてもう一年以上になるのですが、百五十八名の子どもたちのためにも一日も早く正常な授業が出来るように望んでいます。私たちは教育者としてこれからの社会を担《にな》っていくひとりの人間を育てていくという役割を持っていますし、希望幼稚園は一番大事な幼児期の教育ということを大きな仕事として担っているわけなんです。希望幼稚園の教育は遊びの中で子どもたちが学び合う場となっております。子どもは水遊びから砂遊び、それからおもちゃを使った遊びというように順を追って成長していくもので、おもちゃの取り合いなどから喧嘩をしたりしながら、社会のルールを学

んでいくわけです。私たち職員は授業後クラスの子どもの悩みや、いま取り組んでいる教育の内容を話し合い、一人ひとりの子どもをいろいろな角度から見つめ、その子のいい面を伸ばし、その子が自ら新しいことに挑戦していけるように配慮しながら指導していっています。やはり大切な幼児期に私たちはいろいろな経験をさせてあげたいと思っており、合宿教育や園まつり、それからやきいも大会、お別れ遠足とか、いろいろな行事を計画して来ました。地域でも希望幼稚園ののびのびした教育が認められ、今年もこういう問題を抱えながらも五十名以上の新入園児が入って来てくれたのです。子どもたちのためにも一日も早く解決して、正常な園に戻ることを私たち職員もお母さん方も望んでいます」

牟礼の話の間、宮下は体をずらしたり、時には天井を向いたり、落ち着きがなかった。牟礼の陳述が終わると、傍聴席から拍手が起きたので、宮下は露骨に顔をしかめた。

「中立人側からは以上です」

みずえが告げると、公益委員は宮下に顔を向けた。

「いま中立人側から意見陳述がありましたが、被申立人のほうで申立人の意見に反論なり、主張なりございますか。答弁書のとおりでよろしいのですか」

不貞腐《ふてくさ》れたように椅子の背もたれに寄り掛かっていた宮下は辻村に声をかけられておもむろに体を起こした。宮下は答弁書で不当労働行為を構成する具体的事実に対して悉《ことごと》く否認している。宮下は眼鏡を人差指で軽く押し上げてから居住《いずま》いを正した。

「あえて言わせていただければ、今年の新入園児は私ども設置者、つまり幼稚園自体が募集したものでなく、運営委員会というまったく幼稚園とは別個の組織が募集したものです。幼稚園の入園児というのは必ず園長、要するに施設の長が募集することになっている。それに、今までの例でいきますと、私たちが必ず面接のときには立ち会って、一々容態を見ながら決めたわけです。そういう手続きが一切ないんです。それに、入園料とか授業料というものが私たちの決めた園の規則の金額よりも少ない。これも大きな問題であると思うんです。先生たちや父母の会の方々が確かに入園したんだと仰しゃるけれども、私たちとしては正式に許可した覚えはまったくない。この問題の根本に横たわっていることは労働行為ではなくて、実は詐欺《さぎ》というものに通じるような刑事事件的な性格を持っているのではないかと思っているわけです」

傍聴席からの抗議の声をかえって楽しむように口許に微笑みを作った。

「それだけですか」

辻村委員が宮下に確認する。宮下は胸を張り、そうですと答える。

「よろしいでしょうか」

みずえは発言を願い出た。

「被申立人の側で基本的には答弁書の通りであるというお答えでしたので、答弁書について若干不明確な点などを明らかにして戴きたいと思いますが」

「どうぞ」

「まず、法律的な問題も絡むのでしょうけれども、基本的には団体交渉については、していないことを認めていらっしゃるわけですね」

「ええ、していませんね」

宮下は面倒臭そうに答えてから、声を一段と高め、

「団体交渉をするなら、自分たちで勝手に授業料などを取っていることを反省し金銭を返してから交渉を申し出るべきじゃないかと私は思うんですよ」

と、強気に出た。みずえはすぐに問いかける。

「金銭面のことは団体交渉の中でしていけばいいんじゃないですか。金銭を返すことをはじめから前提にするというのは、団体交渉の権利をまったく否定しているものと同じであり、明確な不当労働行為であると思うんですが、あえてそれが条件であるということの根拠があるのであれば明確に主張してください」

宮下は薄ら笑いを浮かべ、

「それでは先生に伺いますが、金を無断で盗んだ泥棒と団体交渉をするなんてことはありえますか」

と、先生たちの神経を逆撫《さかな》でするように言う。傍聴席もざわめいた。

「宮下さん、泥棒だと仰しゃるなら警察に訴えたらいかがですか。なぜ、警察に訴えなか

ったんですか」

みずえは憤慨して声を強めた。

「私は、園児の前で刑事事件の捜査が始まったりすると先生自体にもショックであるし、子どもたちにも親にもショックであると思い、あえて我慢を……」

傍聴席にいる誰かの声がみずえの耳に届いた。

「頭おかしいんじゃないの。にやけた顔をして」

みずえは声の主を見た。宮下は顔色を変えて、

「委員長、傍聴人に黙るように言ってください」

と、大声を出した。傍聴席が静かになると、宮下は再び皮肉な微笑みを口許に浮かべ、

「母親たちが勝手にお金を集めて、そして、そのお金の中から先生たちの給料を出しているという現状ですよ。園長である私をまったく無視して」

「ようするに、これから先もあなたの仰しゃるように職員たちが勝手に集めたお金を前もって渡してもらえない限りは団体交渉には応じられないということでよろしいですね」

みずえは宮下のまわりくどい話を押さえつけて確かめた。

「はい。結構です」

宮下はぶっきらぼうに答える。

「それから、申立書の中で園舎の解体禁止の仮処分について、答弁書では否認と一言書い

てあります。建物の内壁、外壁が壊れて園児の生命に危険だから、壊れた部分を取り除き、改装するために業者を入れたのに職員が工事を妨害したと、こう書いてありますね」

「これは建て直しを目的としたことですが、建て直すためにはいったん壊さなければならない。解体は当然あるかもしれませんね」

「そうすると、否認と書いてあるからお聞きしますが、建て直しをする前提として一回建物をすべて取り壊すということを頼んだことは認めるわけですね」

「まあ、そういうことはありえます」

「建て替えのためと今仰しゃいましたけれども、建てる方も依頼しているわけですか」

「それはそうですよ。壊れた危険な建物で園児を預かるということがいかに無謀なことであるか考えるまでもないでしょう。ともかく壊れる危険のある建物を除去しなければならないということが先決問題になるわけですよ。そういう意味ですよ」

とにかく宮下の答えはのらりくらりとしている。

「壊したあと建てることについてどこかの建築業者なり、大工さんなりにお願いして契約を結んだことはあるんですか」

みずえは宮下に執拗に突っ込む。

「そこまでいかないうちに、その話はパーになりましたよ。これだけ妨害されて、次の話が進まないのは当然でしょう」

「そうすると、この時点では壊すことだけを業者に委任していたということでいいんですね」

「これは解体というより、解体と同時にそこにプレハブの園舎を建てるというところまで含んでおります」

宮下は言い逃れる。

「ちょっと、本日提出した甲第8号証の1というのを見てもらいたいんですが、建物取り壊し整理契約書とありますね」

みずえは証拠ファイルを開いてきく。宮下が手元にあるファイルを探し資料を開くのを待ってから、

「これが建て直す前提としての解体をお願いした契約書の写しであることはお認めになりますね」

「そうですね」

「この中にはプレハブの園舎を建てろという条項はないですね」

「ないですよ。これは壊すことが先決問題ですからね。何と言ったってそうでしょう。現在あるものを壊さなければどうしようもないじゃないですか。建てる場所すらないじゃないですか」

宮下の答弁は焦点が定まらない。

「だから、この業者にプレハブの園舎を建てることを依頼してはいないですね」

「これは文書ではしていませんよ。口頭でそういうふうに言っただけですからね」

辻村公益委員が堪《たま》り兼ねたように口をはさんだ。

「被申立人に申し上げておきますが、答弁書が申立人側の主張に対してきちんと答えていない部分があるわけです。この事実は認めるとか、この事実は否認するとか。ただ否認といっても、その中のこの部分は認めてもいいというのが全体の主張からうかがえる部分もあるのです。それをあまり言うと予断になってしまうので申し上げないんですが、代理人の弁護士とよく相談されて、出来ればもう少し正確なものを出して戴きたいんです。その方がいわゆる法律用語でいう争点が明確になるんです。これからの証人尋問《じんもん》をやっていくときに争いのない点までいろいろやっていくと時間がかかります。だから、認められるところは認める、認められないことは認めないというふうに、もう少し整理して戴き、次回にもうちょっときちんとしたものを出して戴きたいんですが」

辻村公益委員は宮下に丁重に言った。

宮下は辻村公益委員に卑屈《ひくつ》なほどへつらうように、

「私が書いたのですが、裁判のあり方というものによく通じていないので勘弁して戴きたいのですが」

「裁判とは違いますから、そんなに正確さを要求しません。ただ今度お願いする代理人と相談して、もう少し正確なものを出して戴きたい」

　辻村は宮下に告げてからみずえに顔を向け、

「ちょっと申立人側にお伺いしておきますが、この事件の背景はかなり複雑というか、いろいろな要素が絡み合っているようで簡単にはわかりません。また聞く気もありませんけれども、園舎が石浜氏へ、土地が有限会社サンライト商会に移転していますね」

　はい、とみずえは体を乗り出して答える。

「そして、サンライト商会は建物収去土地明け渡しの訴訟を起こしておりますが、この件では現在のところ問題は生じていないんですか」

「石浜氏は第一回の答弁書で請求原因事実をすべて認めているんです。この裁判では宮下氏も別な被告になっているのですが、まったく同じ請求原因をすべて認め、好きなようにしてくださいという答弁書を出しているんです。これについては判決が確定しています。そういう状況があるので、われわれのほうでは石浜氏に対し処分禁止の仮処分の申請をして、裁判所からその決定が出ております」

「所有者のほうから園の先生とかに対して明け渡しとか何かを求めて来るというのはしていない？」

「いまのところはそういう動きはないようです。ただし、いままでの経過からしましても、休みのときに園舎をめぐる動きというのは起きるんですね。ちょうど園児がいないものですから。そういう意味で、夏休みが終わったあとであり、ここしばらくは動きはないと思うのですがわかりません」

　そう言いながら宮下に顔を向けると、彼は無視したように横を向いた。辻村公益委員が最後に言った。

「それでは申立人のほうには代理人がついていますが、被申立人のほうには代理人がついていませんので、代理人をつけて戴いて、その上で次回の調査を行ないたいと思います」

　宮下は書類を閉じさっと立ち上がり、厳しい顔つきで部屋から出て行った。みずえは傍聴席にいた美保子を呼び、さっきの口汚い言葉を注意した。

「私たちは宮下氏の行為に対して抗議し闘っているわけですから。人格を貶《おとし》めるような言葉はどうかしら」

　すると、美保子が意外そうな表情から眦《まなじり》を吊り上げあからさまに不満を口にした。

「下劣《げれつ》な人格だから、醜《みにく》いことが出来るのよ」

　みずえは美保子の不遜《ふそん》な態度に返す言葉を失った。その傲岸《ごうがん》な態度に何となく危惧《きぐ》を感じた。

料亭の娘

地労委の第一回会議が開かれた翌日、宮下がその時の様子を報告して帰ったあと、入れ代わるように警視庁捜査一課の加西と若い刑事がやって来た。不快さを表に出さず、西城はふたりを執務室に招じた。

「じつは蛭田が殺された事件の真相を解く鍵が、蛭田が捜索していた津山通夫にある可能性が極めて強くなったんです」

「それが私と何か関係があるんですか」

「津山通夫は先生の弁護で無罪になりましたが、裁判のあと行方不明になっています」

「以前にも申しましたが、津山は自由の身になったあとも私には何の挨拶もなかった。私にそのことを訊《たず》ねられてもお答えは出来ません」

西城は体をかわすように言うが、加西はその答えをまるで予想していたように頷いた。

「津山通夫に母親がいるのをご存じですか」

加西の茫洋《ぼうよう》とした顔がかえって不気味である。西城はちょっと身構えて頷いた。

「近所のひとは、息子がどこかに連れて行ったらしいと言うのですが、どこにいるのかわかりません」

西城は相手の腹を探るように目を覗き込んだ。長野にある老人ホームに入院していることを突き止めているのかと緊張したが、どうやらそこまでは気づいていないようだった。

西城は余裕を取り戻し、

「津山は母親といっしょにどこかで暮らしているのかもしれませんね」

「津山が姿を晦ましたことと、蛭田が殺されたこととは関連があるのではないかと思っているんです」

加西は再び攻勢に転じた。西城は軽く受け流し、

「津山の行方について何かわかったら教えて戴けますか。私も会いたいんですよ」

と、とぼけた。すると、加西は肩をまわしながら、

「どうも肩がこって仕方ありません。そうそう、津山のことなんですが、私はどうも生きていないような気がしてならないんですよ」

「ほう、どうしてですか」

「何年も経つのに未《いま》だに行方がわからないというのも変じゃありませんか。犯罪に巻き込まれた可能性があると見ているんです」

「殺されたと？」

「そうです。殺されてどこかに埋められている」

「しかし、蛭田刑事の例のように殺されて埋められたとしても必ず遺体は発見されます。それがきょうまで発見されないというのもおかしいじゃないですか」

西城は津山の行方は絶対にわからないという自信があった。あの執念《しゅうねん》深い蛭田でさえ、とうとう探り出すことは出来なかったのだ。

加西が獲物を捉《とら》えたような鋭い目をしたので、西城は警戒した。

「去年の一月四日、つまり蛭田が殺されたと思われる日ですが、先生はその日の夜長野から帰って来たと仰しゃっていましたね。そのことを証明してくれたバーのママが最近になって記憶にないと言い出したんです」

加西が言う。西城の目の前に黒っぽい霧が流れた。

「すると困ったことになるんです。先生はある女性とごいっしょに旅行されたわけですが、先生がその日に東京に帰って来たことを証明出来るのはその女性しかいないことになる。ところが、その女性が先生と極めて親しい方だとすると、その証言に信憑性《しんぴょうせい》が……」

西城は加西の声を聞いていなかった。葉月のことを考えた。いや、その背後にいる一派が西城に攻撃をしかけて来たのだと思った。バーのママの口を買収したのに違いない。改めて西城が相手にしている存在の大きさを意識した。

翌日、西城は東海道《とうかいどう》線で熱海《あたみ》に向かった。快速アクティーのグリーン車の乗客は疎《まば》らで、振動のリズムが潤滑油《じゅんかつゆ》のように頭の中で活動する。まず、地労委のほうだが、宮下は指示通りのらりくらりと切り抜けて来たようだ。次回までには代理人をつけねばならないが、西城の頭の中では候補が決まっている。

家々の間に海が見えて来た。希望幼稚園の問題はいいとして、今、西城に危急《ききゅう》が押し寄せようとしている。警察が別件にかこつけて蛭田刑事殺害容疑で迫って来る気配もあり、また加西の捜査も一歩ずつ核心に近づいているように思える。それより葉月の背後にある組織が問題であった。今まで甘く考えていたが、葉月は西城が考える以上に恐ろしい女であり、その背後にあるものは予想以上に強力であるようだ。

列車が熱海に近づいて席を立った。

改札を出ると旅館の半纏《はんてん》を着た男が近づいて来た。彼らを振り切り、商店街を抜けて、目的の旅館に向かう。海から少し離れた古い旅館は隣に新しく建った高層ホテルの陰になり昼間でも薄暗い。西城は間口の広い玄関に入り、番頭に二時間ほど温泉に浸《つ》かりたいと頼んだ。仲居に案内されて部屋に行く。胸の名札は田代《たしろ》ではなかった。

「おひとりでいらっしゃいますか」

連れのないことが珍しいのか、小肥りの仲居がポットのお湯を急須に注ぎながらきく。

西城はそのことには答えず、素早くサイフから千円札を三枚取り出し、

「田代定子《さだこ》さんという仲居さんがいるでしょう。あとで呼んでもらえないかな」と、仲居の手に握らせた。愛想笑いを浮かべて、彼女は湯飲みにお茶を入れると、すぐに出て行った。

湯飲みをつかみ、立ち上がって窓際《まどぎわ》の籐《とう》椅子に移った。窓のすぐ向こうに高層ホテルが建っている。

ごめんください、という声がして襖《ふすま》が開き、五十年配の痩《や》せぎすの仲居が顔を出した。

「田代定子さんですね。どうぞ、こちらへ」

真向かいの籐椅子に招じたが、彼女は近くまで来て立ち止まり畳の上に正座をした。不安そうな面持ちだが、勝気そうな大きな目をしている。

「弁護士の西城です。築地にある鈴の家のことで」

彼女は不安と好奇心の入り交じったような表情で名刺から顔を上げた。葉月に悟《さと》られないために自分で行動せず探偵社に依頼し、『鈴の家』に昔からいた使用人を見つけ出してもらったのが田代定子であった。

「あなたはどのくらいいらっしゃったのですか」

「鈴の家にですか。十三年ぐらいです」

「若女将のことを知りたいのですが」

いきなり核心に触れると、彼女は眉を寄せた。

「私があのお店で働き出したのは三十歳のときで、夫を交通事故で亡くし、子どもを抱えていたので働きに出たのです。私が働きに出たとき、あの女はおりませんでした。ご主人が愛人に生ませた子どもですから」

　あの女が葉月のことを指していることに途中で気づき、彼女と葉月との確執《かくしつ》を想像した。

「女将さんが亡くなられたあと、ご主人があの女を家に入れたんです」

　先代の女将には子どもがなかった。『鈴の家』の亭主も亡くなっており、財産はすべて葉月が相続している。

「前の女将が亡くなってからすぐに辞めたんですか」

「そうです。若女将のやり方も気に入らなかったし」

「他にも理由が？」

　田代定子は言い淀《よど》んだ。

「ご迷惑はかけません。教えてください」

「これは私だけが思っていたことなので、私の勘違いかもしれませんが」

　そう断ってから、彼女は意外なことを言った。

「一度、あの女がご主人の部屋から出て来るのを見たんです。あの女は……」

「娘ではないと？」

「そうです。でも、ご主人には認知した娘さんがいらっしゃいますし、周囲は信じていました」

「じゃあ、本当の子どもはどうしたんでしょうか」

彼女はわからないと言ったが、西城は葉月の秘密に辿り着いたと思った。葉月はあの料亭を乗っ取ったということになる。ここまでわかれば、蛭田の殺された理由がわかる。蛭田は葉月の秘密を知っていたのだ。恐らく、葉月は昔蛭田に逮捕されたか、あるいはそれに近いことがあったのだろう。訝しげに佇んでいる定子に気づき、西城は礼を言い引き取ってもらった。

旅館を出て海岸に向かった。テトラポッドの先にも釣人がいる。西城は雲間から覗く太陽の光に反射する波間を見つめるうちに闘争本能が牙《きば》を剝き出して来るのを意識した。

さらなる攻撃

第一回の地労委の会議から数日後、みずえは笹森美保子から呼ばれ、幼稚園に出向いた。すでにお母さん方が集まっていて、美保子が「希望幼稚園園児の家庭へ」と題した通知書を差し出した。

【希望幼稚園は、園の健全運営を妨害している職員と一部の父母たちの業務妨害行為により昨年六月以来一銭の収入もなく三億におよぶ債務の返還は利息の支払いも不可能な状態にさせられました。このような健全経営不可能、借入金返済不能状態では園の維持は出来ません。よって、ご存じの通り、土地・建物・一切の諸設備は第三者の他人への所有権移転となりました。当方はその際、少ないあまった収入で借入金のおおよそを返済することが出来ましたが、このような状態になってしまったのも、園の健全運営を妨害した職員と一部父母の不法きわまる行為と考えます。これら職員と一部父母のような犯罪行為をした者は別として、大部分の方は事情を知らない善良な人格者と思われますので、四月より北矢切幼稚園に転入園の手続きをとりに来てください】

もう一通、「通園している園児のご父母へ」とある通知書を、美保子は寄越した。

【他に幼稚園が増えたり、幼児の減少があり、また管理能力の不足などで、希望幼稚園と北矢切幼稚園の統合の計画がありました。ことに組合系職員の人件費は年を重ねるたびに高くなり、長期借入金の返済も当初の計画どおりに行かなくなってしまいました。たまま賃金のつなぎが出来ず当座取引停止を受けたのを機会に本園との合併を一年後に発表したところ騒然となり職員が先頭となって反対運動し、やれ署名運動、請願《せいがん》、押し掛けなどの行動を取りました。あらゆるデマ、いわれなき中傷《ちゆうしよう》、あまりに教育者としての品位のなさに呆れ果て黙殺したものの、かえって父母を煽動《せんどう》し、とうとう授業料など園に渡さず自分たちで処理するようになりました。職員が勝手に他人のもので収益を得たり、自分のものとして着服してしまうことは犯罪だからこちらに提出させようとしても一向に応じようとせず自分たちで山分けしてしまい、まったく山賊と変わらぬ行為をくり返すにいたりました。希望幼稚園は宮下順一郎の経営であって、職員はこの名称は使えないはずなのに、勝手に園の名称を盗用し、授業料その他を徴収し自分たちの給料も勝手に昇給し、ぬくぬくと職員たちが膨らんでいっているというのが現状です。この間、一年あまり、一銭の収入もなく、仮に一時的に渡された引き継ぎの金も職員の共済掛金、源泉額、緊急の債権者への支払いなどでなくなってしまいました】

みずえは読んでいて、胸がむかつき、手が震えて来た。気を取り直して読み進める。

【その後、園舎の外・内壁が崩れかかり、園児がもう少しで死傷する危険事態が発生したため、急ぎ補修せんと工事にかかろうとしたところ、何と工事人を園内に入れずに妨害し、またまた対立することになりました。結局ふたたび職員が一部の父母会の不法分子と結託《けったく》し、その後も授業料その他を着服していく。勝手にバスを動かし、勝手に園児を教育し、万一園児が死傷したら誰がその責任を負うのでしょうか。偽造の卒園証書を作ったり、園名入りの領収書を出したりして犯罪行為を続けて来ました。しかも、自分たちの意見にしたがわない者には徹底的に洗脳《せんのう》する。そして夢遊病者のように同じことを口走るなどの職員にし……】

読み終わってから、みずえは美保子にきいた。

「これが各家庭に？」

「これじゃ、私たちが一番の悪者。とりあえず、宮下氏宛に抗議文を出し、各家庭には正確な経緯を書いて配付するようにしたんですけど」

と、美保子は憤慨した。横から、牟礼が口を出す。

「私たちには、解雇したから私立学校教職員共済組合員の資格が喪失したという通知が来ました」

「宮下もなりふり構わなくなっているところをみると、だいぶ焦《あせ》って来ているようですね」

宮下の背後で、西城が画策《かくさく》している。あの西城があっさり代理人を解任されるはずはなく、後任に西城と近しい沼田弁護士が選ばれ、さらにその沼田がまた解任されたという経緯から、宮下ひとりの考えとは思えない。前回の地労委の会議での宮下の傲岸無礼な態度は代理人の見つからないことから来る自暴自棄では決してなく、確かな後ろ盾を承知しての強気であった。

翌日、みずえは西城の事務所に出向いた。まったく無感動に彼はみずえを執務室に招じた。

「西城さん、少しお痩せになったんじゃないかしら」

椅子に腰をおろしてから、みずえは言ったが、西城から反応はない。かつての恋人同士だという感傷《かんしよう》は西城には通じないのか、冷たい目を向けて言う。

「用件は何ですか」

みずえは気持ちを切り換えて、

「園児の母親たちにこんなものが届きました」

みずえが取り出した手紙には見向きもせず、

「私は代理人ではない」

「あら、そうかしら。私は宮下さんの背後であなたがいろいろ作戦を与えているのかと思っていましたわ」

「宮下にそんな義理立てはない」

みずえもそのことがわからない。相談の度に宮下から相談料やら某《なにがし》かの金を取るというそんなけちな料簡《りようけん》であるはずはない。西城の冷たい目を見ているうちに、このひとは昔の西城ではないのだと、みずえははっきり認めざるを得なかった。


朝晩はめっきり涼しくなり、母親たちの服装も秋物に変わった。地労委第二回調査の席についたみずえは相手側の席を見て憮然とした。今回は宮下の姿はなく、代理人と思われる五十年配の弁護士が座っているだけ。公益委員が席についても宮下は現われなかった。

「それでは希望幼稚園事件の第二回調査を行います。書面関係ですが、本日付けで申立人側から証人尋問申請書、被申立人側から代理人許可申請書が提出されています。以上です」

事務局の男性の報告のあと、辻村公益委員が宮下側の席についている代理人に向かい、

「被申立人側の代理人として藤岡安治《ふじおかやすじ》弁護士がおつきになったわけですが、前回宮下氏ご本人には申し上げましたが、答弁書に若干不備な部分があるようなのです。それで、もう少しなんとかならないかということを申し上げたわけなんですが」

と、気を遣いながら言った。藤岡弁護士は、

「答弁書は出してあると聞いてましたので、出すとするなら準備書面になると思っていた

のですが」

　と、平然と答える。

「準備書面でも結構です」

「それでも書こうとは思っていたんですが、何分にも代理人を受けたのがごく最近ですから、いろいろ事情をお尋ねする時間がなかったんです。それで、実はきょうは期日の延期をお願いしようと思ったわけで……。不完全なものを出して、また作り直しということになってはたいへんですから」

　期日の延期を申し立てた藤岡弁護士を、みずえは睨みつけた。藤岡の態度は宮下と何ら変わらない。

「で、とりあえずきょうはお話だけを伺って次回に提出したいと思うんですが」

「中立人側のご意見は何かございますか」

　辻村の問いかけに、みずえは声の調子を高め、

「前回の速記録にもあるように、とりあえず争点を整理して審理を促進するというお話があったのに、今回何も出ないということはきょうの調査期日が空振りに終わってしまう結果になります。藤岡先生のお話を聞いていて、いったい宮下さんはきょうの調査期日というものをどう考えていたのでしょうか。その点を、藤岡先生からも宮下さんに説明して、ぜひ誠実な形でこの調査あるいは審査に応じて戴きたいと強く要望したいと思います」

「いま申立人側の代理人から主張があったんですが、実際問題としては裁判所と違って地労委の場合にはかなり審理を迅速《じんそく》にやるという趣旨がありますから、その点をご協力戴いて、次回の少し前に申立人側のほうにも準備書面を送り、書類のやりとりだけに終わらせないようにしたいと思うんです」

辻村公益委員の注文に藤岡は素直に頷いた。

「じゃあ、申立人側。次回期日について何か希望がありますか」

「われわれはきょうは証人尋問を予定していたわけですが、相手側がそんな状況ではやっても意味がありませんから、次回調査期日は出来るだけ早い時期に入れて戴きたいと思います」

みずえは強硬に要望を言った。

「被申立人側、希望はありますか」

「余り期日が早いと、こちらもいろいろ事件をやっておりますので、打ち合わせなどの時間も十分とれないと困るので、ある程度の時間を戴きたい……」

「待ってください」

すかさずみずえは口をはさむ。

「私も弁護士として藤岡先生の仰しゃることはよくわかるのですが、基本的には労働委員会の審理は裁判所と違って、本来ならば弁護士代理人というのは必ずしも予想されていない審理で、そういう点では通常の裁判所の進行とはまったく違う形でお考え戴かなければならないと思うのです。宮下さんのこれまでのやり方に誠意が見られないのであり、ここは一つ藤岡先生には宮下さんにも十分こちらの真意を伝えて、審理に応じて戴きたいのです」

「それでは調査期日として十月初めの……」

地労委の建物を出てから、美保子が怒った。

「宮下園長は誠意がないわ。こんな調子じゃ、だらだら長引いてしまうわ」

「でも、われわれにとってはいい傾向ですよ。これで、宮下氏のほうは公益委員の心証《しんしょう》をますます悪くしたでしょうしね」

みずえはなぐさめるように言ったが、最近の美保子の物言いの中にどうしても不遜さを感じて気になる。

それから数日後のことである。別の事件の依頼者との打ち合わせが終わったあと、その千葉県在住の彼が妙なことを言った。

「希望幼稚園はとうとうだめだったんですね」

「だめって、何がですか」

みずえはきき返した。その依頼者はみずえが希望幼稚園の存続運動に関わっていることを知っている。

「千葉タイムスに廃園広告が載っていましたよ」

それは何かの間違いです、と答えたものの、依頼者が帰ったあと、幼稚園に電話をした。すると、この電話はお客さまの都合で使われていません、と言うテープの声が流れた。もう一度ゆっくり電話番号を確かめながらかけたが応答は同じだった。みずえは胸騒ぎがして事務所を飛び出した。外に出ると、不吉の前兆のように雨雲が張り出していた。

みずえが幼稚園に到着すると、もう帰宅時間は過ぎたので子どもたちの姿は園庭にも見えなかった。職員室に駆け込むと、先生たちが輪になっていた。

「宮下が新聞に広告を出したというのは本当ですか」

声をかけると、先生たちはいっせいに振り向いた。牟礼がすぐに新聞を見せた。

【希望幼稚園は本年八月三十一日を以て廃園いたしました。希望幼稚園の業務は全て終了しました。右広告します】

さらにもう一紙。全国紙の県内版。

【希望幼稚園は本年八月三十一日廃園し業務の全てを終了しました。当園名を使用している団体とは何らの関係もありません】

なり振り構わないという感じの新聞広告であった。突然解雇通知を寄越し、債権者を使い、再度幼稚園の備品を差し押さえ、さらには父母の家庭に存続運動を続ける職員や父母を中傷するような通知書を出したり、宮下の異常とも思える妨害は留まる所を知らない。

「それより電話が通じませんがどうしたんですか」

みずえは新聞を畳んでからきいた。牟礼は怪訝《けげん》そうな顔つきで、「通じない？」ときき返した。

「事務所から電話をしたら、都合により使われておりません、というテープの声が流れました」

牟礼が近くの電話に向かった。受話器を当てていた彼女の顔色が変わった。

「やっぱり通じないわ」

他の先生たちも別の電話に駆け寄った。その時、玄関から男の声がした。玄関に向かった水野が戻って来て、東和電力《とうわでんりょく》のひとがやって来たと伝えた。不安が心臓をわしづかみにした。みずえは牟礼と一緒に玄関に行くと、東和電力の制服を着た男がふたり立っている。

「電気を切りに来ました」

年長の中肉中背の男が少し訛《なまり》のある声で言った。

「電気？　どういうことでしょうか」

牟礼が問い返す。

「無線で電気を切るように言われたので来たんです」

「東電の電話番号を教えて下さい。確かめてみます。門の前に電話ボックスがありましたね」

みずえが門を出ると、牟礼がついて来た。

東電に電話をし責任者に代わってもらい、工事の担当者がやって来た事情を訊ねると、

「宮下順一郎氏の名前で契約の解除があり、それで電気を切ろうとしたんです」

と、相手はあっさり答えた。

「この幼稚園には園児がいて毎日授業をやっているんです。じつはここで幼稚園の廃園騒動があって、今は職員と父母の方々で自主運営をしています。私は代理人の弁護士です。騒ぎは新聞でも報じられたこともあり、近所のひとびともよく知っていることなんです」

みずえが東電側の責任者に説得を繰り返すうちに、ようやく相手も納得してくれた。

「こちらとすれば電気代を払ってもらえれば、止めるようなことはしません」

みずえはいったん電話を切り、今度は電話会社のＴＮＮに問い合わせた。すると、ＴＮＮの担当者は、

「利用者は幼稚園であっても、契約者は宮下順一郎氏なので、宮下氏が止めて欲しいと言えば、たとえ料金を払っていても止めることになります」

と、にべもなく答えた。東和電力とずいぶんと違う応対であり、同じように事情を説明し復旧して欲しいと訴えたが、返って来たのは冷たい答えであった。

「宮下氏の委任状を持って来なければだめですね」

みずえは電話を切ったあと、園舎に戻り、先生たちと相談して、牟礼の名前で契約して電話を入れてもらうしかないという結論になった。

「通園バスの車検の件はどうなりましたか」

みずえは懸案《けんあん》だった点を牟礼に確かめた。現在園児の通園のために使用しているバスの車検が十一月に切れるので更新の申請をしなければならない。そのためには宮下の印が必要なのであった。宮下に陸運局に出す書類に印を押してくれるように依頼してあった。

「園長は印を押してくれそうにもありません」

もしバスが廃車ということになれば、送り迎えしていた四十名の園児の足が奪われることになる。

「これまでの彼の行動を考えると、印を押してくれる可能性はないでしょうね。わかりました」

みずえは、宮下の妨害行為をやめさせるために、『審査の実効確保の措置《そち》勧告の申し立て』を地労委に提出することにした。廃園広告等が出されれば、事情を十分に知らない父母らが動揺し、園児の通園を差し控えるという事態も予想出来るし、電気・電話・バス等は、いずれも園の正常な運営には不可欠なものであり、これを奪われることは、園自身の存在を危うくするものである。もしこの先も、策動が繰り返されれば、希望幼稚園が廃園に追い込まれ、解雇撤回《てっかい》の救済命令が出されても、先生たちは戻る職場を失ってしまう。従って、不当労働行為救済の審査期間中に、幼稚園の電気供給停止の申込、TNNに対する電話機使用停止の申込、新聞等による幼稚園の廃園広告、送迎バスの車検の更新の申請手続きをしない等現在の幼稚園の正常な運営を阻害《そがい》する一切の行為をしてはならないと申し立てたのである。

数日後に、藤岡弁護士から準備書面が届いた。宮下の答弁書が不備で争点がはっきりしないので藤岡弁護士に再提出を願っていたものであったが、みずえは内容を読んで溜息が出た。宮下の答弁書よりもましだが、まだはっきりした答弁書になっていなかった。

十月初め、宮下が実効確保の措置勧告の申し立てに対して陳述書を提出して来た。みずえは事務所の机に向かって目を通した。

【実効確保の措置勧告申立書が中立人より提出されました件について意見を申しのべます。中立の趣旨については承認できません。理由は次の通り。

1、不当労働行為を構成する趣旨とはいえない。

2、申立人の主張している幼稚園とは、西城弁護士の解任辞任により自動的に協定の効力がなくなっているので、被申立人らの経営していた希望幼稚園でなく、希望幼稚園運営委員会と称するものが被申立人らの承認なく、不法にも希望幼稚園の名称を用い、園児募集をなしたものであり、当方はまったく関係ない。

3、東電との電気供給契約を取り消さんとしたのは事実であり、建物の所有人がかわれば当然変更あってしかるべきと考えます。但し、利用者が現存し、その利用代金を遅滞なく支払っていれば、その利用状態を継続出来るという東電規則があるので、当分このままで置くことにした。

4、電話に関しては、園業務終了とともに利用を停止さるべきものであり、このため局預かりとした。電話を利用したかったら別の電話を付設すれば良いと思う。千葉タイムスの新聞広告に関しては当希望幼稚園の業務終了を一般に告知するため、廃園手続きの一環《いっかん》として行なったものであり、不法に当方幼稚園を詐称《さしょう》し利用している団体から指図される理由はない。

5、送迎バスの車検に関しては、バスは当方所有の車両であり、車検証上名義も当方であり、廃園した以上、幼児バスを使用するはずなく、車検更新の必要は全くない。乗合自動車の登録使用については運行、整備、安全運転管理の面より陸運局、警察より厳しく規制され、その管理業務の充実を要求される。この点全く期待出来ず、今後の運行供与は不可能である。警察の大型車進行規制解除手続きについても、たとえレンタカーを使用するとしても手続きは不能。廃園し、その業務を終了したあと、電気、電話等の使用は当方とは一切無関係である。以上、申し述べます】

半ば予想した通りの陳述内容であった。この中にも出て来る西城のことがひっかかる。

すべて、西城の指図に従った宮下の行動に思えるのだった。

　みずえが陳述書をファイルに綴《と》じ終わったとき、事務所で使っている元刑事の調査員が近づいて来た。

「先生、ちょっといいですか」

　彼は空いている椅子を引っ張って来て、

「西城弁護士のことなんですが」

　と、声を潜めて切り出した。

「殺された蛭田刑事はもともと行方不明になっている津山通夫を捜索していたという。どうやら、津山の失踪の裏に西城が関係していると見られているようです」

　元刑事の調査員は警察ＯＢの顔を利用して警察の動きをだいぶつかんでいた。この調査員の話にも出てきた津山通夫の弁護をしてから、西城の人間が変わったのだとみずえは思っている。ただ、裁判記録を何度も調べたが、手掛かりはついにつかめなかった。


　西城に容疑が掛かった蛭田刑事殺害事件を調べているうちに、地労委の第三回調査期日がやって来た。

　きょうも使用者側には宮下の姿はなく、藤岡弁護士ひとりが座っている。

「準備書面が出ていますが、これについて補足することはございますか」

辻村公益委員の問い掛けに、藤岡は小さな声で、

「ちょっと急いで書いたものですから間違いもあるかもしれないと思っています。あれば、あとでまた訂正したいと思います」

「準備書面に対して釈明をするというようなことはございますか」

辻村の声に、みずえは準備書面の写しを手にして、

「この準備書面を拝見したところ、事実関係そのものはおおむね争いがないということで、その解釈、趣旨について述べておられるようですが、この廃園の大きな原因となっている園の経営状態あるいはそれ以外の債務についての主張がきわめて大ざっぱで抽象的であると感じるのです。解雇という重大な問題に関する審査なわけですから、この点についてでは主張をきちっとして戴きたい」

「これは、この準備書面の第一ということで、事実に対する抗弁でして……。時間があまりなかったので今回間に合わなかったのです。主張のほうはいろいろと調べないと書けないものですから」

藤岡が俯いて答える。

「そうすると、今回提出戴いた準備書面については主張に対する認否《にんぴ》に止《とど》めて積極的な事情は次回提出されると理解してよろしいのでしょうか」

「その予定です」

「それから、これはぜひきちっと主張してほしいのですが、宮下氏の廃園宣言当時の負債内容。どこにどれだけの負債があったのかということですね。その点と、少なくとも今年の現段階での負債内容。これについてはぜひとも明らかにして戴きたいのです」

「廃園当時というのは?」

藤岡弁護士がきく。みずえはもう一度繰り返す。

「廃園宣言当時、つまり去年の三月です。いままで赤字だ、赤字だという主張だけされているのですが、実際問題、赤字とはとうてい考えられないわけです。ですから、その点を明らかにして戴きたい」

「考えられないということはどういうことなんでしょうか」

「つまり、授業料をこちらの方で徴収をして、必要経費、たとえば先生方の人件費あるいは光熱費等の必要経費を除いて協定書による清算をしているのです。今回戴いた準備書面で、共済掛金、減価償却、所得税等を入れていない云々という主張がありますが、しかし、こういうものを除いたとしても希望幼稚園そのものが赤字であるとはとうてい考えられない。それから、金利が入っていますが、そもそもこの金利というのは一体何の金利なのかということがはっきりしないわけですね。他のところで作った金利を希望幼稚園の経営の中身に入れてしまうということであれば、そのことの妥当性について疑問を感じるわけです。少なくとも宮下氏の経営内容についてはぜひとも明らかにして戴きたいということです」

みずえは言葉を切ってから、言葉を改めて、

「それから、これは準備書面の関係ではないのですが、きょうは宮下氏が来ていないので確認は出来ないですが、東和電力に対する電気供給契約を解約するという通知を宮下氏が東和電力の方にしたということはご存じですか」

「それは聞いていないです」

「そうするとＴＮＮに対して、通話出来ないようにして欲しいと宮下氏が申し入れたということも、先生は聞いていないのですね」

「聞いていないですね」

嘘をついていると、みずえは思った。藤岡も西城の傀儡《かいらい》に過ぎない。この日も、何の進展もない時間を過ごしてしまった。これも西城の作戦の一つなのだろう。

この日の調査が終わった後で、別室で実効確保の措置勧告の申立てに対する話し合いが個別に行なわれたが、この結果が出たのは二週間後のことで、

【本件審査の終結に至るまでの間、電気供給停止の申入れ、電話機使用停止の申し込み、新聞等による廃園の広告をしたり、園児送迎バスの車検更新手続きをしないことなど幼稚園の通常の運営を阻害する一切の行為をしてはならない】

という内容で、みずえの訴えが通ったのだが、こうなることは西城は先刻承知のことだ

ったのに違いない。いったい西城に何があったのか。みずえは西城の人格を変えた正体を突き止めたいと強く思った。

秋の陽射しに背中を押されるように、みずえは古いビルの玄関に入った。三階に、新聞の広告審査会の事務所がある。広告業界が好ましくない広告を自ら排除しようと、広告主、媒体、広告代理業を中心として設立されたものである。審査委員会の裁定によって、広告に問題があれば広告主に訂正や中止を求める。従わないときには、媒体に掲載を止めさせる権限があるのだ。

みずえは身分を示し、テーブルをはさんで向かい合った審査担当のひとりに勧告書の写しを見せ事情を説明してから熱心に頼んだ。

「宮下園長から廃園広告の申し込みがあっても受付けないようにお願いします」

「わかりました。頼まれても広告は載せません」

数日後、美保子から事務所に電話が入った。憤慨した声で、また新たな問題の発生を訴えた。

「今朝の新聞に廃園広告が入っていました」

「そんな……。受付けるはずがないわ」

「新聞じゃないのよ、折り込み広告」

宮下は広告の掲載を断られたので、今度は、新聞の折り込み広告で希望幼稚園の周辺地域の住民に廃園になったと宣伝をするという作戦に変えたらしい。宮下の偏執狂とも思えるようないやがらせは留まる所を知らない。だが、彼の背後に西城がいることを考えると、心が冷え冷えとするのだ。このような姑息な手段を用いるほど西城が情けない人間に成り下がったことが悲しくなる。たとえ、自分から去って行った男でも、いやそうだからこそよけいに正々堂々とした生き方をしていてもらいたいのだ。そうでなければ、彼とつきあった数年間が何の意味ももたなくなる。みずえは唾《つば》を飲み込み気を取り直してから、

「折り込み広告は広告審査会ではなく、新聞販売店の取扱いです。販売店に頼んでみたほうがいいですね」

数日後、美保子から電話が入った。

「市内の新聞販売店を全部まわり勧告書を見せて折り込みをしないように頼んで来ました」

「皆さん、よく了承してくれましたね」

「いいえ、とんでもない。はじめはのらりくらりしていたわ。でも、『今度、折り込みしたら、お宅からは新聞を取らない。他の家にもお宅から取らないように言いふらしてやる』と言ったら、店主もびっくりしてあわてていたわ」

美保子はおかしそうに笑った。みずえは、ごくろうさまと言って労《ねぎら》ったものの、美保子の強引さを危《あや》ぶんだ。店主にお願いすべきなのに、威しをかけて屈伏《くっぷく》させたという印象を

受けるのだ。自分たちに正義があるから何をしても許されると勘違いしているのではないだろうか。

偽証《ぎしょう》

京橋にあるバーのカウンターで、西城は水割りグラスを傾けていた。希望幼稚園の廃園問題は思いの他てこずっている。その最大の理由がみずえの登場であることに、運命的なものを感じた。あんなおとなしかった女がここまで変身したことに驚く。西城の知っている彼女は、いつも隅でじっとしているような女であった。長い髪の枝毛をいつも気にして指先でいじりながら、西城の言葉にいちいち目を輝かせたり、落ち込んだりしていた。みずえとつきあっていた当時のことを思い出し、珍しく感傷的になった。その落差に、彼女の人生を考えないわけにはいかなかった。

ボトルが天井の光線を受けて、夜景を見るような輝きを見せていたのだが、バーテンの手がそのうちの一つを抜き取った瞬間に、風船が割れたように現実が戻って来た。

腕時計に目を落とす。十一時をまわった。まだ、『鈴の家』には、粘っている客がいるのかもしれない。警察の捜査の手は真っ直ぐにこっちに向かっている。思わぬところで足をとられかねないと西城は身を防ぐために動き出したのだ。

ドアが開いて、和服姿が目の端に見えた。顔を向けると、葉月だった。彼女は軽快な足取りで近づき、止まり木に腰を下ろす。年を重ねるにしたがい、彼女は宝石を磨いたように輝きを増していく。そのまばゆいほどの輝きに吸い寄せられたのではない。彼女の持っている毒の部分にひかれたのだ。そして、その毒が西城の体にまわりはじめて来たようだ。西城は、今その毒に戦いを挑み始めたのである。

白髪のバーテンが無言でコースターを葉月の前に置き、西城を横目で見る。バーテンの顔が強張っているのは西城に対する負目からだ。ママと口裏を合わせ、警察に嘘の証言をしたのだ。ママはさっきから奥の客の相手をしてやって来ない。はじめて見る顔である。

「ジンベースで……」

葉月は西城の知らない名前を並べたてカクテルを注文した。バーテンは頷くと逃げるように離れた。

「どういう風の吹きまわしかしら。呼び出したりして」

煙草を抜き取り、彼女が横目で西城を見る。西城の意図を見抜いているはずなのに平然としている。

「ここにはよく来るんですよ。去年、信州の旅行から帰った日もここに来たんです。ところが」

葉月はにこやかに笑っている。西城は続ける。

「最近、ママはその日、ここに来ていないと言い出したんです」

そう言ってから、さりげなく後ろを振り向く。ママはふたり連れの前から動く気配はない。顔を戻そうとしたとき、ふたり連れの男の鋭い視線に合った。すぐ相手は目をそらした。が、西城はひとりの男の靴を見てはっとした。白い靴だった。

西城は腕時計に目をやり、今思い出したように、

「そうだ。急用を忘れていました。電話を借りたい」

バーテンからコードレス電話を受け取ると、祈りながら数字を押す。相手が出た。

「西城です。今、京橋のバーにいるんですよ」

相手は何かあったんですか、とき返す。

「きょうは私以外に、ふたり連れの男性客がいるだけです。そうそうふたり連れ」

今そばに誰かいるんですね、と相手は察する。

「そうです。先日お願いした調査、どうしても急ぐんです。今夜中にやってもらえると有り難いんですが」

横目で葉月に注意しながら、自分の意図を伝える。そのふたりのあとをつけるんですね、と相手は言う。

「ぜひそうしてください。頼みました」

すぐ若い者を捕まえてそちらに送り込みますと、相手は言った。電話を切ると、葉月が

不審そうな目を向けた。今のやりとりに何かを感じたのかもしれない。

「大事な連絡をすっかり忘れていたんです」

西城はバーテンにお代わりを頼んでから、葉月の思考を今の電話の件からそらすように、

「田代定子という女性をご存じですか」

「田代……。さあ、誰かしら」

背後に痛いほどの視線が当たる。葉月の肩の埃《ほこり》を払う振りをして手を持っていきながら後ろに目をやると、男がふいと目をそらした。西城は鼻で笑ってから彼女の耳元で囁く。

「昔、『鈴の家』で仲居をしていた女性です」

細い眉をひそめたが、動揺は現われていない。バーテンが新しい水割りグラスを西城の前に置いた。

「思い出したわ。父の愛人だった仲居ね」

葉月はグラスを手で玩《もてあそ》びながら、皮肉そうに笑った。よくそこまで悪知恵が働くものだと西城は呆れた。

「あの女は私が『鈴の家』に入ってから父に冷たくされて、私に逆恨《さかうら》みをしていたわ」

葉月は冷たい声で言う。これでは両者の言い分は水掛け論だ。彼女はグラスの残りを一気に空けて、

「マティーニをお願いね」

と、バーテンに言う。奥の客が腰を上げた。西城は腕時計に目をやる。電話をしてから三十分経った。西城が横目で様子を窺っていると、背後で男が意味もなく立ち止まった。西城は身構えた。しばらくしてドアに向かった。

「ママ、ちょっと」

西城は椅子から下り、ママをさっきまで男たちがいた場所に強引に引っ張って行った。ふたりの男はドアの前で立ってこちらを見ている。西城はすぐに口を開こうとせず、ママの肩越しに男たちを盗み見た。男たちがいらついている。西城の時間稼ぎであった。

いつまで経っても口を開こうとしない西城を、ママは訝しがっている。痺《しび》れを切らし男が呼んだ。白い顔を曇《くも》らせて、ママは急いで男たちの所に向かった。

西城も自分の席に戻った。葉月は無関心を装っているが、神経は今の光景に向かっていたことがわかる。外まで見送りに出たママはなかなか戻って来ない。葉月が何かに気づいたようにはっとなった。ちょっと失礼と言って、椅子から下りようとする。その腕を西城はつかみ、ママが帰って来たら出ましょう、と言った。勘の鋭い葉月はさっきの電話の意味を察してふたり連れに知らせに行こうとしたのに違いない。あきらめたように、葉月は座り直した。

緊張した顔つきでママが戻って来た。西城の背後を素通りしてテーブルを片づけはじめた。

「ママ、ちょっとききたいことがある」

西城は知らんぷりを決め込んでいるママに声をかけた。ママがうりざね顔を向ける。

「ごめんなさい。私、年のせいか記憶力が……」

先回りして言い訳をする。

「誰かがママに偽証《ぎしょう》するように頼みに来たんじゃないか。正直に言ってもらえないか。別に、警察に言ったことを咎《とが》めるつもりはない」

西城は葉月を意識しながら、

「ママに頼みに来たのはどんな男だった？」

「頼みなんて……」

ママが困ったような顔をする。

「今のふたり連れ。初めて見る顔だね」

ママの見開かれた目を見て、西城は自分の勘が間違っていないことを察した。あのふたり連れの男は葉月からの指示でママを監視しに来たのに違いない。

「もういい」

西城は解放するように言うと、ママの表情が弛《ゆる》んだ。葉月がおかしそうに笑った。ママがびっくりした顔をしたが、急いで洗面所に逃げた。

バーを出た。暗がりを見回したが、興信所の人間の姿はない。ちゃんとさっきの男を尾《び》行《こう》しているのか不安になった。葉月が腕を絡めてくる。彼女に誘われるまま葉月の部屋に向かった。

翌朝、興信所の社長から電話があり、階下の興信所に行った。所長の南は西城の顔を見るなり、

「部下に手配してあとをつけさせました。ふたりとも南洋《なんよう》不動産の人間です。一《いち》ノ《の》瀬《せ》組の系列企業ですよ」

「そうか。一ノ瀬か」

さすがに見事な機動力であった。たとえ深夜だろうが部下の居場所はつかんでいるのだ。南洋不動産は地上げで新聞紙上を賑わせたことがある。西城は関東地方最大の暴力団一ノ瀬組と五頭建設との繋がりを知った。徐々に敵の正体が見え始めて来た。

証人尋問《じんもん》

五月雨のような長雨が続いている。秋霖《しゅうりん》である。肌寒さを感じながら、みずえは建物に入った。地労委の会議の開催日であった。

きょうは使用者側の席に藤岡弁護士と並んで宮下が強張《こわば》った表情で座っている。

「前回の予定では、特に被申立人側から書面が出なければ証人尋問《じんもん》に入るということでしたが」

辻村公益委員がみずえにきく。

「はい。結構ですが、その前に宮下さんに一点だけ確認しておきたいんですが、実効確保の措置《そち》勧告は出された日にちゃんと受け取っているわけですね」

みずえは宮下に問いかける。

「夕方、事務局のひとが来られて」

「その数日後、毎朝新聞に希望幼稚園は廃園したという広告を出しましたね。これは実効確保の措置勧告書を読んだ上であえて出したということですか」

「毎朝新聞は頼んでから早くてだいたい十日、東洋新報は十五日かかります。広告代理店のひとからそう聞いた記憶があります。あれを発注したのは確か九月半ばです」

「以前に、千葉タイムスに出していますね、広告を」

「はい」

「そのときは一緒に毎朝新聞にお願いしないで、わざわざ九月半ばになってまた広告を出したというのはどういう理由なんですか」

「これは繰り返し、繰り返し広告する必要を感じたからですよ」

「これから先もずっと繰り返し広告をするおつもりなんですか」

「それは可能性はありますね」

「これに限らず、これからも行なっていくつもりはあるとお聞きしてよろしいですか」

「ありますね。どうしてもこれ以上被害が多く及ぶとすれば、それを防止する意味でも一般に告知することはこちらの義務であり、権利じゃないでしょうか」

「結論だけ伺《うかが》います。地方労働委員会の出した実効確保の措置勧告の中でこのような広告を出してはならないとありますが、これを守るという気持ちは持っておられないということですね」

「これは勧告でしょう？　命令ですか」

宮下は居直ったようにきき返す。

「つまり勧告だから守る気持ちはないということなんですね」

「内容はこちらの行動の自由をいたずらに束縛《そくばく》するという、一方的なものじゃないですか」

「結論を聞きたいんです。この勧告に基づいて自分の行動を律するつもりはないわけですね」

「いまのところありませんね」

宮下の厚顔さにみずえは呆《あき》れ果てる。すると、藤岡弁護士が口をさしはさんだ。

「ちょっと委員長にお尋ねしたいんですが、この勧告の実効性について法的に何かあるのでしょうか」

「それはないですね、勧告ですから。でも、これは公益委員会議で決めたことですからね」

「勧告書には理由が全然書いていないんですが、いつもそうなんですか」

「そうです。申し立てについて審査した結果、審査の実効を確保し紛争の拡大防止を図るために必要と判断するというのが理由になるわけですね」

みずえは発言する。

「それからもう一点だけ確認しておきたいんですが、新聞広告はすべて希望幼稚園は廃園したという表現になっておりますね」

「はい」

宮下は面倒臭そうに答える。

「ただし、あなたがお出しになろうとした希望幼稚園の廃園申請は県に受理されておりませんね」

「受理されていないとはどういう意味ですか。私は県庁に出しましたよ」

いかにも心外《しんがい》というふうに、宮下はいい返した。

「今週の段階で県の私学総務課に確認したところでは、まだ廃園申請を受理する条件が整っていないということで、県としては廃園申請を受理しておりませんということなんですよ」

「ああ、そうですか。そう言いました」

今度はあっさり引き下がる。すると、藤岡弁護士がおもむろに助け船を出す。

「受理の解釈の問題で、県が受け取ったことは間違いないようですよ」

藤岡の言葉に勇気を得たのか、宮下は強気に転じる。

「そうです。県の担当者はちゃんと受け取ってくれましたよ。第一、廃園というのは設置者の意思が決めることとですよ」

「完全に自由意思でやれるかどうかということが問題なんですよ。県のほうでは受理していないと言うけど、あなたはそうは考えていないということですね」

「考えていません」

宮下は顔を背《そむ》けた。みずえもそれ以上の追及をあきらめた。辻村公益委員は双方を見てから、

「それでは証人尋問を。証人の牟礼寿子さん」

と、声をかけた。牟礼は立ち上がり、中央にある証人席の椅子《いす》に腰を下ろした。住所、年齢、職業を答えると、辻村公益委員は、

「それでは、これから証人としてお尋ねしますから、正直に嘘偽りのないように答えてください。では申立人側からどうぞ」

牟礼に対する証人尋問が始まった。みずえは牟礼に希望幼稚園に入った時期や動機などを尋ねてから、

「あなたが希望幼稚園に入園したころ、つまり幼稚園の初期のころはどんな雰囲気だったのですか」

「先代の園長はとても教育に熱心な方でしたが、自分は幼稚園の教育のことはわからないから、私たちに教えて欲しいと頼まれました。ただ、園長先生の希望は遊び主義の教育を考えて欲しいということで、私たち教職員でカリキュラムや部屋飾りまで考えたのです」

牟礼は先代が生きている間は本当に楽しい毎日で、理想に近い幼稚園というものが実現しつつあったと自賛した。

「その当時、職員は何人いらしたのですか」

「最初は私を入れて六人でした」

「先代の園長がお亡くなりになり、それから現在の宮下氏が引き継いだわけですが、それからの幼稚園は変わりましたか」

「はい。すっかり変わってしまいました」

「それはどういうことですか」

「教育方針がまったく違うのです。遊び主義を棄《す》て、型にはめた教育をしようとしました」

「それに対し、あなた方はどうしたわけですか」

「今までの体制を守るために、新しい園長と毎日のようにやりあうようになりました。園長先生は新しい楽器を買おうとしても買ってくれませんし、砂場で遊ぶスコップとかそういった遊び道具の補充も認めてくれなくなったのです」

「それ以外にも変わったことはあるのですか」

「給料の体系がばらばらになってしまいました」

「つまり、それは昇給などが少なくなったとか」

「そうです。それから、ボーナスなども減らされて」

「他の幼稚園と比べて希望幼稚園の給料は高かったほうですか、低いほうですか」

「新しい園長になってから昇給は抑えられましたから、低かったと思います」

「そもそも幼稚園の先生の給料というのは他の職種と比べてはどうだったのでしょうか」

「低かったと思います。職種全体が低いですから」

「ボーナスなんかはどうでしたか」

「園長が代わってからは、やはり低かったようです」

「ボーナスはどういう財源から払われていました？　もちろん、新しい園長になってからのことですが」

「お母さん方から一口五百円プラスアルファという形で何口でも結構ですという形で集められ、それが園長先生も含めてみんなで分けられていたんです」

「ちょっと待ってください。授業料とか、入園料とか集めているわけでしょう」

みずえは意外そうに問い返した。

「その他に夏と冬、親に対して一口五百円プラスアルファを集めるようになったのです」

「ボーナスの財源としてですか」

みずえは呆れたというふうな声を出した。

「そうです」

「そのように労働条件が悪くなったということで、あなた方が園の経営者に何か労働条件について要求を出したことはありますか」

「あります」

「どんな要求ですか」

「三つのお願いというふうに私たちは言っているんですけど、一つはクラスの園児が二十人を越える場合には必ず助手をつけてもらいたいということ。それから、給料をこれだけ出して欲しいということ。それから、一ヵ月に一度園長先生は教育のことで話に来てくださいということで要求書を書きました」

「そうしたら?」

「北矢切幼稚園に呼ばれて、お前たちはそんなに金が欲しいのかと、すごい剣幕《けんまく》で叱《しか》られました」

「あなた方は教育環境を整えるために教具、それから備品とか、そういったものを園の経営者に要求したことはありますか」

「あります」

「それに対して経営者はどんな対応をしました?」

「その都度叱られました」

「園児のお父さんやお母さん方というのは、そういう園の経営者の経営方針に満足していたのですか」

「いいえ。運動会とか何か行事があるときには赤飯を持って来るようにとか、そういうことをほのめかすことを言うのです。だから、お祝いとして幾らか包んできたり、赤飯を持って来たりとか、行事のたびにお母さん方はすごく気を遣っていたんです」

「そういうことを改善するためにはどうしたらいいと、あなた方は思いました？」

「組合を作って、ちゃんと話し合いが出来るような場を持っていきたいと思いました」

「組合を作らざるを得なかったということですね。あなた方は労働組合を結成して、園のどんな点を変えようとしたんですか」

「労働条件や教育条件をきちんと整えたいと」

「先代の園長のときとは？」

「先代の園長のときには私たちの希望はほとんどとおりました。けれど、時代も変わり、たとえば、働くお母さん方も増えて来たり、地域に遊び場がなくなって来たりして、二時まで授業していたのを三時までの希望者は自由遊びをしながら、私たちが見ていくというふうにしたのです」

　牟礼は一生懸命話す。

「新しい園長に代わってからはほとんどあなた方が幼稚園をよくしようと努力していたようですが、園の経営に、要するに園児を増やすというのに寄与して来たと考えていますか」

「はい。園児募集は私たちが中心になってやって来たと思います」

「具体的には？」

「ポスターを作って外へ貼りに行ったり、あと、公園で遊んでいるひとなんかに話しかけては、幼稚園ではこういう教育をやっているからというようなことで話しかけて来ました」

「経営者の宮下氏は、組合に対してどんな態度をとったのですか」

「いやがらせをして来ました」

「どんなことですか」

「給料の遅配《ちはい》が始まったんです」

「具体的にはどんな形で遅配されたのですか」

「月末の一日手前が給料日なんですけれども、そこで最初に八万円、その次の日に三万円、次の月に越えて二日ごろまでにまた一万円とか、五日ぐらいにまた一万円とか」

「ちょびちょび出してくるわけですね」

「そうです」

「園の経営というのは悪かったのですか、本当に？」

「いいえ。授業料と入園料は誰が見てもわかります。大ざっぱにみても決して赤字ではないし、収益はだいぶあったんじゃないかと思うんです」

「そのことで組合としては団体交渉を申し入れたのですね」

みずえは牟礼の返事を待って、質問を続ける。

「遅配の原因を団体交渉でちゃんと説明してくれましたか」

「いいえ。何回も何回も、団交を持って説明して欲しいと訴えたのですが絶対に原因は言われなかったのです。それで、家賃を払う必要があるので、少しまとまったお給料を出して戴《いただ》きたいと言ったら、そんなにまとまったお金が欲しいひとはこの幼稚園を去ってください と言われたのです」

「去っていけと？」

「はい。その後の団交の席でこうも言われました。ふつう遅配が二、三ヵ月続けば会社なら倒産ということになる。だから、いやになって辞めていくような状況なんじゃないかというようなことを言われたんです」

「幼稚園の経営自体はどうも悪くないみたいなのに、何で遅配ということに経営者がして来たのか。あなた方はどう判断していたんですか」

「私たちに対してのいやがらせなんじゃないかなというふうに思いました」

「その後、廃園宣言が出されたわけですが、廃園宣言というのはどういう内容でしたか」

　みずえはさらに続けた。

「一日入園と保護者会の日というものがあって、子どもたちは二階の教室で職員が授業して、保護者会では下のホールで園長先生と副園長先生が父母に対して入園後の心構えとか、そういったことを説明してくれるんです。私たちには一切《いっさい》知らせずに、そのときにいきなり父母に対して今年度いっぱいで幼稚園を廃園しますと宣言したのです。来年度からは北矢切幼稚園へ希望するひとは来てくださいという内容でした」

「あなた方労働組合のほうは何回も廃園宣言以前に遅配の問題で団交をやっているわけですが、そのときにそういう廃園にする方針があるとか、そういう話はあったのでしょうか」

「いいえ。まったくありません」

「北矢切幼稚園には当時組合員はいたんですか」

「いいえ、組合はありませんでした」

「北矢切幼稚園には廃園という問題は持ち上がったことが当時ありますか」

「ないです」

「その当時の希望幼稚園の経営状態は廃園せざるを得ないような状態だったのですか」

「いいえ。ちゃんとやっていける状態でした」

「廃園宣言のあと、廃園についてどんな説明があったのですか」

「宮下園長が二百万の不渡りを出されたので、ずっと債権者に追われて逃げていたというようなことを伺いました。父母の方への説明会のとき、二億二千万ぐらいの借金があるということを聞きました」

みずえは質問を続ける。

「父母に対する説明はいつなされたのですか」

「三月十日か十一日に父親の会というのがもたれたのです。お母さんたちの話を聞いてもちっともわからないから直接聞きたいということでお父さんが集まったのです」

「二億二千万ぐらいの借金ということですが、その金額についてはその後はどうだったのですか」

「その後、各家庭に廃園についての通知書が配られて、今度は三億の借金があると言われたんです」

「では、廃園宣言後のお父さん、お母さんたちの動きについてちょっと聞きますけど、どういう運動がその後なされたわけですか」

「すぐに存続する会が出来ました」

「正式な名称は？」

「希望幼稚園を存続させる会です」

「いつ出来たのですか」

「三月十四日ごろです」

「どういうひとたちですか？」

みずえは存続する会のメンバーについてきく。

「在園児のお母さんたち、職員、ＯＢ、それから存続に協力してくれるひとたちで出来たんです。一ヵ月後には一千名の会員になりました」

「存続する会が出来てから、宮下氏はどんな態度をとりましたか」

「まず、幼稚園協会の研修会を希望幼稚園だけが出られないように、幼稚園協会から脱退したんです」

「協会でやっている研修会をあなた方は受けられなくなったということ？」

はい、と牟礼は眼鏡の縁を押さえて答える。

「脱退したのは希望幼稚園だけですか」

「そうです」

「すると、北矢切幼稚園は脱退していないから、宮下氏は相変わらず幼稚園協会には出ていた？」

「そうです」

「研修を受けられないということは、あなた方にとっては打撃なのですか」

「そうです。毎週水曜日に、ちゃんと公《おおやけ》に保障された研修機関で、松川市内の幼稚園の先生方は全員研修を受けているんです。そこから私たちだけはずされたということは、やっぱり影響は大きいです」

その後、みずえは宮下の幼稚園潰《つぶ》しの策謀について質問し、そして、授業料について触れた。

「園のほうがいってみれば経営を放り出したような形になるんですが、授業料を父母の方々が払わないということを意思決定したことはありますか」

「あります」

「どういうことをしたのですか」

「七月十九日、夏休み前の父母総会で決めました。幼稚園の備品の差し押さえの件があって、自分たちで園を続けて行こうと決意したんです。それで、授業料と同じ額を運営費ということでお母さんたちが集めるようになったんです」

「運営費の管理は誰がやったんですか」

「父母会の役員さんです。銀行に口座を作って、入るごとに入れておきました」

「お金はどういうふうに集めていたんですか」

「園庭《えんてい》に机を二つ用意して、お母さんたちが直接そこに持っていき、仮領収書として父母会の名前の入った領収書を出していたんです」

「あなた方はお金のことにタッチしたんですか」

「いいえ。私たちはやっていません」

「代理人の西城先生との間で話し合いが行なわれ協定書が作られたのですね」

西城の名前を出すとき声が掠《かす》れたが、甲第6号証を示します、と大声を出してみずえは立ち上がった。

みずえは証人席に進み、協定書を牟礼に見せて確認をとってから自分の席に戻った。

「この協定書、これはどういう状況のもとで作成されざるを得なかったのですか」

「存続のためにお母さんとか私たちもずいぶんと県のほうへ通いました。それで存続運動が広がり、県のほうでも一日でも早く正常化するようにという指導があって、この協定書が結ばれるようになったのです」

「協定書を結んだ以降の運営については、協定書の内容からみると西城先生が園の運営をやるということなんですけど、実際はどうなんですか」

「いいえ。何もやってくれません。それまでと同じように運営していきました」

「どこか違ったところというと?」

「お金の面で、授業料を前のように集めてから西城先生の事務所に持っていって、そこから運営費と給料をもらって来るようになったのです」

「その後、どうなりました?」

「西城先生が宮下園長から代理人を解任されたということになりました」

「解任後は誰が代理人になったのですか」

「沼田先生です」

「西城弁護士がやめると、この協定書は無効になってしまうものだとあなた方は理解していましたか？」

「いえ、ずっと生きていると思っていました」

その後、解体事件のことから、土地と建物を売却したという事柄に話は移った。

「時間がないので、そろそろ終わりにしたいと思うのですが、あなたは希望幼稚園に入ってずいぶん長いようですが、一番悲しかったことというと何ですか」

「やはり解体のときに、ほんとうに子どもたちを育てる義務があるような大人がああいう解体を計画したり、実際にやろうとしたり、そういうことを引き受けるひとがいるということがとても悲しいなと……」

「一番うれしかったことは？」

「こういう存続問題があって初めて私たちも気づいたんですけれども、お母さん方が本当に希望幼稚園のことを思ってくださっていることがわかりました。そのことがやっぱりうれしかったです。園長先生からいつでもやめて欲しいみたいな感じで言われていたんですが、お母さん方が幼稚園のことを大切に思っていてくださって、これからも幼稚園を守っていこうと言ってくださったときは、本当にやりがいのある仕事だなあというふうに思いました」

「私のほうからは以上で終わります」

みずえが告げると辻村公益委員が牟礼に向かい、

「どうもご苦労さまでした。次回に反対尋問しますから、次回にまたいらしてください」

「最後に、準備書面に関連して宮下さんにおききしたいことがあるのですが」

みずえは言った。宮下が顔を歪《ゆが》めた。

「先生方を懲戒解雇《ちょうかいかいこ》したのは犯罪行為を犯《おか》したからだという記載がありますが、そうすると、懲戒解雇の理由としては犯罪行為を犯したということでおききしていいんですね」

「ええ、私はそういうふうに理解しています」

「犯罪行為の具体的な中身、罪名は何だということで理解されたんですか」

みずえの問い詰めに、宮下は藤岡弁護士のほうに救いを求めるような目を向けた。藤岡は準備書面の写しを指で二、三度叩《たた》きながら言う。

「それはここに書いてあるでしょう。背任横領《はいにんおうりよう》ということで」

「宮下さんが解雇通知を出した段階ではどういう犯罪行為だったかをきいているんです。その時点で背任、横領の両方があるということでいいのですね」

みずえは宮下に確認を求めた。

「勝手に規則書を刷《す》って入園募集をし、多数の者からお金をとってしまったということですからね。私は入園を許可していないんですから、第三者に対して詐欺《さぎ》ということにもなりかねないいんじゃないですか」

「勝手に幼稚園の名前を利用して募集したということですか。そうおききしてよろしいのですね」

藤岡弁護士は割って入る。

「それは何の意味があるんですか」

「懲戒解雇をしておいて原因がはっきりしていないから解雇理由をおききしているんですよ。どういう具体的な解雇理由を立てて解雇して来たのかという争点を明確にするということで準備書面が出るはずなんですよ。それなのに、準備書面にはただ犯罪行為と書いてあって、その中身が具体的にどういうものかもわからない。そこのところをあいまいにしたままで、次回牟礼先生の反対尋問に入るというのはフェアじゃないでしょう。ですから、そこのところをはっきりさせるためにきいているんですよ。藤岡先生があとでどういう具体的な犯罪行為として代理人の立場で構成されて主張されるのか、それは自由ですよ。しかし、問題にしているのは、懲戒解雇を出した段階で宮下さんがどういう犯罪行為を考えて懲戒解雇にしたのか明確にしてもらえなければ、争点ははっきりしないでしょう。そこを私はきいているのです。それなのに、いま宮下さんが答えているのに、途中から藤岡先生がその当時のことを私は知らないと言いながら引き取って答えられる必要はないでしょう」

みずえは自分よりずっと先輩の弁護士を叱責《しっせき》するように言う。藤岡は生意気《なまいき》な女だというような目をした。

「藤岡先生に一言お願いしておきたいのは、解雇があったからこの労働委員会になっているんで、解雇の事実をいまごろ言っても遅いんじゃありませんか」

　みずえは追い討ちをかける。

「それはわかりますけどね。私は解雇通知に書いてあるから、それでいいと思ったんですよ」

「それがはっきりしないから、前回からはっきりさせてくれるようにお願いしていたんです」

「これは何度も言っているが、私はなにぶん忙しいんだよ。あなた方と違って代理人が何人もいるわけじゃないんだ。私ひとりでやって、それもこの事件だけをやっているわけじゃないんだからね」

　藤岡は開き直ったように言った。

「みんなそうですよ。忙しいと言いますが徹夜しましたか、私は徹夜しましたよ」

　みずえが突き付けると、藤岡弁護士は黙った。

「まあ、犯罪行為の理由としてはこう理解しているということでいいんじゃないですか」

　辻村公益委員が仲裁《ちゆうさい》に入った。

「わかりました。最後に一つだけ釈明して戴きたいことがあります。いったん協定書が成立したあとに代理人である西城先生が職務を離れたら協定書は失効するという形で書いてある」

　みずえは藤岡弁護士に向かって続ける。

「この根拠をはっきりさせて戴きたい。通常協定書のレベルというのは、代理人として関与したひとがその後職務を離れても、協定書そのものが失効するというふうには法律的にはならないと思うのですが」

「ただ、中身の問題ですよね」

　藤岡はあいまいに答える。

「だから、そこのところをはっきりさせてください。大きな争点になります。法律的な争点です」

「私のほうは管財《かんざい》契約だというふうに考えています」

　宮下が口をはさむと、すぐに辻村公益委員が、

「そうだったら、法律的な構成をもう少しきちっとやってもらわないと。協定書そのものが場合によっては犯罪行為ということの主張の根拠にもなって来るので一番大事なところなのです。少しお考え戴きたい」

　と、強い口調で言った。藤岡が不貞腐《ふてくさ》れたように、

「そちらだって、代理人が代わったから協定書が失効するという意識があったんじゃないんですか。その証拠に、前の代理人の沼田弁護士と協定の締結の準備をしているんですか

らね」

「それはそうですよ。だって、お金をだれに持っていっていいかわからないですからね」

みずえは相手を諭《さと》すように言った。公益委員の印象をさらに宮下は悪くしている。哀れむように宮下に目をやると、青ざめた顔で虚空《こくう》を睨《にら》みつけていた。

幻の時計台

秋の長雨が止み、雲間から月が顔を出す。西城は希望幼稚園の前に立っていた。ライトアップされた時計台は闇の中から浮かび上がるように荘厳《そうごん》な佇《たたず》まいを見せている。子どもたちを慈《いつく》しむようなおとぎの国の建物の表情を消して、醜い人々の心を諌《いさ》めるような威厳を見せて西城の前にそびえている。先日、馴れ合い裁判を起こしたサンライト商会の幼稚園の建物を取り壊《こわ》す強制執行の申し立てに対して、『建物の収去』命令が千葉地裁から出された。だが、これもみずえによって阻止されるに違いない。

西城がはじめて希望幼稚園の建物を見たのは、運営委員会の名の下で、園児募集を開始した日であった。その様子を見にやって来て、この三角形の赤い屋根の時計台と風見鶏《かざみどり》を目にしたのだ。幼き頃、母親に手をひかれてこれと同じ建物を見た記憶がある。日本海に面した小さな港町、そこは西城の生まれた地である。そこに時計台のある建物があった。そのときの記憶は長ずるに従い修正され心象《しんしょう》の時計台が出来上がった。その心の中の時計台と目の前の時計台はぴたりと一致した。いま現実にある希望幼稚園の荘厳な時計台は闇のなかで明かりに映しだされ、自ら光を放つように輝いている。針は静かに時を刻み、十一時になろうとしていた。

車のエンジンの響きが聞こえた。西城は樹木の陰に身を隠した。遠くに団地の明かりが見える。電気の消えた部屋もあれば、まだ明かりの点《つ》いている部屋もある。途中でヘッドライトを消して、車が幼稚園の裏手に横付けされた。男が降りて来た。トランクを開けてポリ容器を取り出すと、男は塀を乗り越えた。もう一方の手には古新聞を握っている。

男は玄関の横の板壁の前に立つと、深呼吸してからポリ容器の蓋《ふた》を開け、壁一面にかけはじめた。新聞紙にも灯油を染《し》み込ませ縁《えん》の下に放る。それから、少し建物から離れ、新聞紙で小石をくるみズボンのポケットから百円ライターを出して火を点けた。手に持つ古新聞紙にゆっくりと炎が広がった。それを壁目掛けて投げた。夜空に火の玉となって飛翔し、美しい弧《こ》を描き板壁に当たって土の上に落ちた。続けて、火の点いた新聞紙で包んだ石を投げる。灯油に火がまわり、板壁に火がはいあがり、やがて時計台が紅蓮《ぐれん》の炎に包まれる。

西城はそんな光景を頭に描いたとき、自分の体が炎で焼かれその中から魂が飛び出したように、深層に眠っていたある記憶が蘇《よみがえ》った。それは五歳のときの火事だ。母が一家心中《しんじゅう》を図ったのが原因だったということになった。母は父の女道楽とアルコール中毒に内心では嵐のような怒りを抑えていたのだということを、世間の人は皆知っていた。それが、あの夜爆発したのだ。炎に包まれたわが家の光景を消すように、西城は塀をよじのぼり男に声をかけた。

「宮下さん、止めるんだ」

西城の叱咤《しった》に、宮下の体が硬直したように棒立ちになった。時計台はいままでのように静かに時を刻んでいる。小さく燃えていた炎は落下と同時に消えた。期待した火災が発生せず、彼は茫然《ぼうぜん》と立ち竦《すく》んでいた。

「それは灯油じゃない。ただの水だ」

スクールバスの運転手だった大内は宮下から幼稚園の建物を放火するように命令され灯油を用意したが、急に怖くなり西城に相談に来た。西城はポリ容器の中身を水に入れ替えておくように言った。宮下は大内が頼りにならないとみると、自分で動いたのだ。

「こんなことをしたら幼稚園は潰れるかもしれないが、あんたも破滅《はめつ》だ。喜ぶのは門野社長だけだ」

宮下は両膝《ひざ》を落とし土の上にしゃがみ込んだ。

「あいつらが許せないんだ。地労委の傍聴《ぼうちょう》席に陣取って口汚い言葉で罵《のの》りやがって……」

西城は別に宮下を助けようとしたわけではない。門野に一方的に利を与えることを防ぎたかったのだ。

「地労委は長引かせればいいんです」

宮下をなぐさめてから、西城は塀の外に出た。月をむら雲が隠した。宮下がやっと立ち上がった。

一時間後に、西城は宮下を家に送り届けて、タクシーで東京に帰った。宮下が精神的にかなり追い詰められていることに西城は気づいた。地労委の外での戦いも自分に利のないことに気づきはじめたのであろう。

反対尋問

　十月半ばになって、千葉地裁の執行官《しっこうかん》が取り壊しのための調査に希望幼稚園にやって来たという連絡を受けて、みずえは幼稚園に駆けつけた。地裁から建物の収去命令が出されて執行官がやって来たのである。

　みずえは大柄な執行官の前に立ち訴えた。

「希望幼稚園は現在自主運営を続けていて、宮下園長とは別に、希望幼稚園運営委員会という独立占有を有する者がいます。先日の判決は宮下や石浜に対するものだけであって運営委員会に対する判決がない以上、強制執行は出来ないはずです」

　最初は冷ややかな態度だった執行官も、みずえの話や牟礼たちの訴えに気持ちが動いたようだった。

「去年の園児募集は、『希望幼稚園運営委員会』の名で行なっており、一年以上自主運営をして来ました」

　みずえは運営費の領収書や松川市水道局の水道料金の領収書を示して、希望幼稚園運営委員会の名前で領収書を出していると執行官に主張したのだ。

「現状はよくわかりました」

執行官は引き上げて行った。牟礼が白い歯を見せ、

「これで助かりました」

と喜んだが、みずえは警戒心を解かなかった。西城のことだ。何をして来るかわからない。申し立てをいったん取り下げ、きょうの執行官を除いて欲しいという上申書を添えて、再度強制執行を申し立てる可能性もなきにしも非《あら》ずだ。しかし、その不安をみずえは牟礼たちに言わず、

「じゃあ、明日、また地労委でお会いしましょう」

と言って、幼稚園の門を出た。

翌日の午後、地労委の会議室にみずえが入って行くと、藤岡弁護士が早くもやって来て座っていた。

証人席に牟礼が向かう。反対尋問ということで、牟礼はいくらか緊張しているようだった。傍聴席にはいつものようにお母さん方が詰めかけている。

「先日、『希望幼稚園を存続させる会』というのが出来たというお話でしたね」

藤岡弁護士がおもむろに口を開いた。

「宮下園長は来年からは北矢切幼稚園で引き取りたいということを言われたのですが、そ

れには反対ということだったのですか」

「そうです。北矢切幼稚園は遠いですし、希望幼稚園から移ったとしても、何か病気だとか事故があった場合にはお母さんたちとしてはすぐに駆けつけて行けないということで、希望幼稚園の教育を受けたいと思っていらしたのです」

「希望幼稚園の近辺には幼稚園はないのですか」

「あります」

「それでも希望幼稚園に行きたいというのですか」

そうです、と牟礼は胸を張って答えた。

藤岡弁護士はいったん天井に向けた顔を戻し、

「宮下園長が授業出来ないような形にしようとしたといいますが、差し押さえというのは宮下園長がやったわけではないでしょう。債権者がやったわけですね」

「そうです。債権者が来ました。債権者が言うには五千万円の借金の利子を一銭も入れていないということなんです。差し押さえられた額からすれば、幼稚園のものだからたいしたことはないはずです。だから本当は宮下園長のいやがらせだと思うんです」

「運営委員会と西城弁護士との間で協定書が出来ましたが、それから授業料などはどうしていたんですか」

「お母さん方が集め、西城先生のほうに持って行ったのです」

「西城先生がやめられてからは、それが出来なくなったということですか」

「そうです」

「そうすると、父母の会がお金を管理しているということでしたが、たとえば給料なんかは?」

「西城先生がやっていらしたのと同じようにしていました。ただ、預けるところがなくなっただけであって、変わるところはないと思います」

「ですから、いま父母の会が管理しているわけですから、そこから給料をもらっているわけですね」

藤岡弁護士はわざといらついたように言う。

「あなた方が給料をくださいと言うのですか。それとも父母の会の方で給料と言って渡すのですか」

「それはくださいとか払うとかいうことじゃなくて、やはり教師をやっていれば、言わなくとも当然のことじゃないでしょうか」

「ですから給料日にもらいに行くのか、父母の会の方で給料日に払うのか。それはどうなんですか」

「給料日に父母の会の方から袋に入れて戴いています。給料相当額ということですから」

「あとの費用はどうなるのですか。それも職員のほうで、これが必要だ、と言うと父母の会のほうで出すわけですか。たとえば、こういう日用品が必要だとか楽器が必要だとか、そういうのはあなた方のほうで請求するわけですか」

「そうです。父母の会のほうから一定額毎月計上して戴いて運営しています」

「いま、そうすると希望幼稚園というのは運営委員会で経営しているということですか」

「経営しているというのじゃなくて、運営せざるを得ないような状況になっているということです」

「園児の募集とか許可なんかも運営委員会でやっているのですか」

「そうです」

牟礼は不安そうに、みずえのほうに顔を向けた。

「懲戒解雇の通知はいきましたね」

藤岡弁護士は牟礼をじっくりいたぶるように、

「確かお金を返さなかったから懲戒解雇にするという内容の通知だったと思うんですが、お金を返す気はないんですか」

「ちゃんと話し合いが出来れば、すぐにでも渡しますけど。話し合いにも応じてくださらないので、どういうふうな体制をとったらいいかということがわからないんです。やはり、こちらから団体交渉を申し入れているのですから、ちゃんと応じてきちんと話していくべきだと思うんです」

「きちんとというのは、どういう話を？」

「解雇についても、子どもたちがいるのですから、いきなり出さないで、話し合いをしていかないと。ただ紙切れ一枚で、お金を渡さなければ懲戒解雇だと言うのはおかしいと思うんです」

牟礼の声は抗議するように甲高《かんだか》くなった。

「そうすると話し合いによっては、お金を渡してもいいということですか」

「やはり、存続が前提になっていますから、存続に向けてきちっと話し合いを持つべきだと思うんです。それがはっきりすれば……。運営をやるのはほんとうに大変なんです。毎月毎月授業料を集めたり、計算したり、そういうお母さん方の大変さを見ているものですから、一日も早く正常化させるようなことを私たちとしては望んでいるのです」

「実際に建物と土地が売られたことはご存じですね」

「知っていますが、それはやはりインチキなんです」

「インチキなんですか」

「そうです」

「その前に別な債権者からも、五千万が払えなくて、相当しつこくやられていたと思うんですが、そのことは知らなかったんですね」

「知りません。差し押さえに来たことだけで」

「私のほうからは以上です」

藤岡弁護士が尋問を終えた。牟礼が退席するのを待ってから、みずえは発言した。

「証人の問題ですが、中立人側としては、いまの牟礼証人で立証としては十分であると考えています。きょうの段階で、被中立人側のほうで証人申請なされていないようですので、これ以上証人申請等の予定がないのであれば、きょうの段階で結審《けっしん》して次回に最終陳述書の調査期日を入れて戴きたいと考えます」

すると、藤岡弁護士が前に乗りだし、

「被中立人本人を尋問したいと思います」

「被中立人本人というと？」

審査委員がきく。

「宮下順一郎さんです」

あと始末

西城は門野社長に呼ばれ、築地にある『鈴の家』に行った。門野はいつもの奥座敷で葉月を相手に飲んでいたが、西城の顔を見ると不機嫌そうになった。

「強制執行に失敗したそうじゃないか。私が買った土地に他人の建物が建っている。それを撤去してもらうのは当然だと言ったのは誰だね」

「執行段階で失敗したんです。あの建物に現実に教師がいて園児がいる。だから、執行官は不能の結論を出したのです。法的には我々の主張が正しいということは明白なのです」

西城は軽く受け流す。門野はいらついて、

「明白にしては未だに廃園出来ない。どうしてだ？」

「法というものはそういうものですよ。必ずしも、現実を見ているわけじゃないんですからね。そうじゃありませんか」

門野はいやな顔をしてグラスを口に持って行った。

「法では我々に不利な判決は出ませんよ。法で幼稚園を存続させろ、なんていう判決なんか出ない。つまり、向こうにしたら、ただ防御だけなわけですから一歩も前進していないんですよ」

「要するに持久戦というわけか」

「そうです。向こうは自主運営を続けていますがいつまでも続くとは思えませんよ」

「だが、こっちとしてもいつまでもあの土地を遊ばせておくわけにはいかないからな。固定資産税だって払い続けているんだ」

門野が言うと、西城は皮肉を込めて、

「そんなもの安いもんじゃありませんか。だって、あの土地は五頭建設のお陰で相当値上がりしている」

再び、門野は不愉快そうな顔をしたが、

「地労委の方はどうなのだ？」

「地労委は幼稚園存続の方向に変わって行くはずです。そして、和解勧告を宮下園長だけでなく門野社長を混じえて行ないたいということになるでしょう」

「なんだと、私に呼び出しが」

「応じないで結構ですよ」

「当然だ。しかし、地労委が存続の決定をしたら困るんじゃないのかね」

「そんなもの無視しても構いませんよ。土地の持ち主の意向を無視して、強制なんか出来ないですからね。強制執行の申し立てが失敗に終わったケースと同じようなことが、立場を逆転して行なわれるだけですよ」

「私が頑張ればいいということだな」

葉月と言葉も交わさず、西城は早々と引き上げた。

翌日、西城は新宿にあるホテルの喫茶室である人物を待った。道路側の入口が見通せる場所に席をとり、やせて背の高いウエイトレスにコーヒーを注文すると、ドアが開き、長身の男が姿を現わした。

チェックのズボンでラフにブレザーを着こなし若々しい格好だが、以前に比べて気のせいか輝くようなものが失せているようだ。彼のうしろに膝上のスカートから長い脚を出した派手な女がついて来て、女は入口に近いテーブルに向かい、彼だけが近づいて来た。

「お呼びだてして申し訳ありませんな」

入谷にある寺山医院の院長の寺山陽助《ようすけ》は鷹揚《おうよう》に言って真向かいに腰を下ろした。ブランド物には興味のない西城でも、寺山の洋服が高級なことはわかった。ネクタイピンとカフスボタンにダイヤがついている。

「会わない約束だったんじゃないですか」

西城が言うと、寺山は渋い顔をして、

「あれから五年になるじゃないですか。実は、風邪で来た老人に注射をして帰したら、その夜突然苦しみ出して……。翌日、急死したんです。遺族が弁護士を立てて騒ぎ出したんです」

また、誤診をしたのだろう。山谷《さんや》に近く、行き倒れの人間も担《かつ》ぎこまれて来るが、金のない患者は相手にしないという徹底した儲《もう》け主義の藪《やぶ》医者だ。妻を亡くしてからどこへでも愛人を連れて歩いているようだ。西城は突き放すように、

「別な弁護士に頼んだ方がよさそうだ」

「どうして。金ならある」

「例の件で、警察につけまわされている」

寺山の顔色が変わった。津山通夫の件である。

「そうですか。用心するに越したことはない」

視線を横に向けると、さっきの女が煙草《たばこ》をくわえながらこちらの様子を観察している。視線を移したとき、西城は柱の陰に隠れた男の姿を一瞬目にした。いかにも西城の視線から逃れたという感じだった。

「どうしました？」

寺山が不安そうになってきく。

「誰かに見張られているような気がしたもので」

「警察……」

寺山は脅《おび》えたように振り返る。用心して来たから刑事だったらわかる。

「さっきの件は沼田くんに連絡させますよ」

西城は仲間の弁護士の名前を出して立ち上がった。

なんとなく気分が優《すぐ》れず、西城は銀座に出ると、目についた小さなカウンターバーに入った。カウンターに腰を下ろして、年配のバーテンにジンベースの飲物を頼む。夜景を見るような洋酒棚を見つめながら、西城はさっきの不審な人物のことを考えていた。気のせいだろうか。ひょっとしたら、葉月の一味かもしれない。彼らも西城を監視するようになった。葉月に関する調査資料もそろそろ揃《そろ》うはずだ。彼女と対決するときがやって来たような気がする。バーテンの声にグラスを見ると、いつの間にか空になっていた。

宮下《みやした》の証人尋問《じんもん》

　立冬が近づいたが、穏やかで暖かい日が続いている。地労委の会議室にも、柔らかい陽光が証言台の手前まで入り込んでいる。その証言台に宮下が座ることになっている。

　西城が寺山医院の院長と会っていたというベテラン調査員からの報告がみずえの頭から離れない。西城が弁護をした津山通夫の容疑《ようぎ》は、寺山医院の院長夫人の殺害だったのである。美貌《びぼう》の夫人に岡惚《おかぼ》れし、院長の留守に自宅に侵入し騒がれて殺害したというものであった。西城は津山を無罪に持って行った。灰色無罪であったが、自由の身になったのもつかの間、津山が行方不明になった。西城の人間性に変化が見られたのはこの頃のことだ。

　西城と寺山のつきあいはおかしい。津山通夫の行方を捜していた蛭田刑事が殺されたことを結びつけると、どうやらその辺《あた》りに西城の秘密が隠されていそうな気がする。

　公益委員の声で、みずえは現実に戻った。宮下が立ち上がり証言台に向かうところだった。主尋問がはじまる前に、みずえは確認を求めた。

「ちょっと一点だけ。新聞折り込みで希望幼稚園名義の廃園広告が配付されたのですが、これは宮下さんのほうで依頼したのでしょうか」

「そうですよ」

宮下は険《けわ》しい顔で答える。

「これは藤岡先生のほうはご存じの上ですか。それとも宮下さんのご一存ですか」

「私の考えです」

改めて、辻村公益委員が宮下に向かって、名前、年齢など型どおりの質問をしてから、藤岡弁護士が主尋問を始めた。

「あなたが希望幼稚園を引き継いだ経緯からお尋ねしたいのですが」

「希望幼稚園をはじめた父が病死したので、当時勤めていた電気メーカーを退社し、跡《あと》を継いだのです」

「あなたが跡を継いでから、希望幼稚園の経営方針や教育方針というのは変わったのですか」

「父は遊び主義の教育を実践して来ました。基本的には私も同様でしたが、私が引き継ぐ数年くらい前から子どもの人口が爆発的に増えて、どこの幼稚園もいっぱいという状況になって来たのです。そのため、新しい園舎を増築し、設備とか環境を整えなければならないようになり、私は園長になってからそういうことに手を出そうとしたわけです」

宮下は大きな声で訴える。みずえは宮下の背後にいる西城のことを考えながら、彼の声を聞いた。

「五十年代に入ってから英才教育とか早期才能開発とかいう主義の幼稚園教育がもてはやされて来ました。やはり、人口増加は一過性であり、必ずや数年後には人口の減少が始まるだろうという考えがあって、そういうことにも力を注ごうと思っていたわけなんです」

「北矢切幼稚園を作っていますね。この経緯は？」

「はい。さきほども申しましたように、園児の数が増えている時期でこれからの時代は英才教育というものを考えていかなければならないと思い、希望幼稚園をそのように変えていこうとしましたが、先生方が承知しないわけです。それで、やむなく私のやり方の幼稚園を作ったのです。そうすれば、遊び主義教育中心の幼稚園と英才教育中心の幼稚園の二つがあることになり、父母の皆さんも自分の子どもにあった幼稚園の選択が出来てよろしいのではないかと思いました」

「その費用はどこから？」

「土地は父親から相続していましたし、その土地を担保《たんぽ》に千葉中央銀行から借りました」

「希望幼稚園の職員の給料が遅配になったことがありますね」

「ええ」

「どうして遅配になったのですか」

「じつは、月末に銀行が金を返してくれと言い出したことがあり、どうしても月末に返さなければならないことになって手元にあったお金に手をつけたことが、つまずきのもとだったのかもしれません」

「手をつけたということは？」

「本来なら給料に支払うべきものを銀行のほうに一時的に回してしまったんです」

「そうすると、いままで授業料が入っていたところから職員に給料を払っていたのを、職員に払わないで銀行に回したことがあると？」

「そういうことですね。幼稚園というのは、世間一般で言われるような利益企業のように膨大な利益というのは上げられません。もう爪《つめ》に火をともすような感覚で事業経営にあたらなければならないんです。ことに遊び主義教育の場合には、教材などの他にも、建物の安全面に非常に配慮を払っていかなければなりませんから、かなり設備というものに投資が必要になるのです。希望幼稚園の建物は父が夢を持たせるような造りをしており、それを守っていくためにも見えないところで気を遣っており、北矢切幼稚園にしても」

「ちょっと話の途中なんですが」

宮下のまわりくどい話に我慢出来ずに、みずえは口を出した。

「北矢切幼稚園のほうに話が進んだりしていますが、時間の問題もあるのでなるべく、質問とかみあった形で簡潔に答えて戴けるとありがたいと思います」

みずえの言葉を引き取って、辻村公益委員が、

「そうですね。いま申立人のほうから話がありましたように、ちょっと本件からずれる部分が多いので、なるたけ一問一答式でやって戴いたほうが……。時間が限られていますので」

と、注意を与えた。

藤岡弁護士は少し眉《まゆ》をひそめてから、

「それじゃ宮下さん、質問に対して答えるということで、余分なことは余りしゃべらないで。余分とは失礼ですけどね。いや、余分ななかにいろいろまた真実があるのでかえってそのほうがいいのですが、時間が限られていますので」

と、皮肉を言ってから質問を続けた。

「それでは、どうして希望幼稚園を手放すようになったかという経緯を、ついでにお尋ねしたいのですが。園児が少なくなったということと、それから借金の支払い額が相当あったということですね」

「はい」

「それまでの借金はほとんど銀行関係ですか」

「ところがね、ちょうど不渡りを出す前、四ヵ月ほど前ですが、うちの手形を狙った奴がいまして、その手形を利用して飯の種にしようという悪《わる》がいるのですが、それに巧妙《こうみょう》にしてやられてしまったというのが本当のことなんです。その当時高利貸しのお金で一番私が危険だなと思っていた奴なんですが、それが金を返せ、返せといって、わいのわいのと言うわけです。金を返してくれなければ死んじゃうようなことを言われ、私も困り果てたのです。そんなとき、木村工業の社長である、木村幸次郎《こうじろう》というひとが金を貸してやるから返してしまえばいいじゃないかと言ってくれて。私のほうは長いこと待つからと言うので、木村の話に乗ってしまったのですね。それがそもそも……」

「ちょっとはっきりしなかったのですが、高利貸しから一部借りていたこともあるのですね」

「あります」

「この高利貸しが返してくれとあまりせっつくので、それで最終的なんですが、木村工業というところから金を借りたということですか」

「そうです」

「それは五千万円でしたね」

「そうです」

「結局、それがつまずきのもとというか」

「はい。あとでわかったのですが、高利貸しの男は木村のかつての番頭だったわけです。私はすっかり彼らの巧妙なやり方にはまってしまったのです」

みずえは冷ややかに宮下の作り話を聞いていた。

「それで経営のことなんですが、結局職員に給料を遅配するようになりましたね。それは希望幼稚園の職員に対してだけなんでしょうか」

藤岡弁護士は尤《もっと》もらしい顔つきで続けた。

「いや、この影響は北矢切幼稚園にもいきました」

「そうすると、わざと希望幼稚園の職員にだけ遅配するというようなことじゃなかったのですね」

「そうです。ただ、北矢切幼稚園は職員も私もそしてお母さん方もいっしょになってアイデアを出し合ってつくり上げた幼稚園なんです。かなりぜいたくな設計をしており、当初の建築費用よりかなり予算オーバーしましたが、出来上がったものは、確かに幼稚園としては超一流ですね。ですから、お金がかかっていて、その返済に私が毎日かけずり回っていることを皆さん認識しておられたのです。そして現実に月末には銀行が金を取りに来るわけです。そのほかいろんな工事の代金の未払いとか払っていかなければならない。そういう姿を北矢切幼稚園の先生方は見ているから、遅配が起きてもやむを得ないと言ってくれるわけですよ。私はその言葉に泣きましたよ。正直言いまして、ばかな経営者の下で苦労させて申し訳ないと思いましたよ」

宮下はわざとらしく声を詰まらせる。

「希望幼稚園では？」

「私は別に言いませんでした。彼らに言えばすぐに団交と来るから」

「それじゃ、特別に希望幼稚園の職員が全部組合員だったからということで、やめてもらうために遅配したとか、そういうことはないのですね」

「そういうことじゃありません」

「職員の待遇面で北矢切と希望幼稚園の間で違いはあったのでしょうか」

「希望幼稚園ではいろいろな行事をやっています。それに対して何々手当というものを出してやっていました。北矢切にはありませんよ。それに、希望幼稚園のほうは先生方の勤務年数が長いですから、それだけ給料はいいんです」

「そうすると、希望幼稚園の職員は全部組合に入っていたのですが、組合に入っていたから労働条件が悪いということはなかったのですね」

「そうです」

「それで、結局廃園宣言なのですが、どうして三月六日の入園説明会の席で行なったのですか」

「これは、先程も話した木村幸次郎がやって来て、希望幼稚園は俺のものだ、俺の勝手にさせろと、門の前にバリケードを張って、全然入れなくしちゃう。そして、女の先生の体を戴いちゃうなどと、下品な威《おど》しをかけて来るんです」

宮下はちらりとみずえの方ににやついた顔を向けた。よく、これだけの嘘を言えるものだと呆れる。

「だから、私は彼らにどうしたらいいんだときくと、一年後にやめると言えと言うんですね。一年間猶予《ゆうよ》をみてやるからやめろと。そうじゃないと子どもを拉致《らち》しちゃう、ねえちゃんの体を戴いちゃうと、こうなんですよ。この野郎と思いましたが、私には金がないし、もう貸してくれるところもない。まさに困りきった状態でしたね。だから、私はやむを得ずに廃園すると言ったんですよ。それでちょっと話が先に飛びますが、木村幸次郎はその後いやがらせについてはまったく黙っちゃったんですよ。不思議なことに何も言って来ない。かえって不気味になりました。それで、これは木村をやっつけなければだめだと思い、私は裏の手を使って圧力をかけたんです。警察は事件が起きてからじゃないと動いてくれませんからね。だから裏の手を使ったんです。それから彼は少し静かになりましたね」

　まったく要領を得ない宮下の話にうんざりして、

「待ってください」

　と、みずえは藤岡の次の質問を遮《さえぎ》った。

「先ほどから伺っていたのですが、ほとんど一問一答になっていないのですよね。どの程度事前の打ち合わせの時間をおとりになったのかわかりませんが、同じような形式ですと、時間ばかりかかります。もちろん、宮下さんにも言いたいことはたくさんあると思います。そして先ほど藤岡先生が仰《おっ》しゃられましたけれども、質問に対する答え以外のところに色々な真実が出ることもあるということはその通りだと思いますけれども、それをまた質問の形にきちっと整理して戴くのが尋問じゃないかと思いますので、その点を要領よくまとめて質問をして戴けたらと思います」

藤岡は不愉快そうな顔で頷《うなず》いてから続けた。

「三月六日にいわゆる廃園宣言されたということですが、具体的にどのようなことを話されたのですか」

「来年の三月三十一日まで幼稚園は出来るけれども、次年度の四月からは幼稚園を閉じて、北矢切幼稚園に吸収合併したいということです。趣旨は」

「そのときは事情は言わなかったのですか」

「ええ、言いませんでした」

「結局、あなたとしては木村工業がこういうことを言ったからということを父母の方、あるいは職員の方には説明していないんですか」

「ちょっと触れたことはあると思いますが」

「木村幸次郎に威されたり、しゃべったら何々をするぞというようなことを具体的には言ったりしなかったんですか」

「いたずらに発表しても、ただ皆さん方がびっくりするだけの話ですから、私の胸におさめておきました」

「あなたとしては職員とか父母に対してそういうことを話したら、木村に何か制裁を加えられるとか、あるいは口を封じられたということはなかったんですか」

「それはあります。それはありました」

「また、この年限りということ、一年間だけということだったんですが、これについては翌年の募集はしないということは徹底させたんですか」

「ええ、来年度は募集をしないのだと。現在いる子どもだけは北矢切幼稚園のほうへ引き取るような、そういう話を父母や職員にしました」

「それにもかかわらず次年度の募集をやりましたね」

「はい」

「募集をするということはどうしてわかったのですか。そういう動きがあったのでしょうか」

「次年度の募集の事前の行事として希望っ子祭というものがあるんです。そこへ集まったお母さんたちに来年度も幼稚園が続くという希望を抱かせてはまずいから、まず希望っ子祭からやめてもらいたいと言ったわけですね。ところが、こちらの指示を無視してやってしまったんです」

「その後は？」

「自分たちで刷った入園案内を配付し、願書も配っていることがわかったので、十月三十一日の夜、私が希望幼稚園に行き、そういうことはしていないんだという意味で看板を作って門に針金《はりがね》で縛りつけ、またビラもはがれないように壁にのりでべたべたと貼りつけて来たんです。翌日十時ごろ様子を見に行ってみると、それらはすべて取り去られて、受付けていました」

「それは十一月一日のことになりますね。あなたは職員に対して、その日に入園をさせてはいけないというようなことを指示しましたか」

「はい、しました。私は入園募集はしていないんだと。こういうような事態になっているから、廃園せざるを得ない。とても来年度は保証出来ないし、どうしても北矢切幼稚園といっしょにしたいと言いました。でも、先生や母親たちはかなり感情的になったようで、私たちが一生懸命やって来たことが、ここでパーになってしまう、だから何としても来年度はやってもらいたいと。それで押し問答になり、いくら言ってもだめだったんです」

「その前に子どもさんの父母が授業料を払わなくなったということがありましたね」

「ええ、六月の末ごろからですね」

「あなたのほうでは父母に対して支払うようには請求したんですか」

「ええ、言いました」

「職員は父母に対して授業料を払うようにと働きかけはしてくれなかったのですか」

「職員はお母さんたちの言いなりというんですか、お母さんたちのごきげんとりというんですか、そういう意味合いもありまして、父母と職員は一体という状態にあったんじゃないかと思います」

「結局、経営者の言うことには従わないで、父母の言うことには従っていたということですか」

傍聴席の母親たちの不満の声を無視して、藤岡弁護士は呆れ返ったように言う。

「そういうことでしょうね」

「あなた自身が希望幼稚園に行って職員に対して授業料について話したことはありますか」

「十一月一日の日に、授業料を払っていないから払ってくださいと言ったことはあります」

「それについて父母の方はどう言っていましたか」

「先生たちに給料をやらないどころか、差し押さえというようなことをやるから、私としてはあなたに授業料を渡すことは出来ないと父母のひとりから聞きました。それは誰が言ったのかおおぜいの中ですから特定出来ません」

「その後、債務のほうはどうなっていましたか」

「宝田商事という所から金を借りて木村工業に返済しました。ところが、この宝田商事も情け容赦《ようしゃ》のない会社で、わいのわいの言って来ました」

「差し押さえされましたね」

「はい。いきなり北矢切幼稚園にやって来て、これから動産の差し押さえをするからそこにいてくれということで。昔はいろんな物品に赤札を張ったけれども、このごろはそういうことをしないそうで差し押さえの一覧を作り、おおぜいの目で見られると困るだろうからと、わざわざカレンダーの下に張りました。それから希望幼稚園に行って同じように差し押さえをして行ったようです」

「中立人側は組合員をいじめるためにわざと差し押さえたというようなことを言っているんですがねえ」

「いや、そんなことはないです」

「それで、協定のことなんですが、協定の話はいつごろからあったんですか」

「協定の話は本当に突然湧《わ》き上がった話で、私自身は正直言いましてそういう気持ちはなかったんです」

「協定する気持ちはなかった？」

「ええ。松川市の教育課から父母に対して補助金を出す制度があるんです。十一月半ばごろでしたか、現実に実態はどうだろうと幼稚園に行っている子どもには変わりはないし、何とかして在園証明を交付してやってもらえないだろうかと市役所の教育課からの申し入れがあったんです。それが何度も電話がかかって来て言われるので、私も困り果てていると、当時代理人だった西城弁護士が出してやったらどうだと言うのでしかたなく従ったまでなんです」

「そうすると、あなた自身は協定に応ずる意志はなかったと、しかし、西城弁護士が強圧的に？」

「彼は彼なりに最良の方法を考えてくれたんだと思いますけど」

「それから、園舎施設の修理なんですが、これはどういう経緯だったのですか」

「雨漏《あまも》りがしたということで、職員のほうから直して欲しいという要望書も来ました。私も雨漏りの状況を調べたのですが、このままでは壁などが落ちて園児が怪我をしたら困ると思っていると、西城先生が何とか金を作って補修しないと万が一それで誰かが怪我をしたら無過失責任を負うんだから絶対に直さなければだめだと言うので、やっとの思いでお金を作り補修工事をしようとしたんです。それで修理するためには幼稚園を一週間ほど休まなければだめだと言うと、西城先生が休みにするように命令を出してやるから、その間にやれと言ったんです」

「で、修理に入ったんですか」

「この前話したように、建物が構造上の欠陥をはらんでいるといけないから、まず穴をあけてしっかり調べる必要がある。天井はもぐってみなければだめだと私が言いましたものですから、その通りに業者はやろうとしたんですが、お母さんたちや職員がこれはあきらかに取り壊しだ、幼稚園を運営出来ないようにする陰謀だというふうに決めつけて騒ぎ出したわけです」

「この前後ですけれども、あなたのほうで代理人の西城先生を解任したことがありましたね」

「はい。ありました」

「それはどうしてですか」

「私は西城弁護士に言われて園舎の修理代金を無理して作ったのにうまくいかなかったので、つい西城先生に、私が直す義務があるのでしょうかと言ったことがあるんです。すると、西城先生は、なんだと、俺はおまえのためを思って一生懸命希望幼稚園のことをやっているのだ、おまえからそういうことを言われるのは心外だと文句を言い出して。それで、私は西城先生はだめだと思い、そのとき解任の通告を出しました」

「結局西城先生はあなたに解任され、また自分も辞任したんですが、そのことによって協定はどうなったとあなたはお考えですか」

「西城先生が仲に入ってすべてを行なったのです。お金の面とか、経営の面とか。ですから、西城先生がやらない限り、一応ご破算《はさん》だと私は考えていました」

「その後、どうなりましたか」

「その後も、宝田商事から色々突っつかれていたんですが、そのころ、幼稚園を引き継いで買ってくれるひとを探していたところ、サンライト商会の門野社長が現われたのです」

「どうして門野社長に売ろうとなされたのですか」

「そんなにお金があるようには思えませんでしたけど、彼は教育に関して信念に近いようなものを持っていることに気づいたんです。その後何回か会っているうちに、向こうも何とかして希望幼稚園を俺がやってやろうという気持ちになったようです」

「いくらで売られましたか」

「二億三千万だったと思います」

「門野さんに不動産を売って、それで債務を払われたのですね」

「はい」

「その間、一時西城先生が代理人になられていたころ授業料は入っていたようですが、西城先生がやめられてから授業料は入らなくなりましたね」

「そうですね」

「このことについて父母、あるいは職員のほうから何か言って来ましたか」

「全然なしです。私も全然催促《さいそく》しませんでした」

「それで、結局廃園することになったんでしょうが、職員を解雇しましたね。どうしてですか」

「勝手に新入園児の募集をしたんです。募集というのはもともと施設の長の園長がすべきものであって、決して職員がすべきものではないんですね。ですから、そういう点と、それから彼らがこちらにそういうことを全然通告も何もなしでしてしまったということに関して私はすごく憤慨《ふんがい》したわけですよね」

「それから、お金を持って来なければ懲戒解雇にするというような文書は出されましたね」

「はい。入園料を受け取ったということは、幼稚園をやって行くという前提があるわけですが、いったい将来の目当てもないのにそういうものを受け取ってどうするんだという意味合いもありましたね」

「申立人のほうの主張なんですけれども、幼稚園の園長の会、つまり園長協会を脱会しましたね」

「北矢切幼稚園と希望幼稚園の二つの幼稚園でスクールバスをまわしていましたから、かなり遠くの地域からも園児を通わせることが出来るんです。他の幼稚園にはバスのあるところは少ないので非難されたのです。それで、ついカッとなって、じゃあ希望幼稚園のほうは脱会させて戴きますというふうになってしまったんです」

「結局申立人が言っているように、組合員が研究会に出るのを妨害するためにやったということじゃないんですね」

「そんな小さな問題じゃないんです。これは経営の問題に関わることです」

「終わります」

みずえは呆れながら、宮下の証言を聞き終えた。

葉月《はづき》の過去

みずえは西城の事務所で、彼の電話が終わるのを待っていた。小声なので話の内容はわからないが、電話の相手は宮下らしい。陽光が差し込む窓の外に目をむけた。昨日、地労委の会議が終わって事務所に引き上げて来ると、警視庁の加西という刑事が待っていた……。

やっと電話が終わり、西城が戻って来た。

「宮下さんですか」

みずえがきくと、西城は表情一つ変えずに、

「次回の反対尋問のことで泣きごとを言っていた。それより、何ですか、きょうは」

みずえは受付にいる女性を気にしながら、

「外に出ませんか。ここではちょっと」

西城は立ち上がり、執務《しつむ》室を出て行った。しばらくして戻って来たが、同時にドアの閉まる音がした。

「使いに行ってもらった」

西城は腰を下ろし、改めてみずえに顔を向け、話を聞く姿勢を見せた。みずえは体を起こし切り出す。

「きのう警視庁の加西という刑事がやって来て、あなたのことを色々聞いていきました」

西城は微かに眉を動かしただけだった。

「蛭田刑事の件です」

「どうして君の所に？」

「私が調査員に頼んで蛭田刑事のことを調べていることを知って事情を聞きに来たようです」

西城はさり気なく視線を外した。

「蛭田刑事は津山通夫が失踪《しっそう》した事件を調べていたそうですね。それで西城さんに接触した。教えてください。津山通夫の弁護を担当してから、あなたの人間性が変わってしまったのです。いったい、あなたに何があったのですか？」

西城は目を閉じて、何の反応も示さない。

「蛭田刑事を殺害したのはあなたですか」

「違う。警察は見当違いをしているんだ」

みずえは安心したように頷いてから、

「加西刑事がこんなことを話してくれました。二十年ほど前、新宿でシンナー遊びや不純異性交遊などを繰り返していた女子高校生がいたそうです。その女の子を自分のアパートの部屋に連れ込み夫婦同然の暮らしをしていた警察官がいたということです」

西城の顔に驚愕に近い反応が現われた。

「その警察官が誰だかおわかりね。そう、蛭田刑事」

「加西刑事が蛭田の過去を調べたのか」

「そうです。蛭田刑事はかなり型破りな警察官だったそうね。警察官を続けて来られたことが不思議だと、加西刑事が呆れていました」

「なぜ、その女子高校生の話を持ち出したのだ？　まさか、加西は蛭田殺しの……」

西城は恐ろしい顔つきで最後の言葉を飲んだ。

「西城さんは何をご存じなんですか」

みずえは西城の険しい視線をしっかと受け止めてきく。西城の目は別なものを見ているのか虚《うつ》ろだ。みずえは込み上げて来るものを押さえ切れずに、

「なぜ、あんな料亭の女将と付き合っているの。あの女がどういう人間か……」

「言うな」

西城が激しくみずえの言葉を押さえた。心なしか、西城の息が荒くなっているようだ。

拳《こぶし》を握り締めているのも意外だ。西城は立ち上がり窓辺に逃げた。明らかに、今までの西

城にはなかった動揺が見受けられる。みずえも立ち上がり、さらに問い詰めようとした時、ドアの開く音がした。事務員が帰って来たのだ。

「西城さん、また来ます。それから、希望幼稚園の件ですが、私たちは負けません。失礼します」

ため息をつき、みずえは西城の背中に言ってからドアに向かった。外に出て振り返って見上げると、西城が窓から覗《のぞ》いている。ひどく孤独な表情に思えた。冬近くなってすっかり弱まった陽射《ひざ》しだが、西城を追い詰めてしまったという負い目のせいかまぶしかった。

みずえは津山通夫のことである想像をしている。津山はとっくに殺されているのに違いない。だが、死体は発見されないだろう。それは完璧に隠されているからだ。みずえがその考えを持ったのは、西城が寺山医院の院長と親しくしているという事実からであった。このことを、みずえは加西に言わなかった。

西城が心に何を秘めているのか、みずえは想像すら出来ない。しかし、彼の目は思い詰めた目だった。

みずえはその足で希望幼稚園に行った。幼稚園にはみずえの呼び掛けで、美保子たちも集まっていた。

「地労委の会議もあとは宮下氏の反対尋問を残すだけとなりました。たぶん、結果は我々の申し立てが通ると思いますが、だからと言って、幼稚園の存続が決まるというものではありません。土地の現在の所有者であるサンライト商会の門野社長の意志次第なのです」

みずえは皆の顔を見渡しながら続ける。

「そこで、希望幼稚園の監督官庁である県の私学総務課へ行政指導の要請を再度行なうべきだと思うのです」

「でも、以前に要請したときはにべもなかったじゃありませんか」

美保子が言い返すと、他の者も頷く。

「地労委の結果が出れば、県の対応も違ってくるはずです。地労委の結果は県に対する圧力になります。門野社長が幼稚園経営をする気がないのであれば、誰か幼稚園を引き継ぐ気のあるひとに売却するように指導して欲しいと県に訴えてください」

みずえは熱っぽく説いた。

宮下に対する反対尋問

いよいよ地労委の審議も最終段階を迎えた。証人席に宮下が浮かない顔で座っている。

「それでは、代理人の藤枝からお伺いします。経済的に苦しかったという中身についておききしたいんですが、希望幼稚園の園児数、子どもの人数なんですが、最盛期には何人ぐらいいたのでしょうか」

「私が園長になった当時には二百六十名以上いました」

「そこからだんだん園児の数が減っていきますね」

「はい」

「その頃、園児を通園させるバスを、ある地区には回さないようにしているんですが、そのことも減った原因の一つではないんですか」

「そんなことはないでしょう」

「北矢切幼稚園のほうは人数が増えているんですよ」

そうでしたか、と宮下はとぼけたように視線をそらす。宮下の態度に真剣さがないことがはっきりわかり、さぞ公益委員も同じように感じたことだろうと思いながら、みずえは尋問を続けた。

「それから、その三年後に、入園料を十一万五千円から十三万円に値上げしていますね」

「ええ、しましたよ」

「当時のまわりの幼稚園の入園料は十万はいかないと聞いているんですが、値上げが原因で子どもの数がガクンと減ったんじゃないですか」

「入園したければ、高くても入るものですよ」

「確かに、子どもの自然減ということもあったかもしれませんが、節目《ふしめ》、節目でガクンと減っているのは、バスをまわさなくなった地区があるとか、入園料を値上げしたとか、廃園宣言をしたとか、そういうあなたの園の運営のやり方自体が子どもの数に影響を与えているんじゃないですか」

「経営というものはそういうものじゃないんですよ」

みずえの尋問にむっとしたように、宮下が答える。

「どういうことですか」

「いえ、先生はしろうとだから説明してもご理解出来ないと思いますよ」

宮下は意趣返《いしゅがえ》しのつもりか鼻で笑った。

「廃園宣言後、運営委員会の形で運営してから子どもの数はぐっと増えているんですよ。

しろうとが考えたって、そう思うのが当たり前なんじゃないんですか」

「子どもが減れば単価を上げればいいだけのことですよ。少ないほうが教育が徹底しますからね」

「少数精鋭主義ですか」

「そうです。そのほうが英才教育にはいいんです」

「前回、確かあなたは遊び主義教育を中心にしたものを考えていたんだと仰しゃっていましたね」

「遊び主義教育は安いものじゃないんですよ、先生」

宮下は再びばかにしたような顔つきをした。

「そうではなく、英才教育とどうつながっていくのかをお聞きしたいんです」

「お母さん方にも認識を改めてほしいんだけれども、遊び主義教育と英才教育というのは対立するものではないんですよ。遊び主義の中に英才教育も入りますし、英才教育の中に遊びの手法というものもある。今の幼児教育は我々の時代とは非常に変わっているんです。我々おとなが考えている以上に進んでいる。たとえは、コンピューターとか、英会話教育とか……」

「なるほど。じゃあ、そのぐらいにして、あなたは蔵王のリゾートホテルを買収していますね」

「はい」

「どういうことで買収されたのですか」

「資金稼ぎのつもりだったんですよ。幼稚園の経営に生かせるように」

「幼稚園の設備投資などで借金があるのに、どうして買収するようなお金があったのですか」

「お金があったのではありませんよ。あれはすべて銀行からの借金ですからね」

「そのころ、ボーナスというのは、父母から授業料とは別枠で徴収していたわけでしょう」

「そういうこともありました」

「人件費もかなり安かったんじゃないですか」

「給料が高い、安いというのは本人の感覚ですから。私は十分なお金を出していたと思っていますよ」

「銀行から借金したというのですが、希望幼稚園の方は七千三百万もの抵当権《ていとう》がついているのに、北矢切幼稚園の方は一千五百万の抵当権がつけられているだけなんですけれども」

「銀行が希望幼稚園の方を担保として欲したんです」

「それから、町の金融業の抵当権が希望幼稚園の方にずらずらとついているのに、北矢切幼稚園の方にはついていないんですよ」

「ですから、担保価格というものが希望幼稚園の方が高いと判断されてのことです」

「北矢切幼稚園の方はどんどん設備投資にお金をかけていっていますね」

「防災上のこともありますし、園児の安全のためにも必要な投資ですよ」

「北矢切幼稚園の方はどんどん立派になっていく。そのつけを希望幼稚園の方にまわしていたんじゃないかという感じがするんですが、どうなんですか」

「希望幼稚園の方が歴史もあるし、場所的にもいいところにある。だから、そこに負けないような幼稚園にしたいという気持ちがありましたから」

「先ほどのリゾートホテルを売却しておりますが、いくらぐらいで売れたんですか」

「二千五百万です」

「売却した時期は廃園宣言してから一年ぐらいあとなんですよ。あなたは幼稚園経営に情熱を傾けている方だから、とにかく自分の財産をいろいろな形で売却したり何とかやりくりした上で廃園せざるを得なくなったと思うんですけど、それなのにホテルの売却が一年後というのはどういうことなんですか」

「これは、債務交渉がなかなか進まなかったからです。もちろん、廃園宣言したときに売りたいという希望だったんですが」

「ホテルの売却とか、その他の土地の売却でだいぶ借金の整理はついたんじゃないですか」

「そうですね。確かにそうですすね」

「かなり楽になった状況だと思うんですけど、それでもやっぱり希望幼稚園を経営していくことは出来ないような状況であったと？」

「出来ないというより、じつは手形詐欺に遭《あ》ってしまって、不渡りを出さざるを得ないはめに……」

作り話を冷ややかに聞き、みずえは強い口調で、

「あなたは破産だ、破産だと仰しゃっていますが、現在北矢切幼稚園の方は希望幼稚園を売却したお金で抵当権も抹消して無傷で残っていますすね」

「そうです。これでやっと北矢切幼稚園で本物の教育が出来るようになったとほっとしています。希望幼稚園はかわいそうに、にせの教育をやって何になるんでしょうかね」

言いたいことを言ってから、宮下は白い歯を見せた。みずえは怒りを抑えて、

「主尋問の中で木村工業に威かされて一年後にやめろと言われたと仰しゃっていましたね」

「はい」

「そうすると、木村工業の圧力がなければ廃園するという事態にならなかったというのでしょうか」

「前から団交の席のときに、借金を抱えて非常に苦しいから北矢切幼稚園と合併したいと言ってきました」

「威かされたからやめるというのではないのですね」

「いえ、やめたい気持ちはありましたけれど、直接の動機は木村工業に威かされたからです」

「希望っ子祭が開かれ、園児募集もやっておりますね。それに対して木村工業の方で園児の誘拐とかバリケードを張るとかという威嚇《いかく》行為は、実際には行なわれなかったですね」

「でも北矢切幼稚園に乗り込んで来て厳しくやられたことは事実です」

「直接の動機が威かされたためというなら、その後は何も起きていないのですから、あなたとしては園を続ける方向にいってもおかしくないと思うんですが」

「でも、いつも脅《おび》えていましたから」

宮下は曖昧《あいまい》な返答で逃げた。

「そうすると、あなたは木村工業の脅迫が怖くて、心ならずも廃園を撤回《てっかい》することが出来なかったと?」

「そういうことですね」

「しかし、あなたのその後のやったことを見ていくと、コピーの部品を抜き取ったり、先生の給料を不払いにしたり、さらに園児募集の看板や張紙を撤去したりしていますよね」

「そうですね」

「それに、あなたは廃園宣言後はまったく希望幼稚園には顔を出していませんね。それから団交の申し出にも応じていない」

「ちょっと記憶にないです」

「そういうことを考えると、威かされて危険があるからやむを得ず廃園にするというのではなく、むしろあなたが積極的に園の教育を妨害するような行為に出ているとしか考えられないのですが」

「そういうことではありませんよ」

「あなたのお話ではたくさん借金があるようですが、それを客観的に示すもの、帳簿なり、税務申告書なり、そういうものはあるんですか、ないんですか」

「それはありますよ。でも、私はあなた方には見せたくないんですよ」

「じゃあ、信用出来ないじゃないですか」

「そうですか。それはそちらの解釈で結構ですよ。勝手に判断なさって下さい」

宮下は開き直ったように答える。

「私たちに見せるということじゃなくて、地労委の審査委員にわかるように示しましょうという気持ちはないんですか」

みずえは呆れ返った。

「ええ、今回の地労委の目的というのは不当解雇を撤回せよということでしょう。だから、それとは関係がないですからね」

「どの経営者も苦しかったということをわかってもらうために、そういうものを示すのが普通なんですよ」

「ああ、そうですか。じゃあ、私は普通じゃないということですね」

宮下の不貞腐れたような、居直ったような態度を見て、みずえはそれ以上の追及を諦《あきら》め、次に移った。

「協定書の締結のことでお伺いします。あなたは西城弁護士にどのように頼んだのですか。たとえば、希望幼稚園の廃園の問題についてのみ頼んだのか、それともこの前仰しゃっていたように債務整理ですね。財産管理なども頼んだのかどちらでしょうか」

「債務整理と同時に私のすべての行動に関して、あなたの指導に任せるということです」

「この協定書は園を存続させるためのものですね」

みずえは宮下に切り込んだ。

「そうすると、西城弁護士は園は続けられるという見通しを持っていたということになりますね」

「西城先生にすべて任せていましたから。詳しいことは何も知らされていませんので」

「管財人的な立場だとすれば、これ以上債務が増えるようなことはやられないと思うんですけどね」

「はい」

「そうすると、やはりこのまま園を存続させるという協定を結ぶ以上は、やっていけると。少なくとも、希望幼稚園の経営の中からは利益が上がって続けていけるという判断があったのじゃないですか」

「西城先生がどういうふうに考えたか知りません」

「あなたは西城弁護士の判断に従ったのでしょう」

「従ったというより、従わざるを得ない状況でした」

「従わざるを得ないと仰しゃっていますが、協定書にはあなた自身サインしているわけでしょう」

「そうですよ」

「あなたは県から四百万円の補助金をもらっているのじゃないですか」

「もらいました」

「これは園を続けるという前提で、しかも法人化予定園ということでもらったことじゃないんですか。それと、運営委員会からも、あなたは園を存続させるということで、清算金としてお金を受け取っているのじゃないですか」

「待ってください。私は別な解釈をしているんです」

「でも、お金を受け取ったことは確かでしょう」

「はい」

「補助金や清算金など、すべて園を存続させるという前提のもとでもらうようなお金を受け取っておきながら、園は続けられないということでは詐欺じゃないんですか」

「そうでしょうかね。あの金は西城先生の手元に入り、債務整理のために使われているわけですよ。西城先生が経営管理なさるということで自由にお使いになったわけですよ」

「すると、あなたは園を存続するということでお金を受け取ったんじゃないということですね」

「その年度の補助金が運営委員会に入ったのをそのままにしていたら、いずれ問題になるから、西城先生が預かったという認識なんですがねえ」

「あなたは希望幼稚園の園舎の取り壊しを依頼したことがありますね」

「園舎が危険だから取り壊しを依頼したんです」

「甲第8号証の1を示します」

みずえは立ち上がり証人席に向かい、宮下の前に開いたファイルを置いた。

「建物取り壊し整理契約書。これがそうですね」

みずえは自分の席に戻ってから、

「この契約書を見ると、危険部分だけを取り壊すのではなくて、園舎全部壊して欲しいという契約になっていますね」

「契約書の文章は業者の方が考えてくれたんですよ」

「ですが、取り壊し工事を妨害する者がいた場合、これを排除するために工事は終始三十人以上の者がガードすることという条件がついている。こういう条件というのは、普通取り壊しをする業者の方では考えつかないことじゃないですか」

「色々事情を知っているからですよ。私が妨害されるかもしれないという話をしたこともあるし……」

「あなた自身かどうか別として、誰かがあなたサイドのひとの知恵を借りたりして、この契約書の中身を確定したということじゃないんですか」

みずえは西城の示唆を匂わした。

「ほかのひとの知恵は借りていませんよ」

「それから他にも、当事者はいかなる事由あるとも本契約を解除することは出来ないとあり、それだけではなく、五日以内に建物をすべて取り壊しが出来なかったときには、業者はあなたに対して手付金の倍額の一千万を払わなければならないという契約になっていますね」

「はい。そうでした」

「業者としては、これではなんとしても五日以内に壊さなければ、契約の解除も出来ないし一千万とられてしまうということになるわけですよね」

「まあ、そうですね」

「なんでこんな強引に園舎を壊す必要があったのでしょうか」

「早く壊さなければ次のことが出来ないでしょう。春休みの期間というものはうんと延ばしたって四月の十日ごろまでですからね。それまでにまず壊して整地して、そしてプレハブを建てるなら建てる」

「なるほど。そうすると新しい園舎を建てるための時間がなかったから急いだということですか」

「そういうことですよね」

「当時、この園舎には抵当権がついていましたね」

「ついていました」

「抵当権のついている建物を抵当権者の承諾なく壊すと建造物等損壊罪という犯罪を構成するということは、あなたは当時知っていましたか」

「ある程度は知っていましたけど……。とにかく危険物だから壊しちゃって完全なものにしなくちゃいけないと、そのほうが重大目的だと私は思っていました」

「なるほど。そういう犯罪行為という危険を犯しても、とりあえず壊さなければと」

「そうです。そうです」

「このあと、土地をサンライト商会に売りましたね。希望幼稚園の様子や、あなたが抱えている問題というのを、このサンライト商会の門野さんにもお話をしたりしたことはあったのですか」

「ええ、あります」

「ところで以前の速記録を見ますと、あなたは門野さんが教育に関して信念に近いようなものを持っていることに気づいたと言っているのですが、これは売買契約を締結するよりも前のことですね、当然？」

「そうです」

「そうするとサンライト商会が土地を買ったときには門野さんは希望幼稚園を経営する、つまり、幼稚園を続ける気持ちがあったというわけですか」

「そのとき彼はずいぶん迷っていたようですね。果たして自分が買ってやって行けるのかどうか。でも、私の苦境を救ってやろうということになって、買ってやってもいいというふうになったんです」

「そうすると、この土地をサンライト商会に売るときは、あなたとしてもサンライト商会に希望幼稚園を引き継いでやってもらう。それから、サンライト商会も自分が引き受けて希望幼稚園をやって行こうと。そういう話でこの売買契約がまとまったと」

「そういうことですね」

「そういう話だったのに、なんで園舎はサンライト商会ではなくて解体業者に売ってしまったのですか」

「これはいま現にある危ない園舎を壊すのはその業者だからですよ」

「どうせ壊す気なのだったら、土地建物込みでサンライト商会が買って壊してしまえばいいと思いますが」

「そうですね。私もそう思いますよ。確かに」

「ちょっといまそういうお話が出たので甲第10号証の9を示します」

そう言って、みずえは立ち上がった。睨みつけるような宮下の視線をはね返して、みずえは彼の前にファイルを開いて見せた。そして、その場で、

「これはあとから裁判所から手に入れた業者側の答弁書なんですよ。これを見ると、一千万円で建物を買った際、宮下さんは八月から家賃九十万以上払えるようになるからと言い、地主とも賃貸契約する手はずになっていると言われたので信じたと答弁しているのです。家賃が入るようになるということだから、壊す気で買ったということではないようですね」

「いや、壊そうとしても妨害されてきたでしょう。だから、いつ壊すことが出来るかわからない。だから、壊すことが出来るようになるまでの期間について補償してやろうとしたんです。つまり、待ち賃ですよ。そういう話をしたことがあるんです」

宮下は苦しまぎれの答弁を繰り返した。

「いずれ壊してしまうという建物を一千万で買うひとなんているのですか」

みずえは皮肉を込めてきいた。

「相手がそういうつもりだったのだから、しょうがないでしょう。こちらがお金がないことを心配してくれて、お金貸そうかと言ってくれたひとですからね」

宮下は何かと理屈をこねてくる。みずえは席に戻ってから質問を続けた。

「この幼稚園の園舎を売るとき、まだ土地はサンライト商会には売っていないですからあなたのものですね。そうすると、あなたの土地の上に他のひとの園舎が建つことになるわけですから賃貸契約なり地上権なり、なんらかの利用権をあなたのほうで相手のために設定してあげなかったのですか」

「しませんでした。口約束でしたから」

「園舎の代金一千万円ということですが、あなたはこの一千万を受領していますか」

「受け取っていません」

「受け取っていない？　まあ、いいでしょう。次に、サンライト商会からあなたに裁判が提起されましたね」

「そうですね」

「あなたはサンライト商会の言い分を認めて一回で結審して判決になってしまいました

ね」

「土地をせっかく手に入れても、こんなふうにがたがたしていたら幼稚園を建てることが出来ない。だから、法的な手続きをとり、一応清算をつけなければならない。そう門野さんが考えたのだと思います」

「だと思うと仰しゃいましたが、裁判を起こす前あるいは起こした直後にそういう話がサンライト商会からあなたにあったんですか」

「ありました。とにかくこういう事態になったから、裁判を起こして建物を取り壊し全部更地《さらち》にして、いったん幼稚園をなくしてしまう。そのあとは自分のほうで考えるという話になったのです」

「それから、サンライト商会に希望幼稚園を売ったあとのことなんですが、先生たちを解雇しましたね。そのあと廃園広告を新聞に出しましたね」

「はい」

「土地、建物を売ってお金が入り、あなたは希望幼稚園と無関係になったのですよね。にもかかわらず、あなたは売ったあとも熱心に幼稚園を潰すためのことをいろいろやっていますね」

「そうですねえ」

「なんでそういうことをやられたのですか」

「先生たちやお母さんたちが、こちらの制止を無視して入園募集したことに怒りを覚えたからですよ。これじゃ私の顔が丸潰れじゃないですか」

宮下は机を強く叩いた。

「廃園を宣言したのは経済的な理由で立ち行かなくなったということもあるけれど、それ以上に怒りに燃えて、という方が大きな理由だと言うことですね」

「そうですね。ここのところに至ってはね」

みずえは、かねてから不思議に思っていたことがある。彼は特別に変わった性癖の持ち主というわけではない。それなのに、あのように強引な手段を用いてまで廃園に持って行こうとするのは、先生方が組合を作ったからというだけの理由ではないように思えたのだ。そこで宮下の人間性について調べさせたが、浮かび上がって来たのは、彼と父親の関係である。

宮下の行動のすべてが父親に対する抵抗から来ていると考えると、執拗な宮下の策謀が理解出来るのだ。彼は希望幼稚園そのものを壊そうとしているのではない。父親が作り上げた希望幼稚園のイメージを壊そうとしている。宮下の廃園に向かう執念《しゅうねん》をそう理解した。そのことを確かめるように、みずえは、それまでの詰問調を改めて、

「ところで、一般的なことになりますが、あなた自身は小さい子どもたちというのは好きですか。普通の自分の人間としての感情で小さい子どものことを」

「そうですね。私は好きな方でしょうね」

「お母さん方や先生方に対して感情的になっている部分があると思いますが、子どもたちのことを考えて、もし存続出来るものなら希望幼稚園をそのまま存続させてやりたいというお気持ちはおありですか」

「それは出来ることなら……」

宮下は質問の方向が少し変わったので、戸惑いぎみに答え、さらに質問の真意を確かめようとするかのように、みずえの顔をじっと見返した。

「その点で、おききしたいのですが、あなたは松川市の就園奨励費に必要な在園証明を出していませんね」

「そうですね」

宮下が不安そうに答えた。

「理由としては、あなたが認める園児ではないからということですね」

「はい」

「でも、お子さんが好きで、希望幼稚園も出来れば存続させたいという思いがあるのなら在園証明を出してもいいのではないですか。色々な経緯があったにせよ、在園証明を出すことによって子どもたちを幼稚園で学ばせることが出来、また親の生活も若干でも楽になる。しかも、それはあなたのお腹を痛めることではないのですから」

「だって、私は幼稚園の設置者ですよ。設置者に対して授業料が入っていないのに就園奨励費を認めるというのはおかしいんじゃないですか。就園奨励費というのは設置者に入った授業料をまけてやるというのが法律上の本旨で、その金額だけ減免してあげるという趣旨なんですよ」

「就園奨励費というのは経営者に入るのじゃなくて、お母さん方に入るわけでしょう」

「いや、あれは一度設置者に入って設置者がその分だけ授業料をまけてやるということです」

「ですが、それは設置者に入る収入が就園奨励費分減るというわけじゃないでしょう？」

「まあ、あくまでも手続き面ですが……」

「そうすると、在園証明を出さないと言うのは、子どもたちの問題というより、いままでの経緯が引っ掛かっているからですね」

「そうです。それと授業料を私たちの希望幼稚園というものにまず戻して戴ければ」

「今後たとえばサンライト商会が希望幼稚園を経営するとか、あるいは幼稚園を引き継ごうという第三者が現われた場合、あなたは協力をしようというお気持ちはありますか」

「まあ、協力してあげたい気持ちはありますよ」

「宮下さんの教育者としての立派なお気持ちをお聞きして安心しました。尋問を終わります」

みずえは公益委員に向かって一礼した。

「再主尋問はありますか」

辻村公益委員が藤岡弁護士に尋ねる。

「いいえ、ありません」

「次回、職権で和解を勧告いたします」

辻村公益委員が言って、その日の審問を終えた。

その帰り、希望幼稚園の会議室に集まった。

「今後の運動についてですが、先日お話しした県への働きかけと同時に、市民のひとたちにもこの存続運動について理解してもらうために、私教組の方々のお力添えを戴いて、『希望幼稚園を守る市民の会』というのを結成するようにしたらいいと思うのです」

みずえの提案に先生や母親たちは即座に賛成した。

和解勧告

地労委で希望幼稚園の和解の会議が開かれた。みずえは牟礼といっしょに出席した。宮下は遅れて来るらしく姿がなかった。

「これまでの経過をみて来て、不当労働については枝葉のことだと思うんです。実際には、幼稚園の存続問題であり、存続を前提として和解が出来ないか。そういう面から両者間の調整をしたい。県からも電話があり、方向づけがあれば努力する、と言われました」

「地労委の結果次第ということですか」

「地労委としては、中立人側が出した案で調整するという方向でやりたいと言っておきました。次回までには方向づけを決めたいと思います」

辻村公益委員は本質をちゃんと見抜いた見解を披露したあとで、表情を曇《くも》らせて、

「ただ、門野社長が和解に乗るのが前提なので、宮下さんに門野社長と会って真意を確かめてもらうように要請しています。地労委が門野さんをいきなり呼ぶのは宮下さんと門野さんが会っていない状況では問題がありますので」

みずえは二人がグルになっているから無理だと言おうとしたが、それは証拠もなく相手を誹謗《ひぼう》することになるので胸に納めた。ドアのノックの音がして、宮下がやって来た。

「ごくろうさまです。で、門野さんとは？」

席に着くなり、辻村公益委員がきく。

「じつは、内容証明が門野社長から届いたんです」

と、宮下は辻村に内容証明の通知書を手渡す。目を通してから、辻村はみずえに寄越《よこ》した。宮下の顔を見ると、彼は口許を緩めている。

【……貴殿らは通知人が再三、拒絶しているにもかかわらず希望幼稚園の経営の継続を希望することは言語道断《ごんごどうだん》であります。貴殿らは従業員らや園児の父母の会と称する者らと共謀して明け渡しを引き延ばし希望幼稚園の土地・建物の明け渡しをしていません。園児がいるので通知人が好意的に配慮して円満に解決しようとしたことに乗じ、これ以上、不法な占有の継続は許しません。裁判所からは既に明け渡し命令も取り壊し命令も出ていることは御承知の通りであります。以上の次第で本年二月末日迄《まで》に右土地・建物を通知人にお引き渡しください。若し、履行《りこう》が無い場合は貴殿ら及び希望幼稚園従業員、父母の会構成員らに対し、刑事事件として告訴等の処置をとります。尚、通知人には右幼稚園を経営する意思は全くありません】

門野社長の代理人の弁護士から届いた通知書であるが、その裏には当然西城がいるはずだ。要するに、門野と宮下の間の茶番劇だということは明白であるが、それを口に出しても無駄だということはわかっていた。宮下が余裕のある表情を向けて口を開く。

「私は三回、門野さんに会いに行ったんですよ。三回とも門野さんはいませんでした。二回目、三回目は連絡してから行ったんですがね。ただ三回目は、門野社長の側近の方と会社の近くの喫茶店で話し合って来ました。門野社長は最初応援するつもりでいたのは事実だが、現在の心境は、実際は裏で希望幼稚園と宮下が結託《けったく》して利益をとっているとしか思えないということのようです。宮下は信用出来ない。事実を見極めるしかないと門野が言っていると、そういう側近の話だったんです」

と、まるで他人事のように話した。

辻村公益委員は厳しい顔つきで、

「何とか希望幼稚園を残したいと考えて、門野社長を呼び和解交渉をしたいと思ったのですが」

と呟くように言ってから、宮下にきいた。

「今回、このような内容証明が届いたということは和解に応じるつもりはないということでしょうね」

「そうでしょうな」

宮下は顔をしかめて見せた。

「しかし、門野社長は最初は幼稚園を継続する意思があったんじゃありませんか。そうでしょう」

　みずえはわざと宮下に声をかけた。

「いや、それは今の園児のみで、将来の園児も含めてかはわからない」

　宮下はとぼける。辻村公益委員は、

「命令を出してサンライト商会を追いこむという方法もあり得るが、それで門野社長が開き直るということもあるので、その点は慎重に対応したい」

　和解の会議を終えて廊下に出てから、みずえは宮下をエレベーターの前まで追い掛けて行った。何事かというように、宮下は身構えた。

「宮下さん、あなたは決して先生たちやお母さん方が憎いんじゃないはずです。北矢切幼稚園を創設したくらいなのですから、子どもたちも好きだし、教育にも情熱を傾けていらっしゃるはずです。あなたは、先代の園長、つまりあなたのお父さまに対する……」

　みずえの言葉を遮るように、宮下は顔を紅潮《こうちょう》させ、

「そんなこと関係ない」

　と怒り出し、ボタンを押してエレベーターを呼ぶ。

「あなたは間違っています。ご自分のつまらない敵愾心《てきがいしん》から大事なものを失おうとしているんです」

宮下は顔をしかめエレベーターに逃げ込んだ。

数日後、美保子を先頭に母親たちは、個人五千名に五十八団体の署名を集め、松川駅前にあるサンライト商会の本社に届け、和解の話し合いに応ずるように要請した。が、秘書を通じて、

「存続運動のことは知らずに、宮下園長にだまされて土地を買ったが、話し合いに応じる気持ちはない」

という門野社長のつれない返事があっただけだった。

二回目の地労委の和解の席で、辻村公益委員が宮下の意向を伝えた。

「宮下さんは、門野さんとの関係が拙《まず》くなると困るので和解を打ち切ってもらっていいと言っていました」

とうとう門野社長が地労委の呼び出しに応じることなく和解が不成立に終わった。

最終陳述書を地労委の会長宛に提出し審問が結審した翌日、西城がみずえの事務所に突然電話を寄越した。これから会いたいと言う。

新宿駅東口にある喫茶店に行くと、西城が窓際《まどぎわ》のテーブルに腰を下ろし窓の外に目を向けていた。西城の足元に旅行鞄《かばん》が置いてある。向かい側に座ってから、

「どちらかへお出掛け？」

しかし、西城は答えない。みずえはウエイトレスにレモンティーを頼んでから、西城の

顔を改めて見た。頬がだいぶこけたような気がする。その分だけ、顔に陰影が生まれている。

「サンライトの門野はなまじっかなことではあの土地を手放しはしない」

いきなり、西城が表情を変えずに口を開いた。

「希望幼稚園の土地は五頭建設が打ち出した超高級住宅地化構想以降、ぐんぐん値上がりして現在は六億とも七億とも言われている。さらに、あの土地はその倍の値段で五頭建設に売却することになっている」

話の内容もさることながら、そのような話を打ち明けた西城に、みずえは驚いた。西城の真意を問う以前に、みずえは事件の核心《かくしん》とも言える話に胸が騒いだ。

「初めから五頭建設があの土地を狙っていたということなの」

「そういうことだ。門野は単なるダミーだ。その代わり、門野は一億近い謝礼金をもらうことになる」

「なぜ、最初から五頭建設が買おうとしなかったの」

「五頭会長が個人的に一儲け企《たくら》んだのさ。もし、五頭建設が直接希望幼稚園の土地を宮下から購入したら二億数千万で済む。これをいったんサンライト商会を中継させ、その間に土地の値上がりを待つ。たぶん、事がうまく運んだ暁《あかつき》には五頭会長の懐《ふところ》に数億の金が入ることだろう」

西城は息を継いでから、

「門野は松川市では名士として通っている。いずれ市長選にも打って出ようという野心を持っているようだ。そのためにも金がいるし、さらに五頭建設は大きなバックになる」

みずえは圧倒された思いで西城の声を聞いた。

「いいか。門野は選挙を睨んで五頭会長と手を結んでいるのだ。門野がもっとも恐れているのは世間の信用だ。あの母親たちのパワーを門野に見せつけるのだ」

みずえは不思議な思いで西城の顔を見つめていた。

過　去

日本海に臨む小さな港町。その山側の斜面に点々と墓が建っている。港から漁船が出て行った。雪を踏み、西城は墓地の間を抜けひっそりと建っている墓石の前に立った。線香をたて、花を手向《たむ》け、水をかけて合掌《がっしょう》する。

五歳のときの記憶である。目の前で、父と母が口論をしていた。父が母を罵り、母も父に言い返していた。確かに父の女道楽が原因だったようだが、そのとき酔った父の一言が西城の胸を激しく打った。五歳になる西城の目の前で、日頃の鬱積《うっせき》が爆発したのだろう、酒に酔った父は母を殴り面罵《めんば》した。そのときに衝撃的な言葉が飛び出したのだ。

【昌一は俺の子どもではない】

障子《しょうじ》の陰から覗いていたが、その意味をすぐには理解出来ずに、ただ母と父の口論がいつもとは違い激しく険悪になっていることに脅えていたのだ。父の口から飛び出した男の名前が誰だったかは記憶にないが、ただ許しを請《こ》うているだけの母の姿は父の言葉が真実であることを示していた。父が母の不義に気づいたのはいつだったのか。いや、最初から知っていたような気がする。それをアルコールでまぎらわしていたのかもしれない。その口論の直後、家に火がつき二人は焼死した。一人助かった西城は子どものいない西城家に養子としてもらわれた。その養父母も今はいない。

西城は墓参りを済ますと港に出た。どんよりした空と海の間に、佐渡《さど》の島影が見える。港の外れの山の中腹に昔教会があった。心象の中に浮かんでいた時計台はこの教会の建物であったのだ。それが希望幼稚園の時計台と重なったのだ。

その夜、港の近くにある旅館に宿泊し、翌日、西城は北陸《ほくりく》本線で直江津《なおえつ》に出て信越本線に乗り換えて長野に着いた。駅前からタクシーに乗り込み、川中島古戦場方面に向かった。千曲川沿いをしばらく走り、高級老人ホーム『清光園』の門の前でタクシーを下りる。ロビーに入って行くと、隅のソファーに座っていた男が急に立ち上がったのが見えた。男は何事もなかったかのように電話の方向に歩いて行く。

西城は何か引っ掛かったが、気を取り直して四階の病室に向かった。

「息子さんが来てくれてよかったね」

同じ部屋にいる老人が、津山通夫の母親に声をかけた。彼女は冷たい目を向けた。西城は何か胸騒ぎがしてならなかった。背後に強い視線を感じて振り返ると、ロビーにいた男が入口に立っている。男は西城の視線に遇《あ》うとあわてて部屋の前を素通りして行った。

部屋の中が不気味なほど静かだった。微かに耳に響いてくる地鳴りのような音が自分の心臓の鼓動と知った。西城は不安を消すように津山の母親の傍《そば》に行った。しかし、彼女は下からすくい上げるように西城を見た。その白目がかった険しい目つきはかつてないものだった。何かが違う。西城はそそこに部屋を出て、待たせてあるタクシーで長野駅に向かった。

開け放たれた窓から吹き込む風に煽《あお》られ、執務机の上の書類がぱさぱさ音を立てている。西城は執務室の窓から下を覗いていた。ふたりの男がこのビルの玄関を入ったところだった。エレベーターを呼んでからこの部屋までの所要時間をつれづれに計算する。インターフォンの音に腕時計を見ると、ぴったりであった。

秀子が執務室に顔を覗かせ、来客を告げた。彼女と入れ代わるように、警視庁の加西とコンビの若い刑事が入ってきた。

「ああ、そこからご覧になっていたんですか」

窓際に立っている西城を見て、加西が何気ない調子で言う。加西は落ち着いているが、若い方は気負いが目立つ。

「昨日、長野に行ってきました。先生もご存じの清光園という老人ホームです。先生は一昨日、清光園に行かれたそうですね」

西城はわざとゆっくり執務机に戻る。西城の動きを追って加西の視線も移動し、声が追ってくる。

「西城先生がときたま長野に出掛けているらしいので、どこへ行くのか興味を覚えたのです。それで、先生の写真を捜査員に持たせ長野県警の応援を得て、市内のタクシー、バス会社などを聞き込みにまわり、先生によく似た男を清光園まで運んだというタクシーの運転手を見つけたんです。そこに我々が捜していた津山通夫の母親がおりました。一昨日、張り込んでいた長野県警の刑事から連絡があり、先生らしき男がやってきたという連絡が入りました。それで、昨日、その確認のために長野に行ったというわけなんです」

西城は返事をせずに、

「どうぞ、そこにお座りください」

「いえ、結構です。すぐに引き上げます。事務員の方にもお茶はいりませんとお断りしました」

加西は再び声の調子を強め、

「西城先生は錦織雅樹という元警察官の弁護人になったことがありますね。その錦織が東京の中野でひき逃げされて死んでいることがわかりましてね。そこで、長野に住んでいる彼の兄に会い事情を聞いたんです。そして、彼の恋人だった竹井篤子さんのことを知り、彼女に会いに行きました。錦織は西城先生に頼まれて、蛭田刑事と築地の料亭『鈴の家』の女将の関係を調べていたようですね。西城先生は何のためにそれを調べさせたのですか」

加西は質問してきたが、すべて知っているという凄味《すごみ》を見せている。西城は答える代わりに、

「遠い所まで御苦労なことですね。私は弁護士ですから職業上知りえたことは喋《しゃべ》りたくないんです」

加西は大きく頷き、しかし目だけは厳しく、

「なぜ、先生は息子と称して津山通夫の母親の面倒をみて来たのですか。その点も、ぜひ教えて欲しいのですが」

「私の母と同じ町の出身なんですよ。その関係で、息子が行方不明になって可哀相《かわいそう》だから、このホームに入れてもらったんです。それだけのことです」

「津山通夫はどこにいるんです？」

初めて、加西が厳しい声を出した。

「知りません。私も捜しているんですが」

「そうですか。明日にでも、ぜひ警視庁に顔を出して戴けませんか。いろいろ、お話を伺いたいことがありますので。まあ、先生はこのまま姿を晦《くら》ましてしまうことはないでしょうから」

加西は牽制《けんせい》をしてから立ち上がった。そして、西城を見下ろし、

「ここまで長い道程《みちのり》でした。感慨深いものがありますよ。蛭田は問題のある刑事でしたが、やはり我々の仲間でしたからね。ぜひ敵《かたき》をとってやりたいんですよ」

引き上げて行く加西の背中を見ながら、危機が目の前に迫っていることを、西城は知った。

翌日、西城は警視庁の取調べ室にいた。まるで容疑者扱いであった。目の前に腰を下ろした加西が、

「まず、先生と築地にある『鈴の家』の女将との仲からお伺いしましょうか」

と、切りつけるように言う。西城は臆せずに、

「恋人ですよ」

「彼女は『鈴の家』の娘と言っていますが、本当は以前に蛭田刑事に補導されたことのある女だということをご存じでしたか」

「知りませんし、私には関係ないことですから」

西城は加西の目から視線を外さずに答える。

「あの女の過去を知っていた人間が殺されたんです。先生はそのことで錦織を使って調べさせた。その錦織までひき逃げに偽装されて殺された……」

「さあ、私には何のことかわかりません」

「そうですか。では、津山通夫のことですが、彼はすでに殺されているんじゃないんですか。蛭田刑事はそのことで先生を調べていた形跡がある」

「私が津山を殺したのではないかと疑っているのでしたらお門違《かどちが》いもはなはだしい。私には津山を殺す動機がありませんからね」

　加西が余裕の微笑みを見せた。不安から胸に痛みが走った。加西が煙草を一本抜き出し、目の前に出す。西城は首を横に振った。加西は煙草を引っ込めてから、

「ご両親は先生が五歳のとき火事で焼死したそうですね。火災の原因は夫婦喧嘩《げんか》から父親が火を放ったということになっているが、実際は先生が……」

「誰がそんな根も葉もないことを」

「あの火災は当時五歳だった昌一の仕業《しわざ》だったと、津山の母親は我々に言いました。その港町に行って、元警察官だったひとに話を聞くことが出来ました。火災の原因は言い争いの絶えなかった夫婦の喧嘩がもたらしたという結論になったのですが、助け出された男の子の手にマッチが握られていたんです。男の子は脅えて何が起こったのかまったく記憶をなくしていたそうですが、男の子が火をつけたことは間違いないということでした。その子は東京の西城という家にもらわれて行ったということです。残念ながら、西城ご夫妻はすでに亡くなっており、話を聞くことは出来ませんが。そうそう、その男の子を助け出したのは消防士をしていた津山通夫の伯父《おじ》だったそうです」

「それが津山通夫の件と関係があるんですか」

西城は不思議なほど冷静な声が出た。

「津山通夫は台東区入谷にある寺山医院の院長夫人を強姦し殺害した容疑で起訴されたんでしたね。先生は見事、津山を無罪にもっていきました。でも、先生はほんとうに津山は無実だと思っていたんですか」

「いや、彼がほんとうに殺したのかどうかは関係ないでしょう。裁判というのは、検察側が出してきた証拠で罪に問えるかどうかを争うわけですからね。要するに、警察・検察側の捜査が杜撰《ずさん》だったということじゃないですか。真実は神にしかわかりません」

「もし、津山が真犯人だったとしたら、寺山院長は黙って手を拱《こまね》いていたでしょうか。寺山院長はとかく裏の連中とのつきあいが取り沙汰《ざた》されている医者です。もし、先生と寺山院長が手を組めば、ひとりの人間を合法的に抹殺することは可能なんじゃないですか。津山の失踪当時、寺山医院で山谷の住人が亡くなっているんです。身元不明で無縁仏《むえんぼとけ》として祀《まつ》られている。医者ならどんな死亡診断書だって作れますからね」

「寺山医院で死んだ人間が津山通夫だと言うんですか。刑事さん、証拠はあるんですか。証拠もないのに寺山院長を悪徳医師に仕立てるなんて人権侵害ですよ」

西城の威嚇《いかく》に動じることなく、加西は目を細め、

「西城先生は津山通夫の弁護を担当するまでは、正義派の若き弁護士として評価が高かっ

たそうですね。ところが、津山の裁判を契機にひとが変わってしまった。そのことを私なりに想像してみたんです。これはあくまでも想像ですが」

　加西はそう断ってから、

「正義派の西城弁護士は津山通夫を真犯人だと疑い、彼に素直に罪を認めるように説得したんじゃないでしょうか。ところが、津山は逆上《ぎゃくじょう》し、俺を無罪にしなかったら、おまえのことを世間にばらしてやる、と脅した。つまり、五歳のときの放火ですよ」

　鋭い痛みが全身に走ったような刺激とともに、津山の卑《いや》しい顔が蘇った。彼は罪の告白を迫る西城に、

「あんたは五歳のとき、家に火をつけて両親を殺しているんだ。あんたは生まれついての人殺しだ。俺と同じだ。俺を無罪にしなかったら、おまえが人殺しだということを裁判で大声で喋ってやる」

　津山の乱暴な言葉によって、深層に封じ込められていた五歳のときの記憶が蘇った。自分が放火をしたのだという事実に気づいてから体の中の何かが狂いはじめた。さらに決定的だったのは、俺はおまえのほんとうの父親を知っているという言葉であった。

　津山通夫は灰色無罪になった。検察側は当然、控訴した。そんなとき、寺山医院の寺山が妻を殺された恨《うら》みから津山殺しを持ち掛けてきたのだ。

「西城先生。なぜ、蛭田が津山通夫殺しで、あなたをずっと追っていたのかわかります

か。津山の母親に頼まれたからですよ。母親はあなたをずっと疑っていたんです。寺山院長夫人殺しで津山通夫を逮捕した蛭田に、母親は息子の敵討ちを頼んだんです」

西城はぐっとこらえて、

「いろいろ推測を並べ立てても証拠がなければなんにもなりませんよ。これ以上質問がないようでしたら帰らせて頂きます」

西城は立ち上がった。唇を嚙《か》み締めながら加西が玄関まで見送る。途中振り返ると、彼は無念そうに立っていた。

門野《かどの》の苦悩

封筒の封も切らず、希望幼稚園運営委員会から届いた手紙を破り捨てると、門野は椅子を回転させて怒りを静めるように窓の外を眺めた。最近になって、毎週のように松川駅周辺で「門野社長は希望幼稚園の存続を決断せよ」というビラが撒《ま》かれ、抗議文や署名が届けられ、いいかげんうんざりしていた。門野が最も恐れたのは世間の信用である。スポーツ用品部門の売り上げも伸び、新しくオープンした安売りショップの船橋店も繁盛している。成人の日には新成人を前に訓示《くんじ》を述べたり、商工会議所の講演会などで講師を務めたり、門野の名前は県下では知られている。それだけではなく、福祉施設や老人ホームへの寄贈などでも評価を得ており、県下の中学校、高校にスポーツ用品を納入していることから学生たちからも尊敬されている身分である。いずれ市長選に出馬するつもりでいる。このような運動が続くとイメージダウンになりかねない。葉巻に火を点《つ》けて、門野は腹立ちまぎれにいっぱいに煙《けむり》を吐いた。勢いよく吐き出された煙が窓ガラスにぶつかり消えていった。が、その向こうに赤いものが上がって来るのを見た。淡い冬の日射しの中に大きな風船が浮かんでくる。その風船には短冊《たんざく》が下がっていて、それが風に揺れている。短冊に書かれている文字が目に入り、葉巻を口に運ぼうとする手が止まった。希望幼稚園という文字がはっきり目に入った。

門野は椅子から立ち上がり、窓から覗き込んだ。路上にたくさんの風船が揺れていた。子どもたちが手に持っているのだ。そのとき、ドアをノックする音が聞こえ、秘書があわてて入って来た。

「社長、たいへんです。表に幼稚園の連中が……」

「いい、放っておけ」

門野はいまいましげに言う。

「でもそろそろ白井《しらい》工業の脇田《わきた》専務がお見えになる時間ですが」

秘書が遠慮がちに言う。白井工業は県下では大手の会社であり脇田は次期社長を約束されている人物である。脇田にこのようなところを見せたくはなかったがどうする術《すべ》もない。それにしても彼はなぜ急に会いたいと言って来たのだろうか。大柄な脇田専務が顔を出したのは、それから三十分後であった。外の騒ぎを気にしながら、応接セットに招じる。

向かい合うと、脇田は難しい顔のまま、

「じつは、うちに希望幼稚園運営委員会というところから手紙が来ましてね」

門野は目を剝《む》いて脇田を睨みつけた。

「サンライト商会が希望幼稚園の存続を決断するように働きかけて欲しいという内容です。もちろん、私にはそんな権利はないが、とりあえずそういう趣旨の手紙が来たことをお伝えしようと思いましてね」

脇田は口ではそう言うが、考えたらどうかと言いたいのだろう。しかし、門野はきっぱり言う。

「ご心配戴いて恐縮ですが、あの土地は手放すつもりは毛頭《もうとう》ありません」

いらぬお節介《せっかい》をして、と心の中で当たりながら、門野ははっきり言った。脇田は困惑しながらも、

「私のところにも来たぐらいですから、他の得意先にも同じ手紙が送られているはずですよ」

と、威した。このときになって、門野は運営委員会の連中に対する怒りに増して不安の方が勝《まさ》ってきた。

脇田が引き上げると、すぐに受話器をつかみ西城の事務所にかけた。電話中なのか、だいぶ待たされた。

「お待たせいたしました」

西城の声が聞こえると、門野はまくしたてた。

「あいつらが会社の前にやって来て騒いでいる。早くやめさせてくれないか」

しかし、西城は落ち着き払った声で、

「地労委の決定が出て、大義名分がありますからね。とてもじゃありませんが、彼女らの動きを止めることは無理でしょうね」

「なんだと。じゃあ、どうしたらいいんだ」

「こうなったらあの土地から手を引かれたら」

門野は耳を疑った。君は本当に西城弁護士なのかという言葉が口に出かかった。

「松川駅東口にあるサンライト商会が契約している駐車場では、こんなモメごとを抱えている会社には貸すわけにはいかないということで、駐車場契約を解約すべきか検討しているそうじゃありませんか」

「そんなばかな」

「そればかりではありません。常磐線沿線のビルにサンライト商会の広告を出されていますね。それも取り外されてしまう可能性がありますよ。それほど、彼女たちの運動の広がりと影響は凄《すさ》まじい」

「冗談ではない。そうなったら損害賠償を請求する」

「門野さん、これ以上頑張ったところで損をするのはあなただけですよ。もうあの土地を五頭建設に転売することは無理です」

「なんだと」

「その転売によってあなたにいくら入るかわかりませんが、それと引き換えにあなたがこれまで築き上げて来た信用をすべて失墜《しっつい》させてしまってもいいんですか。ことここに至っては、私たちの負けです」

「そんなことは出来ない」

門野は乱暴に電話を切った。なぜ、西城がからくりを知ったのか。その理由として思い当たったのは『鈴の家』の女将の葉月の存在であった。

門野は仲居《なかい》相手に酒を飲みながら女将を待った。さっき、トイレに立つふりをして部屋の様子を窺《うかが》ったのだが、どうやら、奥の部屋に大手証券会社の社長と暴力団組織の幹部が密会しているらしい。巨額の金を動かす相談がはじまっているのだろう。もちろん、その仲介は五頭会長だ。実際にそれを取り仕切っているのが女将の葉月である。

やっと、葉月がやって来たので、門野は他の仲居たちに遠慮してもらい、ふたりだけになった。仲居の足音が遠ざかってから、

「西城弁護士があの土地のからくりを知っていた。まさか、あんたが話したんじゃないだろうな」

「あの男が何を言おうが関係ないわ。あくまでも社長さんが頑張り通せばいいこと」

門野の反論を許さない厳しい言い方であった。葉月の憂《うれ》いを含んだまなざしを見ていると、門野は胸が騒ぐ。これほどの女はざらにはいないだろうが、その美しさのぶんだけ冷酷さが強調されているようだ。恐ろしい女だと、門野は改めて思った。

翌日、門野は松川市にある自宅を車で出た。ようやく春の兆《きざ》しが感じられる。途中、サンライトスポーツの市川店の前を通ったが、その店の周辺でも希望幼稚園の母親たちのビラ撒きが行なわれるようになった。

「君、ちょっと都野台のほうにまわってくれ」

思いついて、門野は運転手に告げた。この辺りの土地も五頭建設の買収がだいぶ進んでいる。やがて、希望幼稚園のシンボルというべき時計台が見えて来た。屋根の上の風見鶏が微かに首を振っている。車を幼稚園の塀の横に停《と》めさせて、にぎやかな園児たちの声を聞いた。砂場で泥まみれになって遊んでいる子どもたちは楽しそうだった。ふっと嫁に行った娘の幼稚園時代を思い出した。

「もういい。やってくれ」

窓ガラスにつけていた体を座席中央に戻して、門野は言った。

三月に入り、太陽の輝きが増したような気がする。門野は社長室で新聞を広げていて、その記事に目を止めた。松川市民文化センターで、希望幼稚園運営委員会主催の『春のほのぼのコンサート』が開かれたという記事である。存続運動を続けている母親たちが、東日本フィルハーモニー管弦《かんげん》楽団のコンサートを開き、たくさんの市民が集まった、と紹介されており、さらに、サンライト商会に対する運動が続けられていることにも触れてあった。希望幼稚園存続運動を市民の運動に盛り上げるための一環《いっかん》として開催したという母親の会の会長の話が載っている。新聞を放り投げたとき、総務部長があわてて飛び込んで来た。

「たいへんです。銀行が融資を断って来ました」

商品の仕入れの代金を緊急に支払う必要があり、三協《さんきょう》銀行松川支店に融資を申し込んでいたのである。代々の地主で、会社の経営は順調であり、銀行の信用は絶対だと信じて疑いもしていなかったので、いきなり後頭部を殴《なぐ》られたような不快な気持ちであった。

「何かの間違いだ。すぐ、支店長を呼び出せ」

門野は怒りを抑えて総務部長に命じた。彼は机の上の電話をとり、三協銀行松川支店に電話をいれ、支店長が出てから受話器を渡した。

「門野です。いったいどういうわけですか」

「先日、銀行に希望幼稚園の母親たちが十人ほどでやって来て要請書を渡されたのです」

「要請書？」

「いったいどういうことなのか、こちらからお伺いしたいと思っていました。いきなり、どやどやとタスキ掛けの女性が銀行に入って来たんですからね」

「まさか、うちに金を貸すなと威したというのでは」

「そうじゃありません。現在、サンライト商会が所有している希望幼稚園の土地は、園舎を壊すことも土地を売ることも法律で禁止されていて出来ない。そのために土地を遊ばせている状態にあり、金利が高いと大変だから、もしサンライト商会と取り引きしているのであれば金利を凍結してあげてくださいという文面です。そういうわけなので、今回の融資は見合わせたい」

「ちょっと待ってくれ。会社の信用は大きいはずだ」

「しかし、金利が問題になっているようですと」

あいつらはサンライト商会のために金利を凍結するように要望しながら、その実、そういう問題を抱えた土地を所有している会社だということと、土地を買うために借りた金の金利も払えないほど内情が厳しいという印象を銀行側に植え付けようとしているのだ。

門野が電話を切ると、総務部長は泣きそうな顔で、

「他の銀行にも同じ内容の要望書が……」

と、教えた。冷たい風が胸の中に吹き込んだような気がした。頭が混乱して来た。まさか、母親たちの行動が銀行まで動かすことは想像もしなかった。

「いい。うちには五頭建設がついている。あとで、俺から五頭会長に頼んでみる」

ぐったりした体を背もたれに預けて、しばらく放心状態になって、門野は虚空《こくう》を見つめ

た。事態はどんどん悪くなる一方であった。このままでは、中学校、高校からの納入を断られることだって考えられる。深い溜息《ためいき》をついたとき電話が鳴って、門野ははっとした。おそるおそる受話器をつかんだ。西和《せいわ》銀行の支店長からであった。彼の声が遠くに流れるように聞こえた。

「希望幼稚園の問題が解決するまでは取り引きを遠慮させて戴きたい」

門野は愕然《がくぜん》として受話器を落としそうになった。

話し合い

みずえがサンライト商会の受付に行くと、連絡がついていたのだろう、すぐに秘書の男がやって来て、社長室に案内された。門野から電話があり、至急に会いたいという申し入れがあったのだ。

存続運動の中で、社会的にアピールすることをしたらどうかという赤城弁護士の提案で、彼女が東日本フィルハーモニー管弦楽団のマネージャーと知り合いであるということから、コンサートを開いたのだが、それは大成功だった。『希望幼稚園を守る市民の会』が結成され盛り上がったことが、門野には相当堪《こた》えたようだった。みずえは社長室の応接セットのソファーで門野社長と向かい合った。ずいぶんと疲れたような顔をしている。ぎこちない挨拶《あいさつ》のあと、門野が、

「なるたけ、お互いにとっていい方向で解決したい。そこで、君を信用しふたりきりでざっくばらんに話し合いたいと思ったわけだ」

門野は虚勢《きょせい》を張ったように言う。

「私も門野さんとゆっくりお話をしたいと思っていたところです」

みずえは正直に言った。門野は頷いてから、

「まず、君たちの誤解から解《と》いていきたい。君は、私が最初からあの土地を手に入れるために強引な手段に出たと思っているのだろうが、それは違う。結果的に、私も西城弁護士と宮下にだまされたんだ。そのことを理解してもらえなければ……」

その申し出こそ自らの罪を暴露《ばくろ》しているものに他ならない。彼は自分が傷つくことを恐れている。いちおう市の名士である体面を守りたいのだ。ずるい取り引きだと思った。しかし、彼を追い詰めてはならないのだ。

「わかりました。門野さんは西城弁護士と宮下にだまされてあの土地を買ったということ。そして、希望幼稚園の存続は門野社長のご好意によって決定することが出来た。公にはそういうことで通します」

みずえはそう言ってから、

「その代わり、今後、希望幼稚園の存続に向けて全面的に協力して戴けますか」

「もちろんだ」

門野は苦い顔をして頷いた。

三月半ばに、希望幼稚園運営委員会・私教組とサンライト商会の間で、お互いに希望幼稚園の存続に向けて努力する、その間は運営委員会と私教組はサンライト商会に対するビ

ラ撒きはしないという内容の協定を締結した。

新経営者が決まったと県のほうから連絡があったのは、三月末のことであった。

「市川《いちかわ》で幼稚園を経営している竹山和邦《たけやまかずくに》さんです。竹山さんは希望幼稚園の土地建物を買って、希望幼稚園を引き継いでもよいと言っています」

みずえは北矢切幼稚園に向かった。約束の時間より早めに着いたので、園の外をぶらついていると、スクールバスが帰ってきた。園児たちを送り届けて来たのだろう。若い先生が降り、続いて運転していた男が降りて来た。その男の顔を見て、みずえは不意をつかれたように息を呑んだ。ワイシャツにネクタイ姿の上に紺のジャンパーを着ているのは宮下であった。地労委の席で見せた傲岸《ごうがん》さはあとかたもない。彼はみずえに気づくと、軽く頭を下げてから、

「中へ入りましょう」

と、園舎に誘った。応接室で待っていると、彼が上着を着替えてやって来た。

「希望幼稚園の新しい設置者が決まりました。それで、設置者交代の手続きに応じて戴きたいのです」

希望幼稚園を引き継ぐことになった竹山和邦と土地建物の代金、先生方の雇用条件などの具体的な交渉をはじめたばかりであったが、先方は好意的であった。

「私は廃園にするつもりだったんですよ」

宮下は気乗りしない返事をした。

「お母さん方は、もし宮下さんが交代の手続きに応じてくれなければ、ビラ撒きを北矢切幼稚園の周囲でも行なうと息巻《いきま》いているんです。それほど、お母さん方はあなたに不信感を持っているんです」

宮下は顔をしかめた。

「どうでしょうか。こちらから正式に設置者交代の要求をする前に、あなたの方からその意思を示して戴けませんか。そうすれば、先生方やお母さん方もきっとあなたへのわだかまりをなくすと思うんです」

みずえは宮下を説得する。

「これからだって、北矢切幼稚園と希望幼稚園はお互いに助け合うことだってあるんじゃありませんか。今、ここであなたが俠気《きょうき》を見せることが、あなたにとっても将来のためじゃありませんか」

宮下は俯《うつむ》けていた顔を上げ、ずる賢そうな目で、

「判子《はんこ》代を戴けませんか。設置者交代の書類に押す判子の……。四千、いや五千万は戴きたい」

「わかりました。宮下さんの希望ということで聞いておきます。その代わり、取り敢えず、就園奨励費の交付のために在園証明を早急に出してください。それから、園舎の権利

書もお渡ししてもらえますね」

設置者交代の手続きのためには、新設置者が幼稚園の土地と建物を所有していることが必要であるが、園舎の名義は石浜商会の石浜のままになっている。新設置者の竹山和邦があった。園舎の所有名義を取得するためには、園舎の権利書と石浜の委任状と印鑑証明が必要であった。宮下は金庫から権利書を持って来た。彼には以前の迫力はまったくなかった。みずえは北矢切幼稚園から石浜の所に向かった。

旅立ち

警視庁の加西刑事がふらりとひとりで事務所に現われた。浮かない顔つきの彼を、西城は執務室に迎えた。西城が自分でコーヒーを入れて出すと、加西が怪訝《けげん》そうな顔をして、

「事務員の方は？」

ときいた。

「やめました。弁護士会の登録を取り消したんです」

加西は意外そうな表情をしたが、すぐに頷き、

「弁護士をおやめに？　これからどうするんですか」

「わかりませんが、東京を離れるつもりです」

「そうですか、寂しくなりますね。以前だったら逃げるのですか、と問い返したところなんですが」

カップをテーブルに戻し、加西は溜息をつき自嘲ぎみになり、

「先日、蛭田刑事を殺害したと言って一ノ瀬組の組員が自首して来たんです。以前にしょ

っぴかれた怨《うら》みから殺したとしらじらしく供述しました。それに伴《ともな》い、津山通夫失踪事件の捜査も中止になりましてね」

彼の敗北宣言を、西城は何の感慨《かんがい》もなく聞く。警察の動きを察して、葉月が身代りの犯人を自首させたのに違いない。コーヒーを一気に飲み終わると、彼はいきなり立ち上がった。そして、西城を睨みつけ、

「残念だ。あと一歩というところまであなたを追い詰めながら……。もうお会いすることはないでしょう」

と、言ってドアに向かった。西城が見送ると、彼は途中で立ち止まり、逡巡《しゅんじゅん》を見せてから振り返った。

「五頭建設の五頭会長が倒れたことをご存じですか」

「なに、五頭会長が？」

顔面を殴られたような衝撃で一瞬目が眩《くら》んだ。

「今朝、クモ膜下出血で病院に運び込まれたそうです。最初は仮病《けびょう》かと思ったんですが、どうやら本当らしい。実は、東西《とうざい》銀行の共同《きょうどう》商事という会社への不正融資事件が明るみに出ました。五頭建設の五頭会長が顧問《こもん》の会社です。そこから資金が一ノ瀬組の系列会社南洋不動産に流れている可能性があるんです。その不正融資事件は『鈴の家』を舞台に行なわれていた疑いがあり、ずっと内偵を続けて来たんです。与党の議員も絡んでおり、地

検の特捜も動き出す矢先だっただけに、五頭会長が倒れたことで捜査も壁にぶち当たることは必至《ひっし》でしょう」

加西が引き揚げたあと、西城は葉月のことが気になった。津山通夫の捜査が中止になったのも、葉月が五頭会長に頼み警察に圧力をかけさせたのだ。桜の蕾《つぼみ》も開き、暑くなるほどの陽気なのに、体の中を冷たい風が吹き抜けていくようだった。じっとしていられず、事務所を出た。『鈴の家』に近づくと、門の前から黒塗りの車が走り去った。五頭会長の使いの者がやって来ていたのだろう。裏にまわり葉月の部屋に入る。彼女が別人のような青ざめた顔で茫然《ぼうぜん》として部屋の真ん中に座っていた。


西城は希望幼稚園の前に立った。時計台の上の風見鶏が春風を受けていきいきと首を動かしている。門の横にある満開の桜に目を移し、西城は押し寄せる虚《むな》しさと闘った。強風を受けて花びらが一枚舞う。いずれ散る運命にある桜も季節が巡ると再び蘇るが、西城の人生は元に戻ることはない。

園舎から、みずえが出て来た。門の前に立っていた西城に目を止め、一瞬立ち止まりそれからゆっくり歩いて来る。西城は近づいた彼女に言う。

「事務所に電話をしたらこっちだと聞いたんでね。お別れを言いに来た」

みずえは、西城の旅行鞄を横目で見て、

「弁護士になることは夢だったのに……」

司法試験を目指していた頃のことを知っているみずえの寂しそうな表情が胸に突き刺さり、悲しみが襲って来た。忘れていた感情が蘇り、西城は自分でも意外な気がした。未練を振り切るように、

「今夜、北海道に行く。友人が向こうで牧場をやっているんだ」

「いつ戻って来るの」

「わからない。一年か二年か。あるいは五年……」

「私、あのときのこと、後悔しているの。なぜ、どこまでもあなたについていかなかったのかと。ねえ、教えて。私から去って行った本当の理由を？」

津山通夫から、五頭建設の五頭会長が実父だと教えられたとき、五歳のときの光景が古い映画を見るように再現されたのだ。実母と義父を殺害した苦悩から逃れるためには、自分をずたずたにし、自分の中にある正義心を麻痺《まひ》させなければならなかったのだ。あるいは、自分のこれからの人生を断ち切ることで、罪の償《つぐな》いとしたかったのかもしれない。無言でいると、みずえは諦めたように溜息をついた。

「でも、不思議だわ。今なら、あなたについていけるのに、それも出来ない。だって、私にはやらなければならないことがあるから」

みずえはとたんに饒舌《じょうぜつ》になった。

「新しい経営者の竹山さんと労働条件の話し合いで、食い違いが生じたの。竹山さんは、現在の職員の数をそのままにするなら、給料は二割減らさないとやっていけないと言うでしょ。もともと、先生方の給料は高いものではなかったのよ。それなのに、給与を二割減らすことは、先生方の生活設計自体を崩さなければならないことでしょう。でも、幼稚園を続けることが大事なので、それでもいいと言ってくれたの。その先生たちの気概を竹山さんにわかってもらわないと……」

彼女は喋ることで気持ちの整理をつけようとしているのだ。そんな彼女がいとおしくなり、やはり自分が愛していたのはこの女しかいなかったのだと思った。

希望幼稚園が正式に新しい経営者の竹山和邦の下で運営がはじまったのは、竹山が名乗り出てから半年もあとのことであった。

それから半年後の春、みずえは同じ事務所の先輩弁護士と結婚した。結婚式には、美保子をはじめとする存続運動の仲間や牟礼たちも出席した。海外に行きたいという彼の希望を抑えて北海道を選んだのは心の隅に西城がいる土地という意識があったのだろう。一度、彼から、幸福を祈ると書いてあっただけのハガキが届いた。住所は書いてなかったが、消印は旭川《あさひかわ》であった。そのハガキが結婚に踏み切らせたのだった。

あとがき

横浜市鶴見《つるみ》にある私立幼稚園で存続運動が展開されているという話を、横浜法律事務所の小島周一《こじましゆういち》弁護士から聞いたとき、そのドラマチックな内容に感動し、ぜひ小説に書きたいと思った。本書は存続運動の法的な闘争部分は事実に即しているが、その他の登場人物、団体などはフィクションであり、現実の幼稚園存続運動とはまったく関係ない。

いろいろご教示戴いた小島弁護士に厚く御礼を申し上げます。

一九九三年三月末日

小杉健治

本作品は、平成五年五月講談社より四六判にて、
平成八年五月講談社文庫より刊行されました。

一〇〇字書評

切り取り線

購買動機（新聞、雑誌名を記入するか、あるいは○をつけてください）

□（　　　　　　　　　　）の広告を見て	
□（　　　　　　　　　　）の書評を見て	
□ 知人のすすめで	□ タイトルに惹かれて
□ カバーが良かったから	□ 内容が面白そうだから
□ 好きな作家だから	□ 好きな分野の本だから

・最近、最も感銘を受けた作品名をお書き下さい

・あなたのお好きな作家名をお書き下さい

・その他、ご要望がありましたらお書き下さい

住所	〒				
氏名		職業		年齢	
Eメール	※携帯には配信できません	新刊情報等のメール配信を 希望する・しない			

この本の感想を、編集部までお寄せいただけたらありがたく存じます。今後の企画の参考にさせていただきます。Eメールでも結構です。

いただいた「一〇〇字書評」は、新聞・雑誌等に紹介させていただくことがあります。その場合はお礼として特製図書カードを差し上げます。

前ページの原稿用紙に書評をお書きの上、切り取り、左記までお送り下さい。宛先の住所は不要です。

なお、ご記入いただいたお名前、ご住所等は、書評紹介の事前了解、謝礼のお届けのためだけに利用し、そのほかの目的のために利用することはありません。

〒一〇一－八七〇一
祥伝社文庫編集長　坂口芳和
電話　〇三（三二六五）二〇八〇

祥伝社ホームページの「ブックレビュー」からも、書き込めます。
http://www.shodensha.co.jp/bookreview/

祥伝社文庫

裁《さば》きの扉《とびら》

平成29年10月20日　初版第1刷発行

著　者　小杉健治《こすぎけんじ》
発行者　辻　浩明
発行所　祥伝社《しょうでんしゃ》
東京都千代田区神田神保町3-3
〒101-8701
電話　03（3265）2081（販売部）
電話　03（3265）2080（編集部）
電話　03（3265）3622（業務部）
http://www.shodensha.co.jp/

印刷所　堀内印刷
製本所　積信堂
カバーフォーマットデザイン　芥　陽子

 ISBN978-4-396-34359-0 C0193

祥伝社文庫の好評既刊

小杉健治

砂の守り

風烈廻り与力・青柳剣一郎㉞

矢先稲荷《やさきいなり》脇に死体が。検死した剣一郎は剣客《けんかく》による犯行と判断。三月《みつき》前の刃傷事件と絡め、探索を始めるが……。

小杉健治

破暁《はぎよう》の道（上）

風烈廻り与力・青柳剣一郎㉟

女房が失踪。実家の大店「甲州屋」の差金だと考えた周次郎《しゆうじろう》は、甲府へ。旅の途中、謎の刺客に襲われる。

小杉健治

破暁の道（下）

風烈廻り与力・青柳剣一郎㊱

江戸であくどい金貸しの素性を洗っていた剣一郎。江戸と甲府で暗躍する、闇の組織に立ち向かう！

小杉健治

離れ簪《かんざし》

風烈廻り与力・青柳剣一郎㊲

夫の不可解な病死から一年。早くも婿を取る商家。奥深い男女の闇——きな臭い女の裏の貌《かお》を、剣一郎は暴けるのか？

小杉健治

霧に棲《す》む鬼

風烈廻り与力㊳

十五年前にすべてを失った男が帰ってきた。哀しみの果てに己《おのれ》を捨てた復讐鬼を、剣一郎はどう裁く⁉

小杉健治

伽羅《きやら》の残香

風烈廻り与力・青柳剣一郎㊴

貴重な香木・伽羅をめぐる、富商、武家、盗賊の三つ巴の争い。剣一郎が、強欲なる男たちの悲しき罪業を暴く！

〈祥伝社文庫　今月の新刊〉

内田康夫
喪《うしな》われた道〈新装版〉
浅見光彦、修善寺で難事件に挑む！　すべての謎は「失はれし道」に通じる？

宇佐美まこと
死はすぐそこの影の中
深い水底に沈んだはずの村から、二転三転して真実が浮かび上がる……戦慄のミステリー。

小杉健治
裁きの扉
悪徳弁護士が封印した過去――幼稚園の土地取引に端を発する社会派ミステリーの傑作。

高木敦史
のど自慢殺人事件
アイドルお披露目イベント、その参加者全員が容疑者？　雪深き村で前代未聞の大事件！

西條奈加
六花落々《りっかふるふる》
「雪の形をどうしても確かめたく――」古河藩の物書見習が、蘭学を通して見た世界とは。

岡本さとる
二度の別れ　取次屋栄三
長屋で起きた捨て子騒動をきっかけに、又平やお染たちが心に刻み、歩み出した道とは。

経塚丸雄
すっからかん　落ちぶれ若様奮闘記
改易により親戚筋に預となった若殿様。少ない銭をやりくりし、股肱の臣に頭を抱え……。

有馬美季子
源氏豆腐《げんじどうふ》　縄のれん福寿
包丁に祈りを捧げ、料理に心を籠める。客を癒すため、女将は今日も、板場に立つ。

睦月影郎
美女手形　夕立ち新九郎・日光街道艶巡り
味と匂いが濃いほど高まる男・夕立ち新九郎。日光街道は、今日も艶めく美女日和！

仁木英之
くるすの残光　最後の審判
天草四郎の力を継ぐ隠れ切支丹忍者たちの最後の戦い！　異能バトル&長屋人情譚、完結。

藤井邦夫
冬椋鳥《ふゆむくどり》　素浪人稼業
渡り鳥は誰の許へ⁉　矢吹平八郎、健気な娘のため、父親捜しに奔走！　シリーズ第15弾。